荒野步枪手

王凯 著

作家出版社

目 录

荒野步枪手

1

在演习区机动了差不多两个钟头，吼声粗野的卡车终于拐个弯，正式停了下来。

他坐直身子，用力晃一晃嗡嗡作响的脑袋，居然有了劫后余生之感。最近一次坐卡车大厢是什么时候？好像还是九几年当排长那会儿。他带着几个兵跟司务长去张掖买仔猪，回连队的路上，一只小黑猪跳车逃走，他们下车一通猛追，结果把新买的皮鞋给跐烂了，气得他把抓回来的小猪捆起来揍了一顿。后来他可能还坐过卡车，也跑过烂路，但肯定没坐在卡车大厢里跑过这么烂的路——烂路都不算，事实上这片方圆数百平方千米的野地里根本就没有路——有时慢得几乎要停下来，有时又疯了似的往前冲，几吨重的六驱军用越野卡车不时跃起又重重坠地，屁股和后背不停地撞击大厢板，颠得他七荤八素，整个人简直成了被赌神拼命摇晃的骰子。世界果真是运动的，出发前码垛齐整的一件件自热食品、矿泉水、火腿肠、面包、榨菜和不知道装着什么东西的纸箱子无条件服从牛顿第一定律，纷纷掉落在大厢板上。起初他和吕还试图把滚到脚边的纸箱放回原处，很快又意识到这完全是徒劳，索性也不管了。相比脚下，他更关心吊在棚杆挂钩上的白色尼龙绳网，那里头兜满大衣、背囊、睡袋和防寒鞋，悬在半空不停地摇来晃去，不时发出吃力的声响，感觉随时都会从某处断开，然后把他砸个半死。

撑着大厢板往起爬，手脚冰冷，两腿发麻，此刻存在感最清晰的是满胀的膀胱。相比纷纷脱落的头发、居高不下的血压、缺两颗牙的口腔、日渐混浊的晶状体、稳步增长的多发性肝部囊肿外加时常作祟的扁桃腺和痔疮，膀胱这东西平日里异常低调，类似当年他带过的那个小个子红脸蛋贵州兵，整日不哼不哈，直到有一天一家老少捧着锦旗找到旅里，才知道这小子几天前曾跳进河里救上来一个八岁的男孩。好在他对自己的身体状况评估较为客观，所以在基地板房区登车前，他特意去了趟百多米外的旱厕。他喊吕同去，吕可能嫌远，摇摇头拒绝了。这会儿吕已经站在车尾，用力扯起了卡车篷布。篷布被白色尼龙绳系得十分结实，扯了几下也才扯出了一条窄缝，吕只好弯腰把嘴凑过去大喊起来。

"人呢！有人没有，来个人啊！"

"来了。"他听到车门"嘭"一声关上，接着是脚步声，"稍等一下。"

"等不了了！"吕看来真急了，"赶紧把篷布解开！"

"好了！"几秒钟后，篷布掀开，一大块充满灰尘的阳光劈面而来，刺得他发晕。等重新睁开眼，才见车底下一个白瘦的中士正仰起脸望着他们："现在可以下车了。"

话音未落，吕已经跳了下去。落地有些猛，跟跄着向前冲出去好几步，但立刻就调整好了步态。这位少校记者的两只门牙虽然很像只兔子，却正经属虎，比自己整整小十岁。退回去十年，他绝对早跳下去了。可现在不敢。医生说他是滑膜炎，左膝关节一直有积液。这只是他身体衰老的迹象之一。过了四十五岁，他清楚地感觉到身体哪儿哪儿都没从前好使了。所以他只能先骑在尾厢板上，再侧转身伸出右腿往下探。穿得太厚令人迟钝，他正在虚空里乱蹬腿，突然感觉脚被捉住，又被横着一挪，稳稳地落在了拖车钩上。他低下头，打算冲车下的中士笑一笑，却发现人家的手虽然扶着他，脸却瞅着吕那边。

"领导！"中士冲着叉腿站定的吕叫一声，"这里不能方便！"

"啥意思？"刚撩起大衣下摆的吕闻言扭头，"你不会告诉我这儿还有公共卫生间吧？"

"我意思是这里离车太近了。"中士抬抬墨绿色的单兵交战头盔，"我们马上要在这里搭伪装网。"

"那你告诉我哪儿能方便？"吕把手从裤裆里收回来，"来，你来给我指个地方！"

"再往前走个二三十米就差不多了。"吕的不快跟荒原上的军车一样显眼，可中士只是耸耸肩，虽然这看上去并不是个十分自然的动作，"只要不是在伪装网的范围内就没问题。"

"噢，原来你这么懂行啊。"吕冷笑一声，"既然这么懂行，那就不应该把篷布从外面系死！这要是真打仗，全车人都会被你害死知道吗？"

"我们的篷布从来都没有系死过。"中士微笑起来，"我们系篷布用的都是活结，手一扯就开了。"

"你们用的活结？那是你们！你们告诉谁了？给我们说了吗？你自己知道的不代表所有人都应该知道！"

"问题是——"

"问题是啥？问题是你先好好找找你们自己的问题吧！"吕瞪着眼，"还他妈活结？你们的活结差点把活人都结果了，还说个鸡巴！"

尿的主要成分是水，却令吕冒火。不过也能理解。出发没多久，吕就开始坐立不安。吕刚开始还骂几句，后来连话都说不出来了，裹着大衣蜷缩在车尾的角落，脸色变得很难看。他建议吕找个塑料袋或者别的什么容器解决一下，或者就站在车尾往篷布缝隙里尿也没问题，这完全符合紧急避险的构成要件。吕的确起身翻到了一卷大号垃圾袋，并且也背对他站到了车尾，可最后还是放弃了。对此他十分理解。零几年他还在机关当干事的时候，有一回跟着首长工作组下部队，就是从机场出来时犹豫了一下没去方便，结果遇上大堵车，他坐在车上憋得几乎爆炸。作为车上级别最低的工作组成员，他宁可被尿憋死，也不敢起身要求停车。最后实在没招了，他一点点挪到考斯特最后一排，从行李箱里翻出个塑料袋。容器好找，心理障碍可就难办了，他盯着那个原本用来装洗漱用品的塑料袋，内心陷入极度挣扎。就在他即将屈从于软弱的肉体时，车突然拐进了路边的酒店。这很像一个"机械降神"的例子，他最开始学写小说时这么干过，不过越往后，他越希望自己的小说能尽可能"自然"一点，即使他清楚一旦有选择介入，"自然"就将成为一个永远无法达成的目标。

这是个"To be or not to be"的问题，他似乎还在哪里见过一本关于前列腺的书 To pee or not to pee，这倒跟吕在车上的困境有关。不过他帮不了吕什么忙，只能同他一起等待停车。车队出发一个钟头左右的确停下过一次，时间约莫一两分钟。吕急着要下车方便，却死活解不开篷布，只能眼睁睁看着车低吼一声再次起步。这导致吕的火和尿一起憋着，直到此刻才一齐释放出来。问题是，面前的中士并未像他设想的那样发愣、尴尬、慌乱或是赔笑，而是面无表情地直视着吕，伸直了的右手食指正有节奏地敲着怀里的95-1式步枪，关节处缠着一条脏兮兮的创可贴。

"领导，您有意见我们虚心接受，做得不对，您尽管批评。"中士停了几秒钟，"不过说话最好不要带脏字，毕竟这种话大家都会说，您觉得呢？"

他心里"咯噔"一下。从军三十年，手底下也带过起码两百个兵，还从没见过哪个战士会这么跟干部讲话。每个人都清楚，脏话这东西类似大蒜，属于语言不可或缺的调味品。《脏话文化史》这些闲书里对此讲得很妙，只是自己都不太记得了。不过他一直认为，脏话搁在军队基层话语体系当中更像是语气助词，常常用来表达亲昵或者愤怒。正如当年在连队当指导员时，常有老兵没大没小地从他军装兜里掏烟抽，他会一边骂着"滚鸡巴蛋"，一边却任由老兵掏他的兜。不过前提是要得到双方的认可，而此刻的中士并不买账。这令吕猝不及防，一张小圆脸瞬间涨得通红。

"刚才在车上确实是憋坏了。"他赶紧上前打圆场，"也不是啥大不了的事，咱们都是一个战壕里的兄弟，对不对？"

"领导，您太抬举我了，我就是一个兵。"中士转头斜他一眼，"领导怎么安排，我怎么服从就是了。"

"别，我们可不敢安排你。"吕总算甩开了最初的惊愕，"你说得对，向你道歉！我现在到远处去方便，这样不影响你工作了吧？"

还好，中士没再回答，只是咬咬嘴唇，转身走到车头处，一把将步枪甩到背后，像只猫似的爬上车顶。他居高临下左右看了看，又从车顶笼箱里扯出叠好的伪装网，嘴里不知喊了句什么，接着渔夫下网般拧腰甩臂，灰黄色的荒漠伪装网在半空中披散下来，罩住了卡车。司机和卫生员已经从车上取来了装着支撑杆、地钉和铁锤的帆布包，等中士从车顶上下来，三个人立刻忙活起来。司机和卫生员轮番扯开伪装网，中士则抢着铁锤，把一根又一根尺把长的地钉穿过伪装网缘砸进地里。从这点上说，中士让吕走远点再尿很有道理。只不过吕走得有点过远，一直从坡底下转过去，不见了。

"要帮忙吗？"他站在边上看了一会儿，直到中士的铁锤敲断了一根地钉，"给你们打个下手啥的。"

"不用了领导，这是我们该干的事。"中士换了根地钉，"麻烦您稍微让一下。"

他讪讪地后退几步，杵在一边看三个兵一边固定网缘，一边用支撑杆将网面撑起来。用长杆还是短杆，支在地上还是车上，全凭中士说了算。他显然是个中好手，能用最少的杆子将硕大的伪装网在头顶上撑起来，在卡车周围留下了相当宽裕的活动空间。午后阳光从网眼筛进来，均匀地洒在覆着枯草的地面上，居然有种异样的美。他忍不住对着被网片切碎的蓝天拍了几张照片，收起手机时才发现中士正盯着他。

"这个是不是不能拍？"他心虚地笑笑，陌生的人和地方总会让他有些不安，"你放心，我从来不发朋友圈，就是感觉挺好看的。"

"这个您把握。"中士捡起土里的半截地钉，"你们是大机关来的，保密纪律肯定比我们清楚。"

"明白明白，这可不是闹着玩儿的。"中士的口气令人不快，按说他应该像吕一样走远点儿，可不知怎么回事，话从嘴里出来反倒像是在套近乎，"我看你伪装网搭得很在行，这些支撑杆放哪里是不是有什么特别的要求啊？"

"也没啥，因地制宜吧。只要撑得结实，能跟周边地形地物匹配就可以。"中士抓着架在大厢外侧的一根短杆用力晃了晃，"所以每次搭的都不一样，跟达·芬奇的鸡蛋差不多。"

"你这个比喻有意思。"

"我就是瞎说。"

"你怎么称呼？"

"我姓庞，庞庆喜。"

"这名字好。"

"好吗？我不觉得。"

"为啥？"

"因为我不讨人喜欢。"

他还没想好怎么接话，忽听有人喊他。转身一看，吕不知道什么时候回来了，正站在伪装网外面冲他招手。伪装网边缘被地钉固定，他绕车走了大半圈才找到出入口，弓下腰钻了出来。

"不好意思啊老高，我不能陪你了。"吕使劲搓着手，"旅里丁政委刚给我打电话，非要我去指挥所采访。我说我在轻机营挺好的，他说轻机营这次是预备队，主要负责指挥所警戒，让我先去指挥所，然后再去火力营看看。我心说我这儿还陪着一个作家呢——"

"是我陪你差不多。"他笑笑，"赶紧去吧，作家哪有领导重要。"

"老哥你又逗我，你的小说我是真喜欢，我给你讲了没，上军校的时候我们还把你的《青春记事本》排成过小话剧呢。"吕又说，"我真是很愿意在这儿陪你，主要是丁政委这老哥以前也干过新闻，每次见了我都抓着不放，弄得我还不好不去。"

他很想告诉吕，这事用不着解释。他也挺想说，他那本写军校生活的小说并不叫《青春记事本》，而叫《青春纪事本末》。当然他肯定不会这么说，自己写的又他妈不是什么名著。再说吕和他也是昨天下午在火车上头一回见面，此前他们对彼此的存在毫不知情。这个三十出头的少校跑来自我介绍说是报社的记者，又问他是不是去参加演习的文学创作员，于是就这么认识了。傍晚到了基地，两人被安排同住一间板房，不过也没怎么多聊。一方面因为他向来不擅长同陌生人打交道，甚至有些抗拒。另一方面则是吕也忙，一放下行李就开始打电话，耳边的手机连着大衣口袋里的充电宝，一直打到熄灯号响。不过他得承认，吕这人其实挺善良。如果换成别人，没准会当场把庞庆喜的连队干部叫来闹腾一番。还有昨晚，吕在电话里给一个什么处长说自己忘了带防寒鞋，不一会儿就有一个兵在门口喊报告，送来一双防寒鞋和一大包暖贴。吕硬是把暖贴分了一半给他，他怎么推都推不掉，最后只好收下。只不过刚才和庞庆喜闹了点不愉快，不想再待下去也正常，不然凑在一起终归有些尴尬。于是他就陪着吕站在伪装网外面聊着天，直到一辆吉普车开过来。

卫生员爬上大厢，把吕的背囊递下来，中士在车下伸手正要接，吕却从斜刺里冲过来一把抱走了："这种小事就不劳您的大驾了，谢谢啊！"

中士手扯着枪带闪到一边，磨掉皮的作战靴在草根上碾了碾，走开了。

2

按照领导的说法，他的任务就是跟着演习部队一起行动。具体是什么行动，领导也说不清楚。不过这也不是什么大不了的事。他只是个创作员，存在与否不会对战局产生任何影响。领导找他说这事时，他本打算一口回绝。"今年高职报了谁就让谁去好了"，他在心里这么说，可多年养成的服从意识勒令他闭上了嘴。为了职称的事，他着实气恼了几天，等情绪渐渐平复下来，他又因未能免俗而嘲笑自己。不管内心戏怎么演，他终究还是来了。反正手头的长篇已经卡在那儿好几个月，也不在乎这几天。动笔之初曾让他激动的人物和故事现在看来了无新意，他想写的是一个动人的连队，涌动着大量的欢笑和泪水，可写下的七八万字几乎不堪卒读，像极了他日复一日乏善可陈的生活。海明威固然说过

"一切文章的初稿都是狗屎"，可他觉得自己写的连狗屎都不如。这令他感觉惶惑——他写了二十年的连队生活，可现在他却不知道怎么写了。

目前来看，他的任务就是跟着这台卡车行动。或者说，是跟着"不讨人喜欢"的庞庆喜中士行动。问题是卡车一动不动地停在伪装网下面，丝毫没有要行动的意思。司机还从车上搬下来了一张军绿色折叠小桌和几个马扎，一副安营扎寨的架势。他把书拿到桌边看了会儿，可看不下去。伪装网下的光线按说不错，可风吹着书页，手脚不一会儿就冻得发麻。出发前他在板房里冲的最后一杯咖啡也见了底。更何况在这儿看书，连他自己都觉得矫情。把书反扣在桌上，站起来跺脚搓手，不知道该上哪儿去。车厢里倒是没风，但黑得像个地窖。车下倒是有阳光，但热量都被风吹走了。驾驶室当然是最好的去处，类似阳光房，可他不打算去。不能把自己搞得太舒服，否则离开时会更加不舒服。他清楚这一点。

从伪装网钻出去，脚下枯黄的草茎在风中瑟瑟。他小心绕开鼠洞和风干的牛粪，一直走到坡顶上。阔大的北方荒原在眼前漫开，零星散布着军车、帐篷和坑洼处的残雪。

"那风，吹过棕黄色的大地，没人听见。"

他很应景地想起一句艾略特的诗。诗人大多不好好说话，他们想说的往往并不是他们说出来的，所以他不知道艾略特究竟要说什么。那些隐喻往往令人费解。有点像他随同行动的轻机营，他要不问的话，怎么也想不出它的全称是"轻型机械化步兵合成营"，他在连队的时候，还不存在这样的编制。所以更别提他儿子跟同学们在 QQ 上用的那些字母缩写了，他和班上那个姓赵的小姑娘大概就是用这种不伦不类的语言谈上了恋爱。而他还是少尉的时候，情书都是用英雄牌钢笔写在部队的红头信笺上，而那个收信的姑娘早已不知所终。

　　摸出手机看了看，坡顶上的信号比卡车旁边好一点，不过打开一个链接依然在考验耐心和手机电池，不过倒很匹配荒野中迅速膨胀的时间。手机实际上没什么可看的，这只是个习惯性动作，跟抽烟一样，深知其害又欲罢不能。他自己都管不住自己，那干吗非要把儿子的手机摔了呢？小说中的人物都会摆脱他的掌控去自我生长，他又凭什么要快成年的儿子全都听自己的？他事后重新买了手机放在儿子床头，可第二天手机又原封不动地回到他的枕头上。这可能是当父亲十六年来同儿子最严重的一次冲突，严重到他常常无法入睡。好几次他想缓和一下关系，可都淹没在儿子海一般的沉默之中。他想把刚才拍的伪装网照片发给儿子，临到发送时又犹豫了。他确定这并不算泄密，只是不确定能否得到儿子的回应。

　　他最后又打开手机备忘录，看了看来之前列出的物品清单。往常出差或者下部队，他都会列一个清单，每往包里装一件，就在项目前面打钩。这次的清单无疑是最长的：

　　一、制式挎包：
　　身份证
　　文职干部证
　　钱包
　　钥匙
　　手机
　　手机充电器
　　耳机
　　充电宝
　　《战争的面目——阿金库尔、滑铁卢与索姆河战役》

《小城畸人》

《唐语林校证》

黑色保温杯

细兰州 2 包

打火机 1 个

降压药 1 盒

速溶咖啡 10 条

糖包 10 包

二、黑色行李箱

冬迷彩服

迷彩帽

棉帽（缀好帽徽）

编织外腰带

编织内腰带

臂章（备用）

防寒面罩

制式毛衣

制式毛裤

制式保暖内衣 2 件

内裤 4 条

冬袜 4 双

外手套

内手套

毛线帽

羽绒服

墨镜

脸盆

碗筷

细兰州 2 条

ZIPPO 火机（灌满油）

一次性火机 2 个

茶叶

挂耳咖啡

糖包

笔

本子

电动剃须刀

指甲刀

洗发水

牙膏

牙刷

毛巾

香皂

拖鞋

防冻霜

湿巾

巧克力

曲奇饼干

山核桃仁

碧根果仁

牛肉干

降压药 2 盒

维生素

感冒冲剂

迈之灵片

痔疮栓

卷纸

抽纸

三、迷彩背囊

迷彩大衣（缀好套式肩章、胸标）

棉衣裤

棉被

防寒鞋

雨衣

防寒睡袋

折叠防潮垫

……

东西都装好了，他隐隐觉得还缺点什么，可无论如何也想不起来。直到昨天晚饭后他才想起牙线没带。不过谁也不能要求一个奔五的人有二十岁的记忆力。二十五岁时，他从组织科下到连队当指导员，上任头天晚点名就能撇开花名册，一个不落地呼点出全连所有人的名字。现在不同，有时走在路上突然想起一句可以用在小说里的话，等摸出手机想记下来时往往就忘掉了。不知道这是不是因为血压高的缘故，头偶尔会迅速地晕一下，不过降压药他肯定带了。盐酸贝尼地平。这些没用的名字他倒是记得清楚。

列出的物品清单现在看来，除了衣服，其他东西都是充分条件而非必要条件。像洗漱用品。昨天入住板房区他就发现了。这里有水房，有水龙头，就是没有水。一个兵说水管被冻住了。另一个兵则说这是寒训的一部分内容，故意不供水。不管怎么说，脸是不用洗了，所有人都用湿巾擦，虽然不舒服，至少省事。湿巾的材料是水刺无纺布，而暖贴的成分是铁粉、蛭石、活性炭、食盐和树脂，换句话说都属于人工合成的化学品。这些东西最后都去了哪里？他还真想过这个问题，他甚至还想，是否有人研究过战争中的环保问题？虽然环保是保护而战争是摧毁，但他依然忍不住去想。

再比如咖啡。他带了两种咖啡。一种是星巴克买的速溶黑咖啡（顺便从店里抓了一大把糖包，每次去星巴克他都这么干），这是准备在路上喝的，他确实也在火车站和火车上喝了几杯。另一种是网购的挂耳咖啡，绿色包装，每天早上写作前，他总得冲这么一杯。起初他是冲完咖啡后再加一块方糖，但那样需要用勺子搅，之后还得洗勺子，后来他干脆把方糖放在挂耳包里，直接用开水冲。很长时间里，他都是早上六点起床给儿子弄早饭，六点四十叫他起床，七点十分送他去学校，七点五十回到办公室。眼下这个点，他应该刚刚午睡起来，洗把脸再喝杯咖啡，如果写不出东西，就看看书或电影，好让自己不感到虚度。

这是他日复一日的生活，列车时刻表般确定，一旦没有准点到达，总会让人感到焦虑。他不愿承认却不得不承认，他和他的生活都已经僵化了，而军队，却是年轻人的天下。

他收起手机，尽可能慢地踱了回去。钻回伪装网，他看见司机正坐在桌边玩手游，中士正看他放在桌上的书，见他来了，又飞快地把书放了回去。

"没事，你看啊。"他说，"我带了好几本呢。"

"我就是瞎翻。"中士站起来搓搓手。为了增强寒区训练的效果，演习部队统一不穿大衣和防寒鞋，每个人的手似乎都是红肿的。"这种我看不懂，还是《盗墓笔记》适合我。"

"我知道这书，不过没看过。"他说，"好看吗？"

"还行吧。"中士似乎不太想聊天，"我也忘了。"

"这儿有热水吗？"他换了个话题，"或者给我说个地方，我去打一点。"

"没有。今天炊事班不开伙。"中士很肯定，"就算开伙也不给烧热水。不让你冻着，怎么能叫寒训呢？"

"那你们都喝瓶装水？"他有些沮丧，"问题是车上的水都冻成冰坨了。"

"把瓶子揣在怀里，再贴上两个暖贴不就化了？"中士说话时跺着脚，并不看他，"我们都习惯了，不过你们领导不一定能习惯。"

"都给你说了我不是领导，我是创作员。我姓高，你叫我老高就行。"他强调着，"咱俩都属于基层官兵。"

"那怎么可能？你们大机关来的都是领导。"中士总算瞅了他一眼，"其实你刚才应该跟他一起去指挥所，那儿肯定有热水。"

"他是记者，去指挥所也是为了采访。"

"是吗？"中士好像冷笑了一下，"好吧，反正跟我也没关系。"

中士又做了几个扩胸运动，重新坐回到他对面，从口袋里掏出一只白色的 kindle 看了起来。

"你看的啥书？"

"没啥，瞎看。"

"抽烟吗？"

"不用了，谢谢。"

他不知道说什么了。一场很不投机的谈话。他有些尴尬地点了根烟，又摸出手机看了看，不过并没有收到什么信息。

"领导，你戴的这是啥军衔？"沉默了一会儿，司机放下手机，盯着他的肩章，"我从来没见过这种。"

"这不叫军衔，我是文职干部，文职干部没有军衔。所以只能叫肩章，不能叫军衔。"有人说话让他高兴起来，"我从列兵到中校的军衔一级没少全戴过，列兵、上等兵、下士、中士、上士，然后上军校，毕业以后是少尉、中尉、上尉、少校再到中校，不过当了创作员以后军衔就没了。"

"上士干满不都十二年了，咋还能上军校？"司机很惊讶，"我下士今年第四年，去年考学没考上，今年已经都不能考了。"

"那是以前的义务兵军衔，义务兵从列兵干到上士也就四年。"中士插一句，"跟现在这个士官军衔是两回事，现在士官军衔跟早以前的志愿兵差不多。"

"不会吧？"司机望向他，"是这样吗？"

"跟志愿兵还有点区别，不过大概意思一样的。"他说，"八八年到九九年这段时间就是这样，九九年套改士官的时候我在连队当指导员，我们连几十个士官的肩章都是我一个个给他们缀的，拿个锥子把我手心皮都磨掉了。"

"怪不得。"司机吸吸清鼻涕，"九九年我才生出来。"

"文职干部现在还有啊。"中士说，"只能说你孤陋寡闻。"

"那是，我高中都没念完，哪能跟你这种念过大学的比。"司机不服气，"反正咱们旅里我没见过谁戴这种肩章。"

"说啥呢？"中士剜了司机一眼，"别他妈扯远了啊！"

"大学生士兵？"他问中士，"你是哪个大学的，庞班长？"

"我不是。"

"这有啥谦虚的。"他以为找到了新的话题，"现在大学生入伍很多的，不像我在连队的时候，上过高中的都没几个。"

"我说了我不是。"中士噌地站起来，身上的步枪"哗啦"一响，"我也不是班长，我就是个兵，就是个步枪手。"

中士说完，径直上了驾驶室，"嘭"地关上了车门。紧接着，卫生员从另一侧车门跳了下来。

"庞参咋了？"卫生员很无辜地看着司机，"你又惹到他老人家了？"

"我哪有？"司机吐吐舌头，"不干我事。"

"你为啥叫他庞参？"他只在报纸上见过这个职务，"他是士官参谋？"

"我没叫。"卫生员摇摇头，一溜烟钻出伪装网不见了。

"他原来是我们营的士官参谋，来演习之前不知道为了啥事跟营长拍桌子，结果被撤掉了。"司机不好像个新兵似的逃走，只好压低声音飞快地解释了一下，末了还叮嘱一句，"千万别说是我说的啊！"

他笑着点了点头。

趁着太阳还没落山，他又出去走了走。为了减少炮击和空袭造成的伤亡，部队宿营点安排得相当分散。他走了三个帐篷就觉得腿酸。来之前，他觉得住帐篷比住卡车要好，至少听上去浪漫一些。不过看了以后才明白为什么把他和吕安排在卡车上宿营了，因为那的确是一种待遇。那些双人迷彩帐篷十分单薄，并不适合北方冬季使用。为了抱团取暖，每个帐篷都安排了三个人。他笨手笨脚地钻进去坐了几分钟就觉得憋闷，据说一宿过后，呼出的热气会在帐篷内壁凝成一层白霜。

等他回到自己车前，看见中士正盯着几个兵从车上往下搬给养。

"水还差两件。"领头的下士点着数,"庞参,大垃圾袋再给一卷呗。"

"你问谁呢?"中士缠着创可贴的食指照例轻敲着扳机护圈,"谁是庞参?"

"啊……噢噢噢。"下士赔着笑脸,"我说的是庞哥啊,庞哥,这下对了吧?"

中士"哼"一声,不再说话。

3

五点半开晚饭,有自热米饭和面条,他选了鸡肉米饭。第一次吃这种东西,他带着点兴奋撕开包装盒,却发现用来浸泡发热包的小水袋已然冻成了冰块。发热包可以给食物加热,但它自己却需要水来激活,而水却被冻住了。

那他该怎么办?手机告诉他此刻气温是零下九摄氏度,夜间将降到零下十九度,并伴有大风预警。他唯一能想出来的办法是把水袋揣进怀里。眼见别人的餐盒都发出了"咝咝"的声响,而自己怀里揣着的还是一块冰。

"这玩意儿也叫自热?"他把手伸进大衣里搓着那块冰,没来由地想起了《第二十二条军规》,"等冰化开,人估计都饿死了吧。"

司机和卫生员一齐看看中士,又把头低了下去,没人回答他。中士捧着饭盒轻轻晃了晃,一缕白汽从餐盒排气孔喷出来,像是种嘲讽。他有些恼火,却强烈要求自己不去跟中士一般见识。中士就算十八岁入伍,中士服役期满也就八年,那也才二十六岁,他当兵的时候中士肯定还没出生呢。他年轻时会跟一个婴儿置气吗?不会。那中年时为什么要跟一个小年轻置气呢？当然，自己的儿子另当别论。他只是在这儿转一圈罢了。或者按领导的话说，他只是来"体验生活"的。虽然他一直认为，只有生活完全属于个体，才存在真正的体验，换句话说，他虽然就坐在庞庆喜的对面，依然体验不了"庞庆喜的生活"，而只能是"他所体验的庞庆喜的生活"。

他有一搭没一搭地翻着书，等到腋窝里的冰彻底融化，才拿出来倒进餐盒底层的发热包上，等着餐盒发出细响，冒出热气。不过味道不怎么样，特别是米饭带点夹生感，他只吃了一半就吃不下去了。还好他还带了一些零食，晚上饿了可以填填肚子。他把餐盒扔进垃圾袋，远远走到一处坑洼处撒了泡尿。此时黄昏的地平线被落日余晖镶成金色，闪亮又完整，勾勒出了他身处世界的边界。他站在目光统治的疆域中心，不由得生出无数细草般的感触。但他说不出来。也许语言的尺度对于心灵而言永远不够精确。要么就是他自己还不具备操控更精密语言的能力。

风越来越大了，可他还站在那儿。他想起了一些事情，尽管那些飞舞的小片思绪与脚下的荒原毫无关系。原本蓬松的云朵被高空风扯成许多长条，天空的蓝色越来越深，而星星也越来越多。客观地说，荒原夜色还是挺美的。特别是星空，可看性很强，堪比自己生活过多年的河西走廊军营。年轻时他喜欢看星星，吃羊肉，一次又一次失恋，但始终关心国家大事。后来他调到了驻城市的机关大院，开始操心职务、房子和孩子，很少抬头，于是星河长期闲置，兀自流淌。

他还想再待会儿，风却非要推他回去。往车那边走时，得把身体前倾才能保持平衡。他老远就听到"啪啦啪啦"的声响，走近了才看到伪装网在夜色中波浪般起伏，他甚至开始担心固定伪装网的地钉会不会被拔出来砸中他的脑门。

他不得不回到卡车里。卡车车厢提前做过防寒措施，篷布内侧贴了一层泡沫软板，而车厢地板则铺了一层厚塑料布，基本能将大部分风挡在外面。除此之外就要靠自己带来的被装御寒了。车里漆黑一片，他用手机照了一下，那些散乱的纸箱不知什么时候被重新码垛在车厢一侧，除去给养物资，靠车尾的空间大约能并排睡下三个人。只不过眼下只有他自己。司机和卫生员在驾驶室，而中士不知去了哪里。他在黑暗中坐着，犹豫着要不要钻进睡袋。现在才六点多，平时这个时候他才刚吃过晚饭，正在大院附近的公园散步呢。可不睡觉他没有任何事情可做。这种情况超出了他的经验，让他不知如何是好。就算没风，他也不可能整晚都在那儿仰望星空，毕竟文字工作者的颈椎都好不到哪里去。手机倒是能看，可电池很快开始警告。他拿出充电宝插上，突然发现充电宝电量只剩百分之六十多。他心里一紧，因为他起码还要在这里待三天。

最后看了一眼天气预报：零下十九摄氏度，西北风七到八级。他关掉手机，死心塌地地准备睡觉。脱下棉裤对折一下当枕头，又弄了两瓶结冰的矿泉水，用脚蹬进睡袋最深处，明天吃喝全得靠它们。到底要不要穿着毛衣毛裤睡这事儿让他犹豫了几分钟，最后还是决定脱掉。睡袋上面盖军被，被子上再盖迷彩大衣，这才穿着秋衣钻了进去。躺了一会儿，两只冰块似的脚在睡袋里互相蹭着，感觉慢慢热乎起来，美中不足的是大厢缝隙中钻进来的风在他脑袋周围窜来窜去，最后他不得不把棉帽也戴上。

狂风扇动伪装网如潮水一般响着，篷布系绳也拼命抽打着大厢板。他在黑暗中听着呜呜怪叫的风声，很庆幸自己能有一个安身之所。平时夜晚标配的睡衣、沙发、热水澡、手边的书和橘色台灯光与此刻他的世界全不兼容。在黑暗中独处不是件愉快的事。如果吕没走的话，他们尚可在黑暗中闲聊。按说卫生员是应该回大厢上睡觉的，可这个胖乎乎的上等兵估计是要等他睡着了才会回来。换了他，他也不会愿意跟一个陌生人挤在一起。中士迟迟不见人，怕也是这个原因吧。如此说来，他差不多也是个"不讨人喜欢"的人。

风越来越大，连车身都禁不住晃动起来。他努力想让自己睡着，可所有努力想做到的事情往往都做不到。不知在睡袋里辗转了多久，他终于变得迷迷糊糊，几乎已经到达了梦境的边缘。可是车却突然发动起来，一把将他扯回到冷酷的黑暗中。开始他以为部队要趁夜转移，可等了一阵车却又熄火了，车厢里充满了呛人的尾气。他气急败坏地爬出睡袋，撩起篷布去通风。大衣没拉拉链，风一头扎进他怀里，仿佛一个大冰块从他的皮肤上碾过，他身体瞬间紧缩，一口气哽在喉头，差点没把他噎死。他像只受惊的土拨鼠，立刻钻回了睡袋里，又把睡袋帽兜扯下来蒙在脸上。好容易冷风替换掉了车厢里的有害气体（看来汽车限号也不是没有道理），而他又一次努力入睡时，车又被打着了，过了十来分钟后再次熄火。这下他才反应过来，这是司机怕发动机冻坏而采取的应对措施。这个他懂。有一年冬天，他去酒泉接大修回来的天线车时，司机半夜起来两三回就是去干这个的。只不过这常识他很久没有用到了。

他索性坐起来，披着大衣靠在侧厢板上。眼睛已经适应了黑暗，借着篷布缝里透进来的星光，勉强能看到一点车厢内的轮廓，他突然发现身边有个发白的东西。顺手拿起来，原来是中士的 kindle。这东西他也买过一个，不过总觉得没有纸书看着舒服，新鲜了几天便不知丢到了哪里。他犹豫一下，按亮了屏幕。《平凡的世界》，这个他中学时就读过。点开书单，排在前面的依次是《解忧杂货店》《水浒传》《活着》《聊斋志异》《人类简史》《中越战争秘录》，居然还有《82 年生的金智英》。他胡乱翻看着，快十点时，忽然听到外面似乎有人声，他赶紧恢复到初始页面，重新钻回了睡袋。

"我还要上哨，你睡中间。"他听见中士在车下叮嘱卫生员，"你睡觉机灵点，别挤到人家。"

"万一挤到了咋办？"卫生员有点为难，"睡着了我啥也不知道了呀。"

"那你就别睡着。"中士没好气地，"这还不简单！"

他拉下睡袋帽兜装睡。两个兵轻手轻脚地爬进大厢。耳朵在黑暗中异常敏感。呵气声。搓手声。咳嗽声。鼻子的吸溜声。织物的摩擦声。枪带和枪身的撞击声。细碎又粗糙的声响浮动于风声，不久又隐没于风声。直到他被一阵嘈杂声吵醒，才发现自己刚才真的睡着了。他摸到眼镜戴上，四周仍漆黑一片。

"排长说的叫排长解决去！"他竖起耳朵，听到车外中士的声音，"营里早都要求过要检查装备，你们是怎么检查的？"

"检查了呀！那个帐篷上次在库尔勒就划破了，我们自己补了一下。谁知道这鬼地方风这么大，快赶上咱们福建的台风了。"一个委屈的声音，"这事我们给连里报过，连里让用，我们也没办法啊庞参。"

"谁他妈是庞参？"中士吼一声，"你们没办法我就有办法了？这车顶多住三个人，你们一下又来三个，你给我说怎么住！"

"我们坐着也行啊庞哥。"那个声音央求着，"这鬼天气，弟兄们在外面非冻成傻 × 不可。"

"你以为你现在不傻 ×？"中士的声音低了些，"我告诉你，这车我说了不算。这车是保障上级来人的，领导在车上休息呢……"

他犹豫一下，从睡袋里钻出来，穿上大衣往车尾挪过去。

"让大伙上来吧！"他脑袋才从篷布缝里探出去，立刻被风劈头盖脸一顿拍打，"赶紧上来，都上来！"

车下无人应声。

"磨叽个蛋啊，我 ×！"他又喊一嗓子，"赶紧上来！"

"领导，我们——"

"谁是领导？"他佯怒，"骂谁呢？"

和他想的一样，车下的兵吃吃地笑起来。天哪，好险！他们要是不笑呢？这让他有些后怕。他忽然意识到，刚才说话的口气是当年在连队带兵时天天用的，后来去了机关，最后又进了创作室，这口气像是封存了多年的红旗–2号导弹，他以为早都该淘汰了。不想二十年过去了，依然能顺利发射并且命中目标。

一只抓着圆形小应急灯的手伸进了篷布里。他接过灯，又抓住那只冰块似的手，用力把人拉上车。晃动的灯光里，几个兵爬上车，本不宽裕的空间挤得满满当当。

"来坐这边。"他用脚把自己的睡袋和被子踢开，"我这儿还有地方。"

"不用不用，领导你不用管我们。"一个下士搓着耳朵，"我们一会儿还得上哨，在这儿避避风就行。"

"不是还没上哨呢吗？"他说，"先坐着休息吧。"

几个兵互相看看，都不好意思上前。

"干吗？你们当这是请客吃饭呢，还搞个主陪副陪啊？"他笑笑，"赶紧坐吧，坐下了正好可以把我被子盖上。"

下士犹豫一下，跨过来坐在了他身边。几个兵两两对坐下来，他把被子摊开盖在众人腿上。他刚把腿伸进睡袋里，突然觉得不太对劲。

"少个人吧？"他拿灯照了一下，"庞庆喜呢？"

"他没上来。"卫生员说，"庞参说他不上来了。"

"为啥？"他问，"不上来他睡哪儿？"

"不知道，反正他就是这么说的。"

"那怎么行。"他欠起身喊了两声，没人回答。他缩回脑袋，穿上鞋爬下了车。走到车头敲了敲驾驶室的门，却只有司机在里面。他绕着车转了一圈，快回到车尾时，一个东西绊了他一个趔趄。脚底下忽地竖起个黑影，吓了他一跳。仔细一看，一个人正从车轮边的睡袋里坐了起来。

"你睡这里咋行？"他说，"起来起来，赶紧上车去。"

"不用了，睡这可以。"中士说，"车上挤不下了。"

"别人都上去了，还挤不下你一个？你是姚明啊？"他缩着脖子，"赶紧起来，你这样睡在地上非冻坏不行。"

"我年轻，身体好着呢。"中士的声音在风里抖动着，"领导你不用管我，我们经常在外头驻训，早习惯了。"

"今天夜里零下二十度知道不？"风吹得他浑身止不住地哆嗦，"行了，快上车去吧。"

"谢谢领导，我真的不用。"中士说着又躺了下去，"后半夜我还得上哨呢，你们快休息吧。"

"你故意躲我呢是吧？"他俯身看着中士把睡袋拉链拉紧，"好，我现在给你说，今天是我们态度不好，向你道歉，请你原谅——"

"不是不是，我不是那个意思……我态度也不好……"中士立刻坐直了，睡袋里的步枪枪管跟着从睡袋里戳出来，"我那个什么……我就是觉得你们车上已经太挤了……"

"太挤了是吧？就是，我也觉得挤。"他转身往车尾走，"我现在把睡袋拿下来，咱俩在车底下睡，这样总不挤了吧？"

"别别别！我上车，我上车！"中士手忙脚乱地从睡袋里爬出来，"把你冻坏了我可担不起！"

他在黑暗中得意地笑起来。毕竟是年轻人，上了车没一会儿就打起了鼾，而他还在黑暗中睁着眼睛。他知道自己已经日渐老去，永远不可能再回到连队中去了，这让他略微有些伤感。

4

被冻醒时，风还在吼着，丝毫没有消停的意思。剧烈抖动的篷布缝隙里渗进一抹晨曦。看看表，才四点多。抠抠眼屎再戴上眼镜，对面几个小伙子的剪影从微光中浮现出来。此刻看不出他们的面孔，头盔下每张脸都蒙着防寒面罩，面罩嘴部开口处凝着一圈白霜。对面列兵赤裸的手红肿着，带着边缘发黄的裂口。寒冷并非是件小事，或许恐龙都因此而灭亡。寒冷对战争的影响他多少知道一点。斯大林格勒。巴斯托涅。长津湖。忘了在哪儿看到的，全球变冷往往会导致人类大规模迁徙，历史上的五胡乱华、蒙古南侵，都是北方游牧民族冻得受不了了才决定去找个暖和地方待着。不过眼前的这些小伙子——他听到的大多是南方口音——却在这严冬北上寒训，并与他相遇在这台风中的卡车上。

靠坐了大半夜，他屁股和腿几乎没了知觉。睡前贴在秋衣膝部和胸口处的暖贴早已失去温度，变得像此刻的躯体般干硬。他从来没穿这么厚过。从里到外依次是秋衣、毛衣、棉衣、作训服和迷彩大衣，从下到上依次是防寒鞋、双层冬袜、棉手套、棉帽，还有一只上缘包住颧骨，又在他眼角挤出几层褶子的防寒面罩。即使如此，他还是被冻透了。想起身活动活动，可一个脑袋正靠在他左肩上，而那里面可能正上演着一个不便惊扰的梦。他慢慢屈起腿继续坐着，又强迫自己闭上眼睛，等待沥青滴落般等待着日出。

正当他又开始迷糊的时候，车下面传来几声尖厉的哨音。身边的几个兵电击一般跳起来，他还没搞明白状况，几个兵都不见了。等他笨手笨脚地爬下车，才发现伪装网被风从地钉上扯下来，整个裹在车身上。不过这不是重点。重点是几个兵正围着两个身穿"蓝军"作训服、被背包绳反绑着的兵，一个上士满头满脸的土，一只眼睛肿得只剩下一条缝，正冲着中士叫骂着。

"你他妈给我放开！"

"我他妈给你放个屁！"中士的模样也好不到哪里去，嘴唇上破了一块皮，似乎还渗着血，"刚才我就应该一枪崩了你！"

"来啊！我怕你个锤子！""蓝军"上士挣扎着，"有本事你就枪杀俘虏噻！"

"我丢不起那个人。"中士冷笑一声，"想收拾你还不容易？"

"你以为你多牛×？""蓝军"上士是真急了，"有本事放开单挑！"

"把他嘴给我堵上！"中士话音刚落，身边的几个兵一拥而上，用宽胶带贴住了上士的嘴巴。上士拼命挣扎着要向前冲，却被几个兵按倒在地。

"哎哎哎，意思一下就行了嘛。"被捆着的"蓝军"下士急了，"解放军不是优待俘虏的吗？"

"优待？凭啥优待你们？"中士板着脸，"想摸我们指挥所不说，还敢动手，不虐待你们算好了！"

"今天是指挥所演练，攻防战斗还没开始呢好不好？""蓝军"下士又说，"快松开啊，胳膊都快勒折了，你们真往死里捆啊！"

"没开始你们来干什么？"中士啐口唾沫，"去年我就是优待你们，没给你们上手段。结果你们干啥了？反手就给我一枪！"

"去年？""蓝军"下士愣一下，"去年你们也来了？"

"去年我们在库尔勒。"

"库尔勒跟我们半毛钱关系都没有啊！""蓝军"下士叫起来，"冤有头债有主对不对嘛！"

"我不管，反正你们都是一伙的。"中士说，"只能怪你们倒霉，撞到我手里了。"

"真不松绑啊？你们要这么干，那我们可要找导调反映了啊！"

"去反映啊！"中士哼一声，转身要走，"不过先让你们在这里吹吹风，凉快凉快。"

"是不是应该交给连里审讯一下？没准他们知道点什么情报呢。"他忍不住冒了一句，说完又觉得多嘴。万一中士来一句"没你的事"，自己的脸该往哪儿搁呢？可被按在地上的上士嘴里不停地"呜呜"着，脸涨得通红，显然快要气疯了，他又实在看不下去，即使他明知道这只是场演习："我只是建议啊，作为一个老家伙。"

中士一扭头，目光像刀锋般划了过来。对视了几秒，中士又把目光收了回去，慢慢转回身去，走到"蓝军"上士跟前。他紧张地看着中士，生怕他会一脚踢在人家脑袋上，好在中士只是停了停，接着蹲下身解开了"蓝军"上士的背包带。

"啥子意思？""蓝军"上士撕掉脸上的胶带，瞪着中士，"想单挑？"

"你以为单挑你能赢？"中士说，"你那么厉害，为啥叫我给放倒了？"

"你那是偷袭！""蓝军"上士不服地，"我告诉你，跟我们交手的单位多了，到现在还没有赢的呢！"

"这个我信。"中士笑笑，"不过在你这儿我赢了，这没错吧？"

"蓝军"上士不说话了，爬起来揉着胳膊。安排三个借宿的兵将"俘虏"押到连部后，中士摸出烟走到车尾，摘下头盔点烟。风太大，打火机响了好几下也没点成，他掏出自己的ZIPPO火机打着递了过去。火苗被风吹得几乎看不见了，但他知道它还燃着。中士双手环住火机点着了烟，又用贴着创可贴的右手食指轻轻敲敲他的手背。

"谢谢。"中士又摸出烟盒，"来一根？"

"我这有。"他也掏出烟点上，"我岁数大了，抽个细的感觉能少抽点。"

"这个是自欺欺人吧?"

"你说对了,我们老年人都这样。"

"你也没多老……"

"你看我有多老?"他说,"随便猜。"

"你有……五十三?"中士想了想,"五十吧,你估计跟我爸差不多大。我爸今年四十八。"

"那还真是,你爸跟我一年的。"他笑起来,"你爸也当过兵对吧?"

"你咋知道?"

"我猜的啊。"

"你还真能猜。他在空三师当过机务兵。当了五年,准备转志愿兵,后来没转成就回家了。"

"我就说嘛,不然你不会对以前的士兵军衔了解那么多。"他说,"那两个小子你是怎么抓住的?"

"半夜我带人上的潜伏哨……也是被我给撞上了。他们没想到我们在那里设了个潜伏哨。"中士跺着脚,猛吸了两口烟,又吆喝起来,"你们,赶紧过来把伪装网弄一下!"

"风这么大,再弄也得被吹开。"司机不太情愿,"还弄吗?"

"你说呢?"中士把烟头踩灭,走过去抓起裹在车轮上的伪装网,用力往出拽。展开的伪装网重新兜住了风,立刻在半空中舞动起来。司机和卫生员赶紧上前一起拉住,方才将伪装网拽起来。中士腾出手抓起铁锤正准备敲地钉,风猛一使劲,伪装网瞬间从司机手里飞了出去。他闪避不及,伪装网一角正好抽在他脸上,疼得他惨叫一声。

"没打到眼睛吧?"中士扔掉铁锤跑过来,"面罩取下来看看。"

"没事没事。"他捂着发木的半边脸,感觉很丢人。

"红了,不过没破皮。"中士凑近瞅了瞅,"你还是上车休息吧。"

"老皮老脸的，没那么娇气。"他拉上面罩，"我跟你们一起搭伪装网。"

"不用不用！"中士赶紧摆手，"哪能让你干这个！"

"我怎么不能干？我当兵第一年就挖了三个月的光缆沟，累得我们人仰马翻，那时候你还没出生呢。再说了，人多好干活嘛。"他说着，上前扯住伪装网。风敌不过四个人的劲，第一枚地钉终于钉了进去。他们眯着眼忙活了半天，用掉了所有的地钉和支撑杆，弄了一头一脸的土，总算把伪装网重新架了起来。手冻得没了知觉，右脸颊肿得老高，却让他想起了九九年夏天，他刚当指导员不久，带着连里的兵一起在乱石滩上开菜地。刚开始那几天他吃饭时菜都夹不起来，不过也没白干，至少战士们都喜欢跟他玩了。

回到大厢，他从睡袋里找出矿泉水，递给中士一瓶。中士咕嘟咕嘟喝下去半瓶，而他只一口就冰得牙都要掉了。

"年轻还是好。我当兵的时候，有一次和老乡上街，一次吃掉了十二根冰棍。不像现在，一喝凉的肚子就不舒服。"

"你喜欢喝咖啡吧？"

"对啊。每天至少喝两杯，早上一杯，下午一杯。"他舔舔嘴唇，"不行，不能说这个，越说越想喝。"

"现在想喝吗？"

"想啊，可惜没热水。"

"把你杯子给我，我去看能不能给你搞一杯。"

"算了，这么大风。"他摇头，"不要让别人说我多事。"

"不存在的。我正好要去连部。"中士伸出手，"杯子，还有咖啡，都给我。"

他没办法抗拒中士和咖啡，起身从背囊侧兜里取出两包挂耳咖啡递过去，"要能找到热水的话，你也冲一杯尝尝。"

"我不爱喝这个，太苦。"中士从他手里抽走一包咖啡，连杯子一起揣进口袋，豹子似的跳下车，转眼就不见了。

他用矿泉水漱了漱口，权当刷牙，又吃了一片降压药，然后开始吃早饭。面包、榨菜和火腿肠，但他只想要一杯热咖啡。他巴巴地等着，太阳都正式出来了，中士还没回来。荒野中的一杯热咖啡太过美好以至近于虚幻。他不该奢求这些。他有点后悔自己不太坚决，既然说了没热水，他就不该对此抱有幻想。如果中士因此被领导批评，那就太得不偿失了。

他心不在焉地看了会儿书，又忍不住摸出手机。刚开机还没来得及输密码，吕的电话便打了进来。吕的声音像被风吹着一样断断续续，使劲听才听明白吕说稍晚点要过来找他。

"……说你那边有个兵半夜抓了俩俘虏，更神的是这个兵居然还立过一等功，直接保送上军校，可惜后来犯错误又给退学了。"吕听上去有点兴奋，"我觉得还挺有故事的，准备采访采访。"

"好啊，快来。这个兵你见过。"

"不能吧？在哪儿见过？在板房吗？"

"昨天下午刚下车，那个中士……"

"噢……是他呀。"吕哈哈笑了几声，"我先看看这边的采访情况，来得及的话，我再过去找你。"

挂了电话，他突然后悔不该把这事告诉吕。不要说平时，即使是战时，立一等功的也不多，差不多得拿命来换。他当年在组织科时整理过单位的历史，组建四十多年，立过二等功的不过寥寥四五人，一等功从来也没有过。而这个跟他睡一台卡车上的小子居然立过一等功！不过按吕的说法，这孩子立功之后的日子似乎不够顺利，上军校被退学，当参谋被撤职，这时候如果被记者采访，上上报纸什么的，对他应当是件好事，而他刚才可能无意间把这好事给搅黄了。他越想越觉得不安，又拿起手机给吕打电话，想告诉吕他刚才搞错了，要么就说这小伙真的很有故事，绝对值得采访……可该死的电话却没了信号，无论如何也拨不出去。他只好用木棍似的手指写起了短信，刚写了两句，篷布突然被掀开，中士的脸从尾厢板上冒了出来。

"搞定了。"中士笑嘻嘻地把杯子递过来，"你尝尝。"

他拧开盖把鼻子凑过去，一股白汽携着咖啡的香味儿直冲鼻孔。哦，真正的热咖啡，虽然夹杂着洗锅水的味儿，但足以令他精神大振。他赶紧把嘴唇凑上去呷了一口，却一下子僵住了。喝进嘴的液体里充满了细小的渣子，他想装作什么事也没发生，可是水太烫了，他不得不跳起来，"噗"地一口吐到了车外。

"咋了？"中士愣住了，"烫到了？"

"没事没事。"他"呸呸"地吐了几次，又拿矿泉水漱了漱口，弄干净了嘴里的咖啡渣，然后才向中士解释了一下挂耳咖啡和速溶咖啡冲泡方法的不同。

"我就说嘛，怎么塑料袋里面还有个纸袋。我把纸袋撕开，把里面的粉末倒在杯子里才加的水。"中士脸红了，"我没弄过这个。"

"正常啊。每个人都有不知道的，就像我也不知道篷布的绳子一扯就开了。"他笑笑，"这已经让我喜出望外了。"

"算了，你别喝了。都是渣子怎么喝啊？"中士像是在生自己的气，"要不我再去给你弄一杯。"

他立刻谢绝了。他是个写作的人，要连中士话里的为难都听不出来就太蠢了。何况此时此地，能弄到热水的一定不是一般的地方，中士肯定费了不少周折才冲了这杯咖啡。

"等咖啡粉沉下去就好了。"他不确定咖啡粉究竟会不会沉淀下去，但很确定这是平生最与众不同的一杯咖啡，"有杯热咖啡在手里，就算不喝也觉得很幸福。"

"这么容易幸福啊？"

"有一点就好啊。"他想了想，"问你个问题。"

"可以啊。"

"你是不是立过一等功？"

"谁给你讲的？"中士瞬间初始化成面无表情的模样，"他们他妈的总是管不住自己嘴——"

"不不不，不是他们。"他赶紧赔上些笑脸，"是你们旅里领导给吕记者讲的，就是昨天跟我一起那个吕记者。他刚才说想过来采访你——"

"采访我干啥？"中士噌地站了起来，肩膀撞得绳网晃悠起来，"我有什么可采访的？我他妈的就是一个兵——"

"别急嘛。"他仰头看着中士，"兵也罢官也罢，一等功总不可能是白给的对吧？"

"我可不光立过功，还受过处分呢，处分也不是白给的。"中士盯着被风不停撩动的篷布角，仿佛自言自语，"一减一，等于零，零就是无，就是这样。"

"我的意思是……"他居然慌乱起来，"采访一下对你有好处——"

"好处？"中士冷笑起来，"谢谢领导，我不需要这个好处。"

他愣在了那里，而中士已经掀开篷布跳下车，消失了。

5

咖啡不喝尚能忍受，厕所不上问题就有点大。处在这蛮荒之地，生物钟和植物神经集体紊乱。自从前天上午在办公楼蹲过一次坑，整整四十八小时没上大号，此刻便意盎然，却不知如何消解。风依旧没有休息的意思，天上的云被吹得一丝不剩，所有的枯草都匍匐于地面。在西北戈壁待过多年，他知晓风的厉害。当年在连队，蔬菜大棚的塑料布破了一个小口子没及时补上，结果一夜狂风将塑料布扯得稀烂，更换时花了六百多块钱，相当于他一月工资，悔得司务长几乎要上吊。而那时的风，却还不至于像现在这样令他焦虑。他已经不再年轻，却依然一事无成，连泡屎都没办法利索地拉出来。

事实上旅里早就预想到了野外如厕的问题。昨天傍晚战士们领给养时他才看到一张奇怪的墨绿色折叠椅，椅子中间有一个椭圆形大洞，同马桶盖的形状别无二致。他问了司机，果然是上大号用的。司机说，他们曾计划用几根金属管拼接成一个长方框，外面蒙上迷彩布，中间放这把开洞的交椅，椅子下面放一个套着垃圾袋的塑料桶，听上去很像《阿甘正传》中丹中尉上过的野战厕所。他还在彼得·杰克逊的纪录片《他们已不再变老》中看到过，一战时，英军阵地的野战厕所就是一根横木，士兵们撅着屁股在上面坐成一排，不过那至少不在冬天。一百年后的今天，战场如厕依然是个难题。演习部队在南方设计的如厕方案带着田园牧歌式的想象，但在狂风揉搓的北方荒原上彻底破灭了。连伪装网尚且岌岌可危，更不要提什么小小的迷彩围栏。如果没有遮挡，在一览无余的荒原上露臀高坐，且不说会不会进入"蓝军"狙击手的瞄准镜，单是那个样子也能让人笑掉大牙。

他迟疑了很久，最终还是决定冒险一试。他穿戴整齐，提着一把步兵锹钻出了伪装网。睁不开眼喘不上气，只能倾着身子顶风向前拱。他想走到别人看不到的地方，可是时间和精力成本过高，他只好在一个浅坑处停了下来。在他日程过半的生命中，还从未在这种情况下蹲过坑。这说明他的阅历还太过单薄。他四处张望一番，才解开腰带褪下裤子往下蹲。他希望蹲得越低越好，以免被别人看到——虽然他不停地告诫自己不会有人去看他——可厚厚的秋裤毛裤棉裤堆积在腿弯里，令他无法彻底蹲下去，只能像只袋鼠抑或鸵鸟似的立在洒满阳光的荒原上。考虑到身处战场，人人都不可能优雅地如厕（假如如厕也能用优雅形容的话），倒也没什么不能忍受的。要命的是大脑提供了指令，屁股却拒绝执行。狂风呼啸着掠过，赤裸的皮肤起了厚厚一层鸡皮疙瘩，非但如此，低温仿佛触发了某种保护机制，让他想起了一个带有金属感的技术词语："自动锁闭"。他蹲了好一阵，屁股都冻麻了，却什么也拉不出来。仿佛脑海中酝酿着一部传世巨著，对着电脑时却一个字也写不出来。思想与身体正在分庭抗礼，让他看到了彼此之间难以调和的紧张关系和天然的局限性。

平时他总是上午八点左右上厕所。这个时间他只看史书，整套《通鉴纪事本末》就是蹲坑期间读完的，后来他又接着看《续资治通鉴》，出发前刚看到宋高宗绍兴三年。这一年，三十岁的神武副军都统制岳飞在洪州跟江南兵马钤辖赵秉渊喝大酒，喝多了差点把人家打死，结果受了降职处分。医生说，他这样的痔疮患者大便应当越快越好，可他改不了，所以每次蹲完坑总得在椅子上仰靠个三五分钟，好让夺门而出的痔疮归复原位。他蹲在那儿想着，最后实在蹲不住了，于是悻悻地开始擦屁股。手纸上毫不意外地出现殷红的血迹，却比平时更令他沮丧。此刻他手里没有史书，身边也无处躺靠，而走回车上会流更多的血，与其这样，不如就地休息一下算了。

他提起裤子，先是双手撑地斜坐了一会儿，后来被风吹得难受，干脆躺了下去。刹那间，天空占据了整个视野，蓝得肆无忌惮。天空这种看似永恒的事物总会让他涌起若干庄严之感，可惜他依然没有精确的语言来形容它。他闭上眼睛，风中的草茎不时蹭着他的耳朵，仿佛玛雅在舔他。玛雅是他养过的一只暹罗猫，喜欢在他的腿上睡觉，在他的键盘上行走。可惜后来它走失了。他不得不承认，时间带走了很多，并终将带走一切。

不知躺了多久，他似乎听到风声中有人呼喊。循声转头，只见中士正提着步枪，远远地朝他跑过来。

"你没事吧？"中士喘着粗气，"我之前看你在这里蹲着，再一看人不见了。"

"想拉泡屎没拉出来，结果痔疮犯了，就躺在这儿休息一下。"他笑着坐起来，"老毛病了。"

"我以为你晕倒了呢。"中士松口气，把枪背上身，"吓我一跳。"

"一时半会儿晕不倒。"他起身提提裤子，"这他妈的棉裤，总往下掉。"

"你系得不对，要这样才行！"中士瞅瞅他的裤腰，一边大声说着，一边掀开衣服，揪了揪自己棉裤上的腰带祥给他示范要领，"看见没，你得把这个东西翻出来，和迷彩裤一起穿在编织内腰带上。"

"来之前，领导说要让我们通过演习，成为一名合格的战斗员。"他按照中士的办法系着腰带，"你觉得这事靠谱吗？"

"要是领导说，让我成为一名合格的创作员，你觉得靠谱吗？"

他在防寒面罩里笑起来，跟中士一起往回走。半路上，中士在风里冲他喊着什么，他停下来掀起一只棉帽耳朵，凑近了才听清楚中士在问他。

"你是写啥的？"

"小说！"他也喊一句。他必须言简意赅，不然风马上就会将他的嘴堵上。

"啥小说？"

"连队！写连队的小说！"他双手拢成喇叭筒，"可惜现在写不动了！"

"为啥？"

"因为我老了！"他别过头换口气，拼命喊道，"你知道吗？写连队就是写青春，问题是我已经老了，老得连屎都他妈的拉不出来了！"

"你不老！"中士惊讶地看了他几秒，"你就是头发少了一点！"

他放声大笑，直到一股风塞住他的喉咙，呛得他咳嗽起来。

折叠桌在风里搁不住，午饭只能在车里吃。这回他加热了一份重庆小面，味道不错，他本想再吃一盒，可上厕所的问题困扰着他，不敢再吃了。中士就着榨菜吃掉了两个面包和一盒鸡肉米饭，又拿出一盒拆开了包装。他正感叹年轻人的饭量，却见他将塑料餐盒上层的米饭和调料包取出来，又从怀里掏出一瓶矿泉水，小心地倒进餐盒里。

"这是干啥？"

"马上你就知道了。"中士笑笑，把加热包放进餐盒底层，又往上倒了些水，然后将盛了水的餐盒上层放进去，盖上盖子。不一时，餐盒嗞嗞地响了起来。

"你在烧水啊！"他反应过来，"这玩意儿能烧开吗？"

"不知道，试试看。"中士又从口袋里摸出个发热包，"一次热不了，两次总可以吧。"

他和中士对坐着，看着面前的饭盒。约莫十分钟后，白汽散尽，中士将上层餐盒取出来，底层的水已经干了，只有膨胀的发热包还冒着热气。中士伸手摸了摸，摇摇头，把用过的发热包倒出来，再把新的放进去，重新倒上水。

"再给它弄热点。"中士说，"冲咖啡的水越热越好，对吧？"

他点点头。他很耐心地看着水蒸气喷出来，那感觉很美妙。等中士再次把餐盒揭开，他看到了无数细小的水泡。他把咖啡纸袋挂在杯口，中士则小心翼翼地斜起餐盒，让热水注入滤纸袋。白汽升腾而起，连中士都忍不住叫了一声："好香！"

"香吧？咱俩一起喝。"

"我嫌苦。我还是喜欢甜蜜一点的东西。"

"你这句话很有文学性。"他坐起来开始翻包，找出糖包加了两袋进去，又晃晃杯子，把杯盖倒满递过去，"这下可以了，你尝尝……"看中士往后躲："我×，尝尝怕啥，又不是毒药！"

中士接过杯盖抿了一口，咂吧了两下嘴，接着又喝了一口。

"哎，还挺好喝的。"中士看着他，"那我把这些喝了啊！"

"喝啊，说了咱俩一起喝的。"他伸过杯子，和中士的杯盖碰了碰，"来，干一个。"

"又不是酒。"中士咧咧嘴。

"你应该挺能喝的吧？"

"没有，我不能喝。"中士想了想，"我也不喝。"

"我以前写连队的小说，里面总少不了喝酒。九七年还是九八年的时候，我们老单位一个保卫干事喝了酒以后出了事，真事啊，后来被我给写成小说了。那年我们组织轻武器射击训练，他负责维持秩序，身上一直带着把五四手枪，还有三发子弹。他正好喜欢我们卫生队的一个护士，可是人家对他没兴趣，结果有天晚上他喝了酒就跑去找人家姑娘，姑娘生气了骂他，他一激动就把枪给掏出来了……"

"你这是刚编出来的吧？"中士的杯盖停在唇边，直愣愣地盯着他，"你早就知道了，对不对？"

"知道什么？"他愣一下，旋即明白过来，"你觉得我在套你的话吗？"

"我有点敏感。"中士的目光仿佛自带测谎功能，而他成功通过了，"那人后来咋样了？"

"给了个记过处分，年底转业了。"他叹口气，"我那会儿在组织科当干事，跟他关系还挺好的。他回单位办转业手续的时候，我还请他又喝了一顿，把他喝大了，抱着我号啕大哭。他其实特别能干，要是没那事的话，估计也能提起来。"

"可惜这个事情是不能假设的，对吧？"中士沉默了一会儿，"你不是问我为啥立的功吗？其实也没啥，就是出国参加军事比赛，低空跳伞遇上横风，着陆的时候把我右手摔断了，他们让我退出我不干……不过最后我们还是拿了个第二名……就这样，也都是几年前的事了。"

"这不挺好的吗？"

"当时觉得挺好，后来又觉得还不如不立。"中士笑笑，"不立的话，后面我就不会上军校，也不会因为喝酒被退学。不过这也没办法，这就是我呀，我只能是我。"

"年纪轻轻，还挺跌宕起伏呢。"他一时间不知如何接话，想了一会儿才说，"你很能喝？"

"哪有。我其实喝不了酒，一瓶啤酒就醉。那次喝完就戒了。"中士轻啜一口咖啡，"正好现在也不许喝酒了。"

"我知道了。"他试探着，"因为一个姑娘？"

"确实是一个，不是两个。"中士笑起来，"我没跟人讲过这个，他们只知道我喝酒被退学了，但谁也不知道我为啥喝酒……除了你。"

"所以你不想接受采访，对吧？"

"也不全是。我不习惯和陌生人打交道。"

"我也算陌生人吧？"

"你昨天算，今天就不算了。"

中士说着突然停顿下来，歪头侧耳在听着什么，又飞快地起身往篷布外看了一眼。

"不行，我得撤了。"

"咋了？"

"和你一起的那个记者来了。"

"你咋知道？"

"来的车就是昨天接他那台。"中士扣上头盔，把枪甩到背后，"我懒得说那么多。"

"不至于吧？"他也凑过去，透过伪装网，远远看见一辆吉普车拖着尘烟驶来，"我觉得你应付这个没任何问题啊。"

"怕倒不怕，只是不想。"

"那你去哪儿？"

"随便哪里。"

"那我跟你一起去！"

"你？"

"对啊，我。"

爬下卡车钻出伪装网，眼前的荒原一览无余。这样跑下去不可能不被吕看到，他这么想，可跑着跑着，前头的中士突然不见了。他紧跟上去，只见中士正在一条沟里冲他招手，他一屁股坐在地上，笨拙地顺着沟沿滑下去，中士的手很有力地扶住了他。

"前面一百五十米是我们的一个潜伏哨。"中士领着他疾步向前，"昨天我找的地方，位置相当不错。早上那两个小子就是在那里被我发现的。"

他气喘吁吁地跟在中士身后，感觉自己完全像一个新兵。穿了三十年军装，似乎只有新兵连或者初恋时才有过此刻这种新鲜的刺激感，那像是生命之河中的一道瀑布，深藏于时光丛林，途经蜿蜒又漫长的流淌后飞流直下，溅起弥天水雾，又生出迷人的虹彩。沿着沟底拐了几个弯，走到尽头他才发现那是个扎上了枯草的伪装网，下面两个兵正守在那儿。中士要过望远镜往卡车那边看了看，又递给他。被放大了七倍的吕正站在吉普车前跟司机说着什么，风吹得吕站立不稳，所以很快又钻回了车里。他刚把望远镜还给中士，手机却响了起来。不用看也知道是吕打来的。

"你不接吗？"中士鬼精鬼精地看着他。

"不接。"他把手机塞回兜里，"你都不接，我凭啥要接？"

中士头一次大笑起来，露出满口的牙齿。狂风中回旋的笑声令他愉快。的确，他很久都没有这么愉快过了。

楼顶上的下士

1

　　基地缩编是在秋天，司令部警卫连和通信连合并成了一个警通连。刚上任的连长和指导员彼此都挺客气，仅是新连队第一次晚点名由谁来组织这件事就相互谦让了好半天，让来让去，最终还是资历相对老些的指导员一拍大腿，带着点儿勉为其难的意思接下了这事。

　　指导员很重视自己在全连官兵面前这第一次亮相，特地理了发刮了脸擦了皮鞋熨了军装，又在军容镜前照过几个来回，镜子诚实地默认他确是一位年轻又帅气的空军上尉。在笔记本上详尽列出晚点名将要讲到的工作条目之后，指导员再次拿起新连队的花名册，并轻声读出每个人的名字。这很重要。刚上军校时，同宿舍一个广西的覃姓同学被他念成了"谭"。按说这算不上个事，除了字典，谁也没法认识所有的字，何况这字本来就是两音。但指导员是个追求完美的人，不容忍军装上的一个线头和饭碗里的一粒剩饭，于是那个念错的字便成了个小溃疡，时不时就发作一下，至今未能痊愈。其实他有些苛责自己。他现在已经是一个非常成熟的连队主官了，即便花名册里真的蹦出个把生僻字，他也可以跳过去不点。三年警卫连指导员当下来，他很清楚这类小花招。他只要径直点完剩下的名字，接着漫不经心地问一句"还有谁没点到吗"，没点到的兵自然会打报告。这时他再问一句"你叫什么名字"，问题便消弭于无形。问题是他不想这么做。他不喜欢这种小聪明。他不打无准备之仗。他才二十七岁，眼睛闪闪发亮，略有些突出的下巴线条清晰硬朗，明显拥有坚定的意志和远大的理想。

值班排长整队报告完毕，指导员大步走到队列指挥位置，开始照着手里的花名册清点人员。被点到的人会立刻响亮地答一声"到"，这种在命令—服从关系中生成的唱和或者呼应类似枪起靶落，很快就让指导员沉浸在快速准确的节奏中并受到感动。这种毛茸茸的感触无法示人却真实存在：刀削斧劈般的被子、朝阳里齐整的队列、被手掌磨亮的单杠、枪库里新上了油的一整排步枪……连队里的这类事物总是能够令他感动，而他也常常会在这种感动中体会到生活的意义。

遗憾的是，今天这种感觉没能正常地持续下去——他遇上了一个哑弹般突然失去回应的名字。通常情况下，不参加晚点名的执勤人员会有班排长替代回答"上哨"或者"值班"，可这个名字点过后，换来的却是一片沉默。

也许这个兵走神了，指导员想。于是又点了一次，却依然无人应答。

姜仆射！指导员点了第三次，却仍像扔进无底洞的石头，毫无声息。他脸上现出一丝疑惑，接着听到队列里传来窸窸窣窣的低笑声。指导员来自警卫连，而警卫连向来以管理严、纪律好、作风硬著称，敢在队列里发笑的肯定是通信连过来的那帮老兵。他们为什么笑？肯定因为他们知道点儿什么而自己却不知道，信息的不对等造成的压力迫使指导员抬高了嗓门。

　　姜仆射去哪里了？请假了没有？

　　报告！队列后方竖起一条胳膊，指导员，我叫姜仆射，不叫姜仆射，那个字不念发射的射，念树叶的叶。

　　年轻的指导员听见涌上头的血像热油一样嗞嗞作响。他立刻意识到，又一个神仙出现了。说起来，"神仙"只是一个定义模糊的称谓，在基地的话语系统中，它的近义词还有二球、瓷锤、苕头、愣尿、癫仔之类，此外还有更多的叫法过于粗俗不便列举。无论如何，对在连队待过的人来说有一点十分确定，那就是任何一个连队至少拥有一个神仙，没有神仙的连队就像没有缺点的人类一样是不存在的。以此类推，当两个连队合并时，意味着新连队起码会拥有两个神仙。基于普遍的观念，判定神仙的主要标准都是脑袋有问题，而军队往往习惯把有关脑袋的问题都归咎于思想问题，最要命的在于思想问题恰好属于政治主官的职责范围，这不能不让指导员感到警惕。他想起了李金贵。原警卫连炊事班的李金贵曾在相当长的一段时间内令他寝食难安，好在经过三年的不懈努力，头大如斗、食量如牛、嘴暴黄牙、目露凶光，走路总是先迈右脚的李金贵早已走下神坛，不太像从前那样为害人间了。

　　但对于这个斜刺里杀出来的姜仆射，指导员却知之甚少。花名册显示姜仆射生于 1977 年，1995 年年底入伍，今年 21 岁，第三年兵，空军下士军衔，共青团员。不过这说明不了什么，这一切信息都是自然的外在的，无法用来评估一个可能存在问题的脑袋。指导员站在队列前飞快地思索了一下。姜仆射的沉默和辩白跟扔向主席台的鞋子和鸡蛋一样缺乏最起码的教养，在严肃正规又等级森严的军营当中，这一点尤其不可容忍。好在指导员是个经验丰富心胸开阔的连队主官，他觉得神仙的出现并非有弊无利。戏剧性的事件往往令人印象深刻，而他必须要担当起剧中的主角。眼下姜仆射给他出了难题，但何尝不是提供了一个展示自己的契机呢？他清楚连队的规则和秘密。他已经平静下来了。

为什么不能念发射的射呢？指导员把质问隐藏在商榷的口吻中，多音字好像只在特定的词汇里才使用特定的读音吧？像报仇的仇只有作为姓氏的时候才念"球"，绿色的绿只有说到鸭绿江、说到绿林好汉才念"录"，对不对？

是。但是仆射也是特定的词。那个声音犹豫了一下，说，这是古代的一种官职，相当于宰相。

好了好了不要笑了。指导员摆摆手，等待涟漪般的笑声过去，说，我好歹也读过四年本科，对仆射是个什么东西略有所知，这个就不用你费心教我了。我想告诉你的是，这个词加上你的姓，它就不再是专有名词了。说到北京，大家都知道那是祖国的首都，但如果一个人叫李北京，那它就只代表这个人而不代表首都了，我的意思说清楚了吧？

话说回来，指导员停顿几秒，确定没再听到异议后又说，这是你自己的名字，你想怎么叫都行，这点我尊重你。姜仆射，树叶的叶，没错吧？不过呢，也请你尊重我，遵守队列纪律。加强纪律性，革命无不胜。咱们是新组建的连队，更要强调这一点。这一点我不针对哪个人，而是对全体同志的要求，大家听明白了没有？

明白了！队列里爆发出响亮的回答，这么大的音量足以说明大家已经看到并认可了自己化解危机的能力，指导员对此感到满意。即使他不确定其中是否有姜仆射的声音，但他确定自己是个无神论者。所以点完名，他让文书叫来了姜仆射。

小姜，你有什么心事吗？指导员很和气，还是对我个人有什么意见？

没有呀，怎么会？姜仆射的两只眼睛透过泛着绿光的镜片挺惊讶地看过来，我就是想着我的名字不是那样读的，所以就说了一下。

嗯，我想也是。指导员说，有问题就提出来，这很好。不过有时候还是要区分一下场合。比方说，基地首长正在给我们开会讲话，不小心说错了一个字，我能马上站起来说，首长，您念得不对？这样显然不合适，对不对？但如果我散会以后单独给首长提醒一下，那效果可就大不一样了，你说呢？

理论上是这样。姜仆射想了想又说，不过我认为散会以后也不会有人去提醒首长的，所以首长下次肯定还得念错。

你很聪明，我看出来了。指导员愣一下，面前这个额头窄小颧骨凸出嘴唇起皮戴一副银色金属框眼镜的小个子下士让他略感不适，仿佛看到洗漱间置物架上一个没有摆放整齐的脸盆。但他还是微笑起来，我房间的门永远都向每个同志敞开，有什么想法随时都可以找我谈，好不好？

2

指导员清楚地记得基地政委找他和连长谈话时的情形。政委亲自找一个新组建连队的主官谈话，而且还谈了一个多钟头，这在指导员的印象里绝无仅有。他猜想这跟政委多年前也曾在警卫连当过指导员有关。政委说，合编容易合心难，只有真正做到合心，连队才能合力向前。政委的话尽管是对着他和连长一起说的，但指导员却认定这番话本质上是说给自己听的。毕竟合并前几个月，连长才从通信科参谋改任通信连连长，而他却已是全基地排得上号的优秀指导员了。谈话结束时，政委笑着说，工作要干，对象也要找，他希望基地的年轻同志都能事业爱情双丰收。政委才四十三岁，正师职大校都干了快两年，指导员一直视他为偶像。偶像的接见让指导员十分感动。他代表连长表态时浑身发热，他说请首长放心，就是不吃饭不睡觉，他和连长也要把新连队带出个样子来，决不辜负首长的关怀和期望。政委微笑着点头，亲自起身把他们送到了办公室门口，并与他们亲切握手告别。

政委说得没错，人搬到一栋营房里容易，真要把心拢到一块儿就难了。通信排玩的是技术，台站分散，人也懒散，而且老兵居多，根本瞧不起警卫排那帮理着小平头只会站哨的生瓜蛋子。警卫排的兵自然也看不惯通信排那帮一天到晚吊儿郎当没个正形的兵油子样儿。一口锅里吃了好久的饭，两边还是老死不相往来的架势。连长搞专业没的说，可带兵这方面还得靠指导员撑着。指导员在支委会上反复强调要加强团结。他说，团结就是水泥，不团结就是稀泥，而稀泥是糊不上墙的。他要求饭前一支歌只唱《团结就是力量》，哪怕听得他自己都两耳冒风也还是要唱。接着又在全连范围内开展"一帮一、一对红"活动，要求原先分属两个连队的战士互相结对子。没料到一对一的名单还没宣布呢，李金贵在食堂分菜时跟通信排领菜的兵一句话没说对，挥起大铁勺，电话班一个四川兵的耳朵便划出一条口子。警卫排的兵都知道李金贵学过武，练过铁头罗汉功，当初新兵下连时有老兵想欺负他，他跑到垃圾堆捡回个啤酒瓶子，在众人面前大叫一声，闭上眼往自个儿脑袋上狠命一磕，瓶子立马碎了一地。老兵们见状，纷纷转头找别的新兵欺负去了。不过通信排的老兵们对李金贵身怀绝技的情况不太了解，见自己人被打出了血，一拥而上二话不说，将李金贵摁倒在饭堂油腻腻的水泥地上，又找来内裹四根细钢丝的电话被覆线捆个结实，抬上三轮车拉到猪圈，喊着"一、二、走"的号子把他扔了进去。李金贵糊了一身猪屎不说，还差点被刚生下八个猪仔的老母猪咬上一口。警卫排的兵都认为身怀绝技的李金贵绝不会善罢甘休，接下来通信排那边肯定得血流成河，这样一想，大家都像看了周润发的电影似的兴奋异常。这下连长都有点紧张了，跑来找指导员让他赶紧想想办法制止事态进一步恶化。好在指导员十分沉稳，把李金贵和其他当事人叫去谈了一次话，等他们从连部出来，一个个都笑嘻嘻的，李金贵和那个四川兵还互相发了一根烟，这一幕不免让大家有点失望，可同时又不得不佩服指导员的确是一把带兵的好手。

为了缓和气氛增进感情，两个主官碰了碰头，又组织了一次趣味运动会。这个倒好玩。托乒乓球跑呀，三人四足呀，自行车慢骑呀，跳山羊呀，抢板凳呀，扔飞镖呀，等等之类，跟玩游戏差不多，傻子上来也能比画两下。指导员还专门派司务长去县城批发了一纸箱洗发水、香皂和牙膏当奖品，可是大家闹哄一番领走奖品，又开始井水不犯河水了。

工作局面打不开，弄得指导员很焦虑。他其实也可以不焦虑。连队主官任期四年，他已经干了三年，坚持到明年年底就可以提升走人。更重要的是他干得出色，在全基地几十个指导员里头非常显眼，政治部的几个科长都琢磨着要把他弄到自己手下，据说有的科长已经提前找到政治部主任把他给预定了。指导员心里比较倾向于去干部科。干部科出干部，须知基地政委早年就当过干部科长。但就算去组织科或者宣传科，他肯定也会好好干。他相信事在人为。毕业分到基地这几年，他干过技术员、排长、副连长和指导员，每个岗位都表现出色。相比之下，很多连队主官就差多了。像通信连原来的指导员，不带脏字儿就不会说话，战士探个家入个党都得送礼，天天让司务长往家送鸡送鱼，名声坏得要命，所以这次合并他就没纳编，目前正在家待着等转业呢。指导员绝对不会拿自己去和这种人比。他希望自己在最后一年任期内把新连队带出模样，他希望临走时全体官兵都依依不舍，他希望给政委交出一份满意的答卷。他给自己定下了那么多美好的目标，所以他没法不焦虑。

趣味运动会结束没几天，机关通知各单位上报家庭困难官兵名单，要根据情况发放一定的困难补助，少则一百元，特殊困难甚至能达到五百元，而指导员每月工资也才六百八十元。名单还没统计好，李金贵跑来了。他告诉指导员，前段时间老家遭了水灾，十二亩麦子颗粒无收，家里快揭不开锅了。还说他四年义务兵马上当满，年底就得复员回家，恳请指导员给他申报五百元的特困补助，好让他愉快地踏上返乡的列车。

不愉快你也得给我踏上返乡的列车，这可由不了你。指导员对李金贵没什么好气，你家不是在邯郸吗，属于风调雨顺的华北平原，报纸和电视上没说过你们那里受灾了啊。哪条河发洪水把你家地给淹了？指导员抬头看着墙上的中国地图，来，你过来给我指指。

我也说不清楚。李金贵眨眨眼不动弹，反正我爸信里说水淹得厉害。

那行，叫你们村党支部开个证明，把受灾面积、经济损失之类写清楚，盖上公章寄过来，我拿着证明再上报。

这怕不行。支书兜里一天到晚别着两根钢笔，硬说我家院墙占了人家宅基地，我爸把他大牙都打掉两个，你说支书咋肯给开这证明？李金贵想了想，指导员你就给我申请一下呗，这不就是你一句话的事吗？

就是因为一句话的事，我才不能随便说。指导员说，你在基地不还有老乡吗？我先找你们同村的老乡了解一下情况再说。

不用这么麻烦了吧指导员。那给我申请个两百总行吧，实在不行就一百。李金贵挠挠耳朵，一百块总能申请到吧。上回我痔疮犯了都是我自己买的药，也没人给报。下次再犯了我也不自己花钱了，我请病假躺着去。

一天到晚把个痔疮挂在嘴上，你不嫌埋汰啊？指导员瞪一眼李金贵，行了行了，我给你试试吧。不过能不能批下来我可说了不算。指导员在本子上记了一笔，又说，还有，复员前这段时间都要好好工作，别忘了你才入党没几天，少给我稀里马哈的，听到没有？

李金贵晃着能碎酒瓶的大脑袋高高兴兴地走了。指导员摇摇头，想到李金贵马上就要复员回家，心情又好了些，便开始看各班报上来的申请补助名单。这名单平常人看不出多少名堂，指导员看就不一样了。看完一遍，他马上发现了有价值的线索。

电台班副班长王军：父母务农，体弱多病，弟弟辍学打工，妹妹刚刚考上大学无钱交学费，特申请困难补助二百元。

指导员把王军这条情况抄在工作笔记上，然后去了连长宿舍。连长眨巴着眼睛，好一会儿才听明白指导员在说什么，显然，他对王军的情况一无所知。

其实炊事班的李金贵家里受灾也很严重，但我考虑了，几亩麦子肯定不能跟一个农村孩子的前途相比。指导员说，再说咱们现在是一个连队，是一家人，哪怕全连只有一个特困补助名额，那也应该是王军的。

那是那是。连长放下手里的程控交换机教程，你是书记，我听你的。

但补助也还只是杯水车薪，我想在全连范围内开展一个爱心捐款活动，大家自愿参加，数额不限。指导员说，一方面能帮王军解决一点困难，更重要的是能让大家在献爱心的过程中增进感情，你觉得怎么样？

连长一脑袋绝缘的通信线缆，闪不出这样的火花，当然说好。晚点名时，指导员就把这事讲了一下。可能是大家从未给身边的战友捐过款，队列里一对对眼睛睁得很大，听得都很认真。指导员又有点感动了。他心里涌动着热情。他相信事物蕴含的意义。他感到异常充实。

为了更好地发动积极性，指导员带头捐款，干部们跟进，各班接着也行动起来。指导员本打算捐一百，又担心给连长和其他干部带来负担（毕竟好几个干部家属都没工作，经济也不宽裕），最后决定捐五十。中间王军来找过指导员一次，脸红扑扑地说自己只是抱着试试看的态度申请补助，申请不到也没关系，但万没想到连队会为他捐款，这让他觉得很有压力。

这个你不用想太多。连队里我就是你们的兄长，你们有困难，做兄长的不操心谁操心？指导员拍拍王军的肩膀，个人的事交给组织来解决，你踏实干工作就对了，好不好？

一席话说得王军眼泪直打转转。他后退一步立正，向指导员认真敬了个礼，抹着泪出了连部。指导员自己也没想到王军反应会这么强烈，有点出乎他的意料了。然而感动终归是好事，不是吗？

3

指导员拿着连部文书用铅笔和直尺画好的捐款表格，对文书手写的阿拉伯数字赞不绝口。他现在对通信排的专业特点了解得越来越多了，知道只有受过严格的无线电报务训练，才能写出如此统一又美观的数字。他也知道了两百门人工总机的工作原理，知道了机台塞绳和扳键的使用方法，知道了无线电报务员用电键发出嘀嗒声的长短，知道了什么叫压码抄报，知道了什么叫单边带电台，并对卫星数据小站的 286 计算机终端和五笔字型输入法产生了兴趣。但作为专做人的工作的政治指导员，他最关心最敏感的依然是人。所以文书画的表格他头一眼看完十分满意，再看一眼又不满意了。

你看你看，还是粗心了吧？指导员瞅一眼文书，姜仆射呢？全连的人都写上了，你就给我漏掉一个姜仆射。

我是想把他写上，问题是他没捐钱哪。文书是通信连过来的老兵，向来嬉皮笑脸没个正形，但脑瓜子很灵光，连里有什么风吹草动没他不知道的。我问过他了，他说不捐。我问为啥，他说反正不捐。话说到这个份儿上，我也就不好说啥了。

他跟王军难道不是一个车皮拉来的老乡吗？指导员想了想，他俩是不是有过啥矛盾？

这个应该没有。文书说，老姜人家那是准备得道成仙的，天天窝在机房，没事就给杂志边边上印的那些笔友写信，要不就是拿本书在楼顶上晃悠来晃悠去。他都不和别人来往，就是想跟他有矛盾也矛不上啊。

指导员拿起捐款名单又看了一阵，戴上帽子去了办公楼。连里的通信台站都设在"凸"字形的办公楼内，总机在一楼西头，电台在四楼中间，四楼顶上的突出部分严格意义上并不能算作一层楼，当初只是一个用来放置水箱的大房间，中间用一堵墙隔出了卫星数据小站的机房。指导员上任以来，每天都会不定时去警卫哨位和通信台站转一圈，已经非常熟悉了。他从生锈的水箱旁边走过，推开了机房的门。

指导员请坐，我这儿接个电报。坐在电脑终端前的姜仆射转头打个招呼，又飞快地敲打起键盘。蓝色的终端屏幕上吐出一串串绿字，最后"啪"一个回车，旁边的针式打印机咕唧一声，开始在带孔打印纸上打出四个一组的一行行阿拉伯数字。

咝啦咝啦的打印噪声绵延刺耳，构不成一个良好的谈话环境。指导员只好站在姜仆射身后，做出饶有兴趣的样子看了一会儿。九针打印机速度实在太慢，让人很不耐烦，他只好坐在墙边的值班床上，看着保密机上一闪一闪的绿色指示灯发愣。终于等到安静下来，姜仆射开始沿着打印纸折线小心翼翼地往下撕电报。

搞好了？

好了。

嗯，知道我为什么上来找你吗？

不知道。姜仆射摇头，指导员，我得先把电报送下去，机要科等着译呢。

一会儿再送也不影响吧。指导员愣了一下，不差这几分钟。

不行的，这是特急报，要求即收即送即译即传。姜仆射把手里的电报冲指导员晃晃，一分钟也不能耽误。

什么一分钟也不能耽误，我就让你晚送十分钟又怎么样？指导员心里噗地冒出一个小火苗。这不对。他赶紧把它撇灭了。他不能这么说。他是来找战士谈心而非训话的。他要讲究方式方法。特别是对姜仆射这样的兵。更何况送电报并没错。

他尽力抚平内心的不快，像用装着开水的大茶缸熨平军装的褶皱。即便是李金贵，也不敢这样同自己说话。但他还是摆摆手放走了姜仆射，因为他相信一个心胸开阔的军官才会前途远大。他看着窗外巨大的光亮，感觉机房未免过于狭小，忍不住拉开窗边的小铁门走了出去。宽大的楼顶平台大概有几百平方米，覆盖一层黑色的沥青，平台中央是白色的锅状卫星接收天线，除此之外就没别的什么了。指导员站在楼顶上眺望了一会儿远处的雪峰，觉得好些了。

姜仆射不知什么时候回来的，还给指导员沏了一杯茶。指导员坐下来准备和他拉拉家常。对指导员而言，拉家常绝不是随意的行为，他总会提前做些功课。这段时间他确实没再找过姜仆射，但并不代表他不关注姜仆射。他每次上数据站检查时，姜仆射都在看书，指导员留心观察了一下，大多是历史书，还有一些花花绿绿的杂志。指导员专门找到宣保科干事，查了姜仆射在基地图书馆的借阅记录。记录显示姜仆射从两年前开始，几乎每周都会借书，一次三四本，算下来起码借过三四百本。这么多书，指导员不可能都看一遍，他认为姜仆射也不可能全都看过。不过他发现范文澜的一套《中国通史简编》姜仆射先后借过两次，时间间隔一年。指导员便把这书借了回来。书页发黄，又是繁体竖排，总会看错行，十分别扭，即使这样，他也硬是把这套书翻了一遍。姜仆射的确不讨人喜欢，他想，但自己跟其他连队主官的不同就在于自己不会知难而退。他要像改变或者挽救李金贵那样改变或者挽救姜仆射。他要为连里的战士们负责。他决不放弃任何一个人。他是为了战士们好，他始终坚信这一点。

一旦聊起来，指导员就发现辛苦白费了。他想谈谈脉络分明天下一统的秦汉或者唐宋，可姜仆射显然对四分五裂乱七八糟的黑暗时代更感兴趣。看着姜仆射两眼放光地说起魏晋南北朝，指导员知道该换个话题了。

我发现你不太喜欢集体活动，对吧？指导员说，上次搞趣味运动会搞了三天，你就没报名参加。

我不太会玩，也不怎么喜欢，硬掺和没啥意思。姜仆射说，其实值班更适合我。一个人待着，感觉内心比较平静。

人总归是要在群体里生活的，一个人待一阵可以，但你不可能永远一个人待着。指导员说，你还是要和大家多接触，接触多了就会看到别人的长处，就会找到与人交往的乐趣了。

我也接触啊。姜仆射拉开抽屉。指导员一瞅，满满当当的都是信，还用皮筋一沓沓地捆着，码放得很整齐，我有很多笔友，平时写信交流，也很有意思。

我是说连里的战友，他们就在你身边，随时可以交流，为什么要舍近求远呢？指导员说，再说了，社会上的人可比连里的战友复杂多了，你未必真正了解他们。

也许吧。不过连队的战友并不是由我选择的，它只是一种随机的安排。姜仆射关上抽屉，当然了，笔友有好多也谈不来，谈不来那就不联系好了，反正现在我联系的都是比较有共同语言的。

都是女孩子吧？指导员盯着姜仆射。

也不全是。姜仆射脸红一下，而且我们交流的都是读书体会。

我知道。我在军校里也交过笔友，不过后来觉得没什么意思，就都不联系了。指导员笑笑，老写信也会烦的。

也不会天天写，有时候很久才写。姜仆射说，其实我最喜欢的就是每次跟上面台站联络完以后，在楼顶上看看书，走一走。

我刚才上去看了看，楼顶上也没啥。

我倒觉得很有意思。姜仆射看看窗外，这个角度挺独特的，基地大院再找不出第二个这样的地方了。远处的风景一年四季都很美，像夏天的时候，院子里树是绿的，那边的龙头山顶还有雪，特别好。而且阳光灿烂，视野开阔，我在上面走的时候就老有种奇特的感觉，好像自己站在山顶上，机房就成了竹林里的茅草屋，然后自己的心就放空了，就没有局限了，特别轻盈，特别自由。姜仆射说着挺直了身子，好像马上又要起身跑到平台上去似的，反正我特别喜欢这种感觉。

指导员也向窗外看了几秒，天线是金属的，楼顶是水泥的。他明白了，姜仆射是个比李金贵更神的神仙。他心里沉一下。他准备进入正题了。

对了，正好想起件事。指导员转回头，你跟王军是一个村的老乡吧？

是呀。姜仆射像个正在看动画片却突然被大人关掉了电视的小孩，呆了一阵才说，指导员，你是想问我为啥没捐款吧？

也倒不是专门问，就是忽然想起来了。指导员端起杯子喝口水，捐不捐倒没关系，反正我说过是自愿，我就是觉得有点奇怪，按说你最该捐的啊，全连近百号人，不就你们两个老乡吗？

是，他家和我家前后就隔一条路。姜仆射说，其实他爸很能干的，在村里开个小卖部，经营得也好，平时再倒腾点药材，在我们那里算是小康之家了。主要是他弟弟不成器，初中没念完就在社会上浪荡，后来吸上了毒品，戒毒所去过好几回，把家都败完了，还是照吸不误，最后一次出来就不知道跑哪儿去了，到现在好像也没下落。

所以他妹妹才上不起大学吧。指导员提醒说，他弟弟的错误，不应该让他妹妹来承担。

问题是王军他妹子并没有考上大学呀。姜仆射说，他妹子和我弟是同学，我弟今年考上西南政法了，他妹报了地区师专没考上，他爸妈让他妹子复读，他妹子不肯，非要自费去西安上一个民办学校，他爸妈不想给出这个钱，我弟来信说当时闹得还挺厉害，村支书都去他家做工作了。商量到最后，还是让他妹子再复读一年。要是她真考上大学，我再怎么也会捐一点。像现在这样，我就感觉没必要捐了。

越是这样，你才越应该捐啊！指导员无法理解姜仆射的逻辑，你知道全连就你一个没捐吗？

是吗？我还以为不止我一个呢。姜仆射发一下呆，噢，不过也对，可能只有我比较知道他家的情况。

好吧。不想捐也不勉强，不过这事就不要往外说了。指导员一时间不知说什么好，停了半晌才开口，不管怎么说，这次捐款大家积极性很高，确实也增进了战友之间的感情，你说呢？

大家捐款是挺好，姜仆射停了停，说，不过我觉得也不见得每个人都要捐，有的人捐，有的人不捐，其实也挺正常的。

我觉得这并不正常。指导员盯着姜仆射，大家一起捐款，不正好体现了全连同志共同的情感和意志吗？心往一处想，劲往一处使，这样的状态难道不好吗？

好，挺好的。姜仆射小声说完，便不再吱声了。指导员本想就此话题再说下去，可突然觉得索然无味，便起身离开了数据站机房。

4

老兵复退前几天，困难补助批下来了。指导员把王军叫到连部狠批了一顿，硬是把王军给批哭了。等他哭完，指导员又把装着五百元特困补助金的信封递给他。王军红着眼睛不敢伸手，直到指导员再次板起脸，他才赶紧接了过去。

我找你们村支书了解过了，所有的情况我都一清二楚。把自己的领导当蠢人，这就是你最蠢的地方。指导员倒不是虚张声势，他真的跑到县城邮局给王军老家村支书挂了个长途电话，不会再有哪个指导员像自己这么认真了。话说回来，过而能改，善莫大焉，你能认识到错误，我还是很欣慰。而且支书也说了，你家里确实有困难，所以这补助还是要发给你。钱你尽快寄回家去，回头把邮局的汇款存根拿来我检查，明白没有？

明白了，谢谢指导员！王军哽咽着，指导员，我向您保证，我一定好好工作好好表现，绝不辜负您的教导！

王军的话和指导员设想的比较一致，这让指导员心里多少舒服了些。他本来已经跟宣传科的新闻干事说好了，要把这事弄篇报道在报纸上发一下。政委找他谈话时专门讲过，工作这东西，要么不干，要干就要干到极致。但跟姜仆射聊过以后，他决定不搞了。他不是沽名钓誉之人。他向来只信奉真抓实干。他有自己的底线和原则。再说，捐款的事不用他专门去说，基地首长也会知道，对他来说，也足够了。

接下来，指导员开始准备老兵复退前的一大堆工作。有三年指导员经验垫底，这个对他来说是轻车熟路。不过有的事依然挺让人挠头。比如李金贵，也不知他哪根筋又短路了，拿到一百元困难补助还不满意，那天晚上熄灯前，突然跑来找指导员要求留队。要不是指导员正坐在床沿泡脚，真有可能一脚把李金贵蹦出门去。

你晚上吃多了吧？指导员瞪着他，全连就一个超期服役的名额，已经定了电话班的牛小林，民主测评早搞完了，留队名单都定了，我开会都宣布过了，你不知道啊？

我知道。李金贵小眼睛一闪一闪，问题是我爸不叫我回家，非叫我在部队转个志愿兵接着干。

你爸不叫你回家？你爸是司令员还是政委啊？指导员拼命压着火，人家牛小林第二年就入党当班长，全基地的电话线路都是人家负责维修保障，收放线比赛军区空军第一名，年年优秀士兵还立过三等功，这才超期留队。就算这样，明年年底能不能转成志愿兵还两说呢！你呢？你干啥了？你说来我听听？

我也没少干哪。烧火切菜揉馒头我啥没干过？李金贵不服气，要不是我，牛小林头几年就饿死个球了，哪轮得到他在这里牛×。

别闹了好吧，赶紧回去睡觉！

我不闹，你让我留队我肯定不闹。李金贵说，我一直跟着你干，连里我就听你一个人的，人家都知道我是你的人。

你说话给我注意点！指导员一拍床头柜，什么你的人我的人，我在连里没有任何私人关系！你别给我搞那些乱七八糟的江湖习气！

我就是那么一说嘛，反正我知道指导员你关心我，这总没错吧？李金贵赔着笑，留队的事你帮我找找关系，肯定能行的。

好啊，你等着吧。指导员从盆里拿出水淋淋的脚丫子开始擦，擦完了又开始剪趾甲，剪完了趾甲才抬头看看站在桌边的李金贵，你等着我当上基地政委再说吧。

指导员知道李金贵该走了，李金贵果然就走了。睡一觉起来，地球还在正常运转，指导员放心了。接下来几天，连队门前搭起了大红的充气彩门，老兵们每人拿到了一本精美的军旅相册，门外路边每棵树上都贴满了欢送老兵的标语，全是爱好书法的指导员亲笔在彩纸上一条条写好的。来连队检查老兵复退工作的基地政委很是夸赞了一番指导员的书法，又说警通连的欢送老兵氛围是全基地最热烈最浓厚的，要求基地机关直属连队的主官都要来警通连学习取经。

政委的表扬让指导员很受鼓舞。复员会餐前，指导员发表了热情洋溢又略带伤感的讲话，赢得了热烈的掌声，好几个老兵都听得泪光闪闪。饭堂宽敞高大，掌声显得异常响亮，气氛一下就上来了。指导员菜还没吃上两口，敬酒的老兵已经一拨接一拨地涌来。指导员来者不拒，碗里的啤酒都是一饮而尽。看着一个个自己带过的老兵，指导员的鼻子也不免发酸。

会餐接近尾声，指导员也有点头晕了，好在脑子还很清醒。他忽然想起来敬酒的老兵里少了一个人，紧接着目光便扫到了呆坐桌前满脸通红的李金贵。指导员立刻预感到有事将要发生，急忙把值班排长叫过来交代了两句。

请大家安静，安静！都回到自己的座位上！排长在桌椅摩擦磕碰的凌乱声响中高喊，请大家马上坐好，把杯中酒倒好，连首长要宣布集体敬老兵了！

等一下！我还没敬指导员呢！李金贵大叫一声站起来，端着碗晃晃悠悠地朝连部餐桌走来。

连长你也没敬呢，来，咱们一起吧。指导员笑着端起碗，连长也赶紧端起碗站了起来。

连长你坐，没你的事。我这碗单敬指导员。李金贵的脸红得像个番茄，两个瓜子般的小眼睛迷瞪瞪地看着指导员，谢谢你啊指导员！

谢什么谢。指导员警惕地笑笑，大家都是兄弟，都是战友啊！

都是兄弟，那你为啥蒙了我三年？

李金贵！指导员低喝一声，你喝多了，回去休息！

我才没喝多！我今天要不是问了军务科参谋，我都不知道我这个炊事班班副是假的！炊事班根本就没有副班长的编制！炊事班编制只有一个班长、一个给养员和一个炊事员！李金贵的大嗓门在饭堂四壁回荡，我就奇了怪了，你为啥给我安排个炊事班副班长？你这不是玩我呢吗？我就奇了怪了，压根就没这个副班长，为啥我每月还领十块钱的岗位津贴？指导员你给我说说行不行？你给我说说呀！

指导员的胸膛剧烈地起伏着。他回想起大家都以为李金贵脑袋能碎酒瓶，铁定是块搞警卫的好材料，唯独他看出该同志连简单的单杠二练习（卷身上）都完成不了，绝不可能是什么练家子。回想起李金贵一去炊事班烧火，连队就天天误饭，他几次想把他弄走却没一个连队肯要。回想起为了让李金贵不再打架闹事，不得不满足他的要求，把他列入党员发展对象，宁愿忍辱负重，面对全体支委的一致反对而一意孤行。回想起为了让李金贵入党，他找了全连所有党员做了工作，好让他们在支部党员大会上举手同意。回想起李金贵想当"骨干"，他只好宣布让李金贵担任炊事班副班长，并每月从自己工资里支出十块钱作为李金贵的岗位津贴。自己为什么要这么做？自己可曾得到什么好处了吗？没有。丝毫没有。他只是想把这个连队带好。他不愿让别人看自己和自己连队的笑话。他只是想让大家在四年服役期里都尽可能各得其所。这他妈的有什么错吗？

指导员定定地看着李金贵，整个饭堂似乎只剩下心跳声。为什么没人出来说句公道话呢？或者来几个老兵把李金贵拉走也好。指导员心情坏透了。在他三年连队主官生涯中，还是头一次跟一个兵如此正面地冲突。当然，现在就定论为冲突为时尚早，因为他还没有回应。是否构成冲突，主动权依然掌握在他手里。他当然想指着李金贵的鼻子大骂一顿，或者一巴掌把他扇到墙角的泔水桶里去。他相信不论动口还是动手，李金贵都不可能是他的对手。李金贵曾在一次酒后告诉过他，自己并没有什么罗汉铁头功，他之所以肯把酒瓶敲在自己脑袋上，完全归功于他爸。李金贵他爸告诉他，只有来这么一下子，才能镇住所有人。所以李金贵才能横下一条心，抓起那个脏兮兮的啤酒瓶朝自己脑袋上磕。酒瓶子倒真是碎了，可要不是李金贵自己承认，谁也不会想到他头皮里还扎进了玻璃碴子，害得卫生队的小陈护士拿镊子给他处理了好半天（这事他后来亲自找小陈护士问过，基本属实），而脑袋上敲起的那个大包好多天才消了肿。用李金贵自己的话说，那几天，他看什么东西都是重影的。

但指导员不能对任何人提起这些。那样的话，他几年的努力就将付之东流。他无力否定自己曾经认为正确的一切。他不能放任这种后果发生。如果传到基地首长耳朵里（这是肯定的），他将永远不再是曾经优秀的那个他了。

李金贵同志，首先我郑重地告诉你，不存在什么假的副班长。指导员开口了，声音仍像从前一样沉稳，连队党支部任命你是，你就是！基地编制只有一名副政委，为什么现在有两位？司令部编制两名副参谋长，为什么现在有三位？军务科、干部科和财务科编制都没有副科长，为什么现在都有？既然这样，连队党支部决定给炊事班超配一个副班长，这奇怪吗？

李金贵嘴唇哆嗦着不吱声。

奇怪吗？指导员抬高嗓门，说话！

……不奇怪。李金贵低下脑袋，蚊子似的回答。

我还要问你，你是不是党员？你要认为自己是，现在我们就把酒干了，当什么事都没发生过。你要认为不是，那好，会餐之后，我们马上召开支部党员大会，取消你的预备党员资格。指导员说，你想好了没有？

我干，我干。李金贵慌慌张张地端起碗往嘴里灌，酒洒得胸口湿淋淋一片。

哪位老兵还有没想通的事，现在都可以放开了说！指导员厉声高喝，有没有？

饭堂里变得安静极了。

好！指导员端着碗雄视四周，每个人都仰头望着他，他觉得自己又找回了状态，现在我宣布，全体起立，为我们警通连历史上第一批光荣复员的老兵们敬最后一杯！

5

每年老兵走后，指导员心情都会低落一段时间，仿佛自己养大的孩子离开了家。虽然指导员眼下连个对象都还没有，但心情可以想见。他会想起一张张熟悉的面孔。他承认这些面孔中有的他喜欢有的他讨厌，但这种判断只在心里，表面上他不排斥任何一个战士，包括大脑袋的李金贵。即便李金贵早在他心里被凌迟了一万多遍，但此刻跟连队干部聊起来时，他更愿意回忆李金贵临走时在车站月台上抱着他大哭又向他认错的情形。理论上讲，李金贵的副班长确实是假的，但眼泪却是真的。他不太敢去想李金贵临走时如果不哭会是什么样。那样就太可怕了。好在四年义务兵役不是白服的，他们懂得了做人的道理，他们都变得成熟了，他们知道应该在何种场合作出何种表现。在他需要李金贵的眼泪时，李金贵提供了眼泪，从这点上说，这小子还算是有点良心。

让他低落的原因还不止于此。基地编制缩减，现有人员一时消化不完，上级机关决定缩编的第二年不再给基地补入新兵，而往年怎么也得接回百十来个新兵的。时间短了还能凑合，几个月下来，兵力不足的问题越来越严重，机关已经有人提出警卫战士在哨位打瞌睡的问题，更不要说安排休假的事了。指导员和连长去军务科反映情况，答复是"立足现有兵员，科学调剂使用"，说白了就是让他们自己想办法。其他连队的主官天天骂娘，指导员不骂。他记得政委说过，难题都是给有本事的人出的。首长就是首长，永远都那么精辟。指导员琢磨了很久，甚至在笔记本上做过各种计算，最后决定让通信排的战士也每天站一班岗，这样排下来，警卫力量基本能够得到保证。

那台站值班咋办？通信排这边人手也不够呀。连长嘴张得老大，现在值夜班的第二天早上补觉都补不成，一个个都成熊猫眼了，病号也比以前多。

两头都缺人，我们总得先补一头对不对？要是两头都露着不是更难看吗？指导员显然早有考虑，我反复思考过，目前只能补警卫排这头。站岗简单培训一下就行，通信排的人培训两天就能顶上。但是台站值班专业性太强，警卫排的人肯定没法顶。再一个呢，警卫岗哨是基地的脸面，首长每天上下班都看在眼里，稍微出点状况就是大事，不像台站值班都在机房里，门一关谁也看不到，所以我感觉还是先补警卫这头比较现实，你说呢？

嗯。连长点着头，我个人倒没意见，主要是担心通信排这边闹情绪，毕竟他们值班也够辛苦的。

这没关系，咱们是连队主官，只要咱俩思想统一，事情就好办。而且我仔细算过了，虽然人手紧巴点，但肯定不会耽误通信值班。指导员提起暖瓶给连长续水，你放心，有我在，肯定不耽误你谈恋爱。

　　连长正在跟卫生队的小陈护士谈恋爱，跟女人打交道，那可比连队建设麻烦得多。指导员对此十分理解，每次连长要出去约会，他都主动替连长值班。有一天，连长无意间说起小陈护士喜欢看电影，想攒钱买个VCD，指导员立马跑到宣传科借回一台超强纠错的VCD影碟机送到连长手里。这些事总让连长十分感动，何况他清楚，指导员也是站在连队建设的角度考虑问题，这些事他没指导员想得多，听指导员的肯定没错。

　　支委会上指导员把这方案一讲，通信排长意见挺大，但连长和指导员站在一起，排长只能闭嘴。指导员清楚，嘴是闭上了，心里肯定不服。为把一碗水端平，必须安抚通信排出现的不满情绪。他先是把通信排原先负责的水房、走廊和俱乐部等处的公共卫生区全部交给了警卫排，又让司务长给各通信台站定期供应速溶咖啡、茶叶和方便面，最后还专门召集通信排全体同志开了一个会。会上，指导员推心置腹地把目前的困难摆了摆，让通信排的老兵们明白，承担一部分警卫执勤任务实属迫不得已，同时又表示每个同志都不会白辛苦，年底评功评奖时，党支部会优先考虑参加警卫执勤的同志。

　　大家还有什么想法尽管说，有什么困难连里会尽量解决。讲完以后指导员微笑地看着大家。讲道理固然重要，更重要的是要战士们自己把这道理讲出来，这样才能让人服气。指导员先点了电话班的牛小林，牛小林马上表示服从组织安排。他接着又点电台班的王军。

　　报告指导员，我没意见！王军噌地站起来，现在警卫排和我们排都是一个连队了，互相帮助是应该的。再说革命军人一块砖，哪里需要哪里搬。军人以服从命令为天职，叫我站岗一分钟，我保证眼睛瞪大六十秒！

　　好！非常好！指导员一拍手，这叫什么？这就叫觉悟！王军你坐吧，其他同志呢？小姜，仆射大人，你有什么想法？

指导员一开姜仆射的玩笑，大家都笑起来，气氛明显热烈起来。

我？我没啥。一直低着头的姜仆射在笑声中很意外地抬起头，左右看看才站起来，挺好的。

怎么个挺好法，说来大家听听嘛。

既然新兵干老兵的活是天经地义，那老兵干新兵的活为什么就不行呢？入伍是有先后，但这跟人与人的平等不矛盾。从这个意义上讲，老兵帮新兵分担点工作再正常不过了，我觉得这根本没必要说，其实这个会不开都行。

指导员有点尴尬地笑笑。姜仆射的回答和他想象的总是不一样，仿佛一个没按剧本对戏的演员。他倒不畏惧这种挑战，但也并不喜欢。换了别的兵，他们绝不会这样。他们会对指导员的关怀表示出真诚的感激，而不是姜仆射这样摆不正位置，不着四六地点评自己。不过话说回来，姜仆射的总体意思倒没错。看来神仙也是分类别的，至少姜仆射不会像李金贵那样没完没了地给自己找麻烦。想到这儿，指导员也就不再计较了。

6

转眼到了五月份，有一天副连长半夜去查哨，把姜仆射给查住了。按规定，零点到六点是坐岗，那时基地营门关闭，卫兵都坐在营门东侧的警卫室内，透过窗户观察外界动静。姜仆射当天排的是凌晨两点到四点的岗，这班岗前后都睡不好，属于最烂的一班，所以警卫排长出身的副连长最喜欢查这班岗。副连长到了警卫室门前，里面毫无动静，推门进去，姜仆射怀里抱一支五六式半自动步枪，歪坐在椅子上大张着嘴，睡得正香呢。副连长脑海中立刻闪现出一伙武装分子拿走姜仆射的枪，一刀将他抹了脖子，然后趁着夜色潜入办公大楼或者首长宿舍区或者弹药库或者兵器阵地或者别的什么地方，总之鲜血四溅火光冲天是少不了的。副连长走过去从姜仆射怀里抽出枪，又用力拉了两下枪栓，姜仆射居然全无反应。这下副连长火大了，很想当胸一脚把姜仆射踹个四脚朝天，不过想想几天前刚学过严禁打骂体罚士兵的红头文件，只好退而求其次，一把揪住姜仆射的子弹袋，把他从椅子上扯了起来。

睡睡睡就知道睡，跟他妈猪一样！副连长比姜仆射高出一头，气呼呼地俯视着，你他妈这叫站哨吗？我他妈放条狗在这儿也比你强！

我睡岗不对，你可以批评我。姜仆射扶扶眼镜，但请你不要骂人。

我他妈就骂你怎么了？傻×玩意儿！你看啥看，睡岗你还有理了你？副连长激动地挥舞着手里的步枪，枪叫人拿走了都不知道，你还说你不是猪？

姜仆射读了许多书，这会儿却派不上半点用场，只会用两枚白眼珠子瞪着副连长。副连长等了一会儿，见公然睡岗的姜仆射无屁可放，便一把将步枪塞回姜仆射怀里，他并不怕姜仆射会怒火攻心冲他开枪，反正是空枪，子弹都在对面总值班室的机关干部手里呢。

再叫我发现你睡岗，非他妈收拾死你不可！副连长气呼呼地说完，摔上门走了。

凌晨四点十分左右，指导员听到走廊里有动静，他披上军装出来，看见姜仆射正在敲连长的房门。

别敲了，连长不在。指导员想想竹竿似的小陈护士，想不出连长究竟喜欢她哪里。他打着哈欠，大半夜的，有事吗？

听姜仆射说完，指导员悬起的心又放下了。他最初以为副连长动手打了姜仆射，这样的话就比较棘手。但如果只是骂两句，事情的性质就简单多了。指导员还从没见过谁会像姜仆射那样，原原本本地复述出副连长骂人的话，这差点让他笑出来。

副连长骂人肯定不对，我早说过他，让他多读书多学习多注意工作方法，他就是听不进去。指导员想了想，说，不过实事求是地讲，他骂人也是情有可原，毕竟你睡岗也有错。这事回头我会批评他，你呢，下次站哨也要注意，不要再出现睡岗的情况了，好不好？

我不认为好。姜仆射看着指导员，我要求他公开给我道歉。

问题是你睡岗在先哪！指导员愣一下，你让副连长公开道歉，那你是不是也要公开做检查呢？

我愿意公开做检查。姜仆射说，副连长也必须公开道歉。

没这个必要吧？指导员和姜仆射对视一眼，又把目光挪开了。谁都知道告状是件令人讨厌并且显得软弱的事，即便真有人为这种小事告状，听了指导员刚才那番话，肯定也不会有任何意见。不过对于姜仆射，指导员还是储备了相当多的耐心。他手指轻敲了一会儿桌面，那这样吧，明天我让副连长私下里给你赔个不是，你呢，也向他认个错。然后你们握手言和，保证双方不再犯同样的错误，这不就好了吗？再说了，他也没当着别人面骂你嘛！

私下里杀了人也得公开审判呢。姜仆射站在那儿一动不动，私下道歉没意义，他不骂我，还会去骂别人。

你扯得太远了吧？指导员站起来，背着手在屋里踱了几个来回，停在了姜仆射面前，非得把事情闹大，这样做对你有什么好处吗？

没有。不过我不需要什么好处，我只需要他当众道歉。

你呀，真是一下子就钻到牛角尖去了。指导员沉吟一下，又微笑起来，对了，我一直想问你，年底就复员了，你入党的事考虑过没有啊？申请书写过没有？

　　我没申请过。姜仆射像是反应不过来，停了一会儿才说，不是说先进分子才能入党吗？原来的指导员谁给他送礼他就让谁入，我觉得我没法先进到那个地步，想想还是算了。

　　这确实不像话。我在警卫连发展党员的时候，从来只看工作表现。指导员说，不过人和人是不一样的，你也不要一叶障目。

　　也许我是一叶知秋呢。姜仆射的眼珠子转转，指导员，我现在不关心入党的事，我只关心副连长能不能向我公开道歉。

　　这事不是你说怎样就怎样的，这事还要组织研究。指导员觉得自己的耐心消耗得很快，便重新坐回到办公桌前，好了，情况我知道了，你先回去休息吧。

　　那明天能给我答复吗？姜仆射不动，直勾勾地盯着指导员。

　　不是说了吗，这事还要找副连长了解，还要跟连长商量，还要开支委会研究，有必要的话还要征求战士们的意见。指导员不想再搭理他了，先这样吧，我还要休息，你也回去睡吧。

　　好的，我明白了。姜仆射咬咬嘴唇。指导员还没来得及问他明白了什么，姜仆射已经敬完礼走了。指导员没来由地又想起了李金贵。神仙的套路都是一样的。李金贵的全部价值就在于他提供了一个教训。指导员决定明天不给姜仆射任何答复。他不能再重蹈覆辙。他不能再被索求无已的兵弄得步步后退。接下来的整个白天，指导员都等着姜仆射来讨要说法，可直到熄灯也没见他来，这才松了口气。

　　第二天上午，文书慌慌张张地跑来，一迭声地喊指导员接电话。一听是基地政委，指导员也毛了，拔腿就往值班室跑。

　　你们连是不是有个叫姜仆射的战士？电话里的政委听上去很和蔼，却仍让指导员出了一头汗。

　　报告首长，是有一个。指导员拼命保持冷静，是我们通信排的战士，首长您有什么指示吗？

噢，今天早上我上班，这个兵在门口站哨，忽然跑到我跟前说有事要向我反映。正好我急着开会，就答应回头再找他谈。答应战士的事，我要求你们要落实，我自己也要落实，对不对？我现在回办公室了，你让他过来吧，看看这小伙子有什么问题要给我反映的。

指导员攥着挂断的听筒，脑子出现了短暂的空白。不过他很快就清醒过来了，赶紧让文书去把姜仆射找来。他得马上做出决断。不过他不打算示弱。他可以接受首长的任何批评和指责。但他不能接受手下一个兵的羞辱和威胁。去他妈的蛋吧！他在心里呐喊着。他真的已经受够了。

到处找了，找不到他人！文书气喘吁吁地跑回来报告，按说他在楼上值班呢，可打了电话没人接！

行了，我知道了。指导员戴上帽子，抬腿就往办公楼走。数据小站机房没人，他径直拉开小门上了楼顶平台，远远看见姜仆射正坐在电台天线的水泥基座上，看着膝头上的一本书。指导员朝着他走过去，一直走过了卫星天线，姜仆射才听到动静，赶紧站了起来。

你行啊，一竿子捅上天了。指导员哼一声，政委让你去他办公室，你赶紧去吧。

我不想去了。姜仆射摇摇头，其实我不想找首长。

问题是你已经找了。指导员表情淡淡的，不是想告我的状吗？快去吧。

我没想告你状。姜仆射说，这跟告状是两回事。

对我来说没什么区别。告不告是你的事，你想说什么也是你的事。不过我也请你记住，不要以为抬出首长就能来要挟我，我不吃你这套，我也不怕任何下三滥的手段。大不了我这个指导员不干了，那也没什

么，对于这个连队，对连队的全体同志，我问心无愧！指导员抬手看看
表，时间不早了，你去吧！

我还是不去算了。

你想去就去，想不去就不去？不去你找首长干啥？指导员大叫起
来，找了你就给我去，现在就去，马上就去！

姜仆射低头绕开指导员走了，抓着书的手指节发白。指导员在楼顶
停留了几分钟。他简单回顾了一下自己被玷污的真诚努力。他从未感到
如此难过。

7

连长不太明白指导员想干什么。事实上他认为指导员有点小题大
做，于是他解释说，数据站的卫星天线就在楼顶，值班员经常要上去维
护天线、调校信号，要是把门锁起来会很不方便。指导员却说，值班员
本来就应该老老实实待在机房，而不是到处乱跑。特别是楼顶平台没有
护栏，是个很大的安全隐患。万一有人在上面乱走，失足掉下去谁也负
不起责任。何况天线并不需要天天维护，上了锁以后让排长和班长各拿
一把钥匙，需要维护时去开锁，丝毫不会影响工作。

指导员如此坚决，道理也充分，连长没理由反对。事情落实起来很
快。营房科的战士用了半个来钟头，就给数据站通往楼顶平台的小铁门
焊上了锁扣。指导员亲自用一把黑色挂锁锁上门，又用力拉了几下，铁
门咣咣地叫唤着，再也挣脱不开了。

他不会赌气放弃姜仆射不管的。指导员想。他只不过是换种方式。
从前总是给李金贵吃糖丸，结果他上了瘾总想吃。苦口的往往才是良
药。他很清楚自己年底任期就满了，完全不必这么认真。有一回在路上

遇到干部科长，科长开玩笑说，科里正给他准备办公桌呢。那他为什么还要这么干？他归结于自己肩负的职责与使命。军中俗语有云：一年主官站着干，两年主官坐着干，三年主官躺着干，四年主官不用干。但他做不到。他依然保持着对连队的热情和责任心，哪怕当中掺杂着灰心和挫败感，他也将其视为掺入钢里的碳。只要这一切都是正确的，那么这一切就是值得的。

　　上上下下对你的反映都很好，越是这样，越要谦虚谨慎。一个战士直接找我反映连队管理的问题，事情不大，但背后还是反映出你们工作上存在短板，还是没有达到最高的标准。指导员在心里反复回忆政委的批评和教诲，话说回来，人一上百，形形色色。像你们连队的那个小战士，有个性，但也有他的毛病，首先他自己承认睡岗不对，另外一有点问题就越级反映，甚至直接来找基地领导，这也是缺乏组织观念的表现。不过我们不要去责怪战士，要多从我们自身找原因。作为一级主官，我们就是要努力把这些同志的思想和行动统一到部队建设的整体要求上来。现在的兵和过去不一样了，这就要求我们在带兵艺术上与时俱进。你要把我这个意思告诉你们的干部，严格要求没错，但一定要讲究方式方法。这件事上，我没有给你们那个小战士承诺什么，因为我相信你能把这些问题处理好，你说呢？

　　指导员为牵扯了首长精力而感到异常惭愧，他很希望政委把他痛批一顿，那样他反而会好受些，可政委那么宽厚，让他心底里涌起一种士为知己者死的激情。军人大会上，他先是严肃批评了姜仆射玩忽职守的错误。如果在战时，这可能会给部队带来无法估量的巨大损失，后果怎么设想都不为过，是不可容忍的。接着他又指出副连长工作方法简单粗暴的问题，这种看似随意的小事会影响连队建设的大局，也是非常错误的。他最后要求全体同志恪尽职守，加强团结，努力把连队全面建设水平提到一个新高度，不负警通连第一代奠基者的光荣使命。

之后有几天，指导员担心姜仆射会再去找政委，好在事实说明这种担心是多余的。他像从前一样，每天都去哨位和台站检查工作，遇到姜仆射值班时，他也照样会去。跟以往不同的是，姜仆射定然会待在小小的机房里，眼帘低垂着，而背也似乎驼了起来。指导员并不跟他说什么，该说的他都说过了，他也不欠姜仆射什么。眼下他更关心小门上的铁锁是否完好无损。这时候机房很安静，计算机终端的机箱风扇在小心翼翼地旋转。

8

这样的平静维持了差不多半个月，有一天通信排长来汇报说姜仆射生病了，烧得很厉害。指导员的第一个念头就是姜仆射在装病。泡病号压床板这种事在连队很常见，比如李金贵以前就总拿他的痔疮说事，直到让他当了炊事班副班长才略有好转。但一个主官成熟与否的标志就在于他不会想什么就说什么，于是他交代排长带着姜仆射去卫生队看看。

不一会儿排长回来说，他亲眼看见体温计的水银柱上到了四十度，军医开了柴胡注射液，又用酒精物理降温，可体温一直下不去。军医找不出原因，建议送到市里的驻军医院检查一下。市区离基地有七十千米，指导员专门申请了车，跟着一起去了。驻军医院给姜仆射抽血化验，又做了各项检查，除了鼻孔喷着热气，身体有些发软之外，姜仆射并没有特别严重的症状。考虑到体温太高，医生要求先住院观察，指导员便自己带车回了基地。

指导员回来的第三天上午，姜仆射也回来了。他拿着出院证明找排长销假，说他住院当天烧就退了，以后体温都很正常，胃口也好，医生便把他放走了。

这样能值班吗？指导员听排长汇报完，要不再叫他休息两天？

他说他能值班。排长想了想，他还说，人手本来就不够，他要再不值班的话，会把全班的人都拖垮的。

他真这么说？指导员心里动了动。他像哈勃望远镜那样忠实地观测着幽暗宇宙中那些遥远星体微弱的光亮。他关心手下的战士们，即便是他所不喜欢的。他拉开抽屉，取出连长送他的一盒进口复合维生素片（这应该是小陈护士给连长的），让排长转交给姜仆射。估计他是免疫力差点。指导员说，你让他坚持吃一段时间看看，没准会起点作用。

晚点名时，指导员特地表扬了姜仆射，说他带病坚持工作，精神可嘉，希望全体同志都向姜仆射学习。姜仆射就在队列里，虽然还是站在后排，还是看不到他的脸。也许这是个契机呢。指导员想，在与姜仆射的关系当中，自己不存在任何私利。如果姜仆射那些书都没白读的话，那他就应该理解自己的一片苦心。

指导员不知道姜仆射是否领会到了他传递的善意，只知道姜仆射没值几天班又开始发烧了。还和上次一样，他又要车把姜仆射送到了驻军医院，而这家伙过了两天又回来了。这样的事情接下来连着发生了几次，指导员坐不住了。他甚至怀疑姜仆射得了艾滋病。这个念头像瓶子里钻出来的魔鬼，吓得他不轻。两个晚上没睡好觉，指导员终于在一个上午悄悄跑到汽车站，坐着班车又去了一趟驻军医院。

这个不存在。艾滋病毒不是你想的那么容易就能感染的。看上去经验丰富的中年军医很肯定地说，我们会诊过，这个小伙子没什么器质性的病变，目前倾向于是精神性发热。文献上有过一些这种病例，不过大多是女患者，而且以低热为主，像他这种高热的还真比较少见。你印象里，他最近受过什么刺激吗？还是他有什么事情导致精神压力过大呢？

指导员又坐着班车回来了。他不太相信医生的话。要按这种理论，监狱里的罪犯们应该都在发烧了。何况姜仆射的待遇和连队所有人并无二致，他也没理由要求自己与众不同。军队的特色就是整齐划一，士兵的天职就是令行禁止，不这样就没法集中统一，就不可能执行任务履行使命。他不打算把今天的事情告诉任何人。他在心里再次确定，自己所做的一切只是想让姜仆射成为一个合格的军人。

事后指导员庆幸自己的坚持。因为这次私下的探访之后，姜仆射居然神奇般地痊愈了。气色明显好转，镜片后面的眼神也活泛了许多，正在积极训练，准备参加九月份的空军通信专业比武。起初指导员不太想让姜仆射作为选手参加。他向来认为比武选手首先应该是一个全面素质过硬而非单项冒尖的人。但连长反复强调，姜仆射的五笔字型录入速度比其他人要快出百分之四十，这是卫星数据小站的联络业务基本功，他要不去，拿名次肯定就没戏了。为了连队的荣誉，同时考虑到备战比武可以让姜仆射集中精力，不再去胡思乱想发什么"精神性"高烧，指导员最终还是点了头。

八月底，通信科长带队去参加军区空军组织的预赛，牛小林再次获得有线专业第一，王军拿了报务专业第六，而姜仆射居然也拿了数据站专业的第二名。三个专业有两个进入决赛，一个通信排的成绩比原来一个通信连还好，这个成绩得到了基地首长批示表扬，连长和指导员也兴奋得不行。参赛队伍回来当天，连里安排晚餐加了两个硬菜，另奖励每人一瓶啤酒。给选手们敬酒时，连长和指导员都一饮而尽，唯独姜仆射只喝了小半碗。

这怎么行！指导员说，都干了！

我晚上还要值班呢。姜仆射说，再说我也喝不了多少酒。

你喝你的，喝醉了我们找人代班！指导员十分豪气，都是参加比武的高手，高手就要有个高手的样子！

姜仆射犹豫了一下，端起搪瓷碗咕嘟嘟一口气喝了下去。

这就对了嘛！指导员高兴地拍拍姜仆射的肩膀，我要的就是这个精气神儿！

整个晚上指导员心情都很愉快。连队的荣誉也是他的荣誉，这毋庸置疑。而且姜仆射今天很配合，要是他硬是不肯喝酒的话，自己无疑会有些尴尬。这微小却正确的变化给姜仆射的形象打上了一圈柔光，看上去让他不再那么粗糙生硬了。

回房间休息了一会儿，指导员还是有点兴奋，便信步出来溜达。轻微的酒劲让人闲适而放松，是个适合谈心的状态。指导员走到办公楼前，给门口的卫兵还个礼，沿着安静的楼梯一路向上，在楼顶水箱边上搓了搓热乎乎的脸，然后推开了门。

同往常一样，机台上放着茶水和摊开的书，电脑终端和保密机的指示灯无声闪动，可姜仆射不在。第一秒时指导员以为他去上厕所了，但第二秒时指导员便看到小铁门上的挂锁不在原处，而是连同钥匙一起躺在旁边的窗台上。指导员脑袋嗡的一声，他几乎被这强烈的羞辱击倒了。他快步上前拉开门，冲上平台，对着黑暗中的楼顶大呼起姜仆射的名字。

谁让你把门打开的？谁让你出去的？谁给你的钥匙？指导员感觉自己的吼声都在发抖，说话！

姜仆射不说。他眼帘又低垂下去，背又开始驼起来，还有他结实又隐形的鳞甲，让指导员想起了电视里的美洲犰狳。

指导员用愤怒到颤抖的手锁上门，拿着钥匙离开了。他觉得自己像不久前电视剧里的雍正皇帝一样痛苦。没有人能理解他的苦心。没有。包括最该理解他的连长。不然他怎么会悄悄把钥匙交给姜仆射？你这不是帮他，你这是害他！他对连长说，就算他拿了第一名又怎么样？他照样不是一个合格的军人！

我就是想着天线维护也是一项比赛内容，不上楼顶就没办法训练不是？连长尴尬地坐在指导员对面，我想着这也不是什么大事，也就没和你商量。

什么叫大事？战士的成长进步才是大事好吗？指导员怒视着连长，你这样纵容他，他能变好吗？能进步吗？能真正融入集体成为一个合格的兵吗？

那你说咋办？连长回答不了这么一串宏大的问题，再把他锁上？

我没有锁他！我是在规范他，警醒他，改变他！指导员怒吼起来，像是用尽了全身的力气，紧接着又疲惫地长叹一声，好了，随便你怎么办吧。我不想管了。他指指胸口，你知道吗？我累了，我真的累了。

9

那两天指导员房间里人满为患。兵就是这样，你对他们的一点好，他们往往会记上好多年。好比你只是轻轻按下了小小的发射按钮，发射架上的导弹便会轰隆隆地腾空而起。指导员被战士们簇拥着，听他们回忆在自己手下几年的点滴过往。节假日替战士站岗，帮他们在扭伤的脚踝上擦红花油，给他们家人写信沟通，或者是菜地里的一个玩笑，球场上的一次碰撞。这些事他做得太多，自己都记不清了，战士们说起来却像早上才发生过一样。他知道自己会长久地记住这些面孔，包括此刻正在楼上值班的姜仆射。

连长几次过来想和他单独聊聊都找不到时间，直到熄灯后才坐到了指导员的对面。连长先是对指导员的提升表示祝贺和不舍，又从口袋里取出一个信封放在指导员面前。

我们几个干部本来商量着要给你买个纪念品，后来实在想不出你喜欢啥，就合在一起打了个红包，算是我们的一片心意吧。连长有点不好意思地说，你千万别嫌弃。

你这是干什么？你知道我不喜欢搞这种名堂。指导员愣一下，咱们是搭档，是兄弟，你这不是打我脸吗？

我知道你为了工作没少自己垫钱，光是周末给战士们租影碟的钱，加起来起码四五百块，这没错吧？咱俩共事快一年了，你从来没在连里报过一张发票，这我心里清楚得很。连长很诚恳地望着指导员，说真的，指导员，你这样的人，我还是头一次见，我不是吹捧你，我真是服气你。所以这点心意你要不收下，我们心里也过意不去呀！

你们要这么干，那以后别再跟我打交道了！指导员沉下脸，我没跟你客气，我是说真的。

唉，我现在最担心的就是你走了以后连队怎么办。再换谁来当指导员，也不可能和你比了。连长无奈地吧嗒几下嘴，把钱收了起来，这一年，我在你这儿真是学了不少东西，但有的东西真的学不来。

你说得也太玄乎了，其实只要认真负责一点，只要多关心关心战士，带好连队没问题。指导员说，连队还是很锻炼人的，好好干的话，后面发展的基础也牢实。本来我自己也以为要到年底才能动呢，没想到三季度就研究了，说明首长确实很关注基层。我到了干部科以后，有什么事我能帮上忙的随时都可以找我，咱俩是警通连的首任主官，这缘分可不一般，我还等着吃你的喜糖呢！

你也该找了，你比我还大两岁呢。连长真诚地注视着指导员，你是我唯一见过的，真正能说得上是以连为家的人。

在这个位置上，你不好好干对得起谁呢？指导员轻轻叹口气，我真想一直干到年底，把这批老兵送完了再走。可惜这也由不得我。

那你给我留点锦囊妙计吧。连长把脸向前凑凑，下一步抓工作还要注意点啥，你给我讲讲，你这一走，我真是有点发慌呢！

也没什么，说起来不过就是完成好任务，稳定好队伍，保证好安全，都是些老生常谈。指导员停了停，还有，快到年底了，谁走谁留你心里也应该有个数。都说明年兵役制度就要改革了，义务兵服役期可能要缩短到两年，这样的话，年底留队的名额肯定比较多，你得提前筹划一下。这事你考虑过没有？

考虑过，还真考虑过。连长一个劲点头，而且我这次是努力按着你的思路认真琢磨的，比如王军这样的，肯定得留下，而姜仆射呢，我还没想好。

为什么没想好？指导员显得有点意外，这还用想吗？

是是，你看我这人，总是优柔寡断。连长不好意思地笑一下，我也看出来了，这小子确实太独，很难融到集体里面来，更别说还惹你生那么多的气。嗯，我想好了，还是让他退伍比较合适，这样对大家都好。

不不不，这可不是我的思路。指导员呆一下，惹我生气那不算什么，其实我也没怎么生气。姜仆射这个兵是有这样那样的毛病，但这正是我们要努力改变他的地方，不是吗？再者说了，下一步他还要参加空军的比武，要是成绩好，年底又有名额的话，干吗不把他留下，再给部队做做贡献呢？我相信他是会改变的，也许套改了士官再干上几年，他会彻底认识到自己的问题，真正变成一个懂事听话的好兵，我觉得这是可以实现的，肯定能实现的。

连长张着嘴，显然是没想到指导员会这么说，一时不知道如何接话了。

当然，这事还得你和新来的指导员商量着定了。理论上我现在已经是干部科干事，不再是咱警通连的政治指导员了。指导员笑笑，按说我不应该给你讲这些的，不过还是忍不住，我老觉得自己就应该以连队为己任，老以为自己负有不可推卸的责任，老想着自己的连队就应该是最优秀的，自己连里的兵就应该是我想象中的模样，该说啥话的时候就说啥话，该做啥事的时候就做啥事，我就是这么想的，因为我觉得这是正确的，你感觉呢？

10

几场雪过后，又一批老兵要走了。头天下午指导员已请了假，说第二天早上去火车站送一下，不想原定后天才到的上级工作组提前来了，他便被科长摁在电脑前准备材料。干部科办公室窗户对着营门，敲锣打鼓的声音和高音喇叭里送战友的歌声交织着，同阳光一起透过窗玻璃，弄得指导员心神不宁。

往年这时候，指导员会和老兵们一同前往火车站，挨个同他们紧紧拥抱，眼含热泪，无语凝噎。他会沉浸在这真挚的情感之中，体味普照一切角落的光亮和美好。然而此刻他无法再履行这最终的仪式了，仿佛一场被迫中途离去的欢宴，令他若有所失。

他没法再在桌前坐着了，他起身出了办公室，本想下楼，犹豫一下又转身上了楼。穿过熟悉的楼顶水房，他推开数据站机房的门，一个新兵慌忙起来向他敬礼。他点点头，上前几步推开那扇小铁门，信步走上了覆着积雪的楼顶平台。积雪如此洁白又如此平整，完好得连一个脚印都没有。指导员咯吱咯吱踩着积雪走到卫星天线下面，又拐个直角走到了平台边沿。他俯视着营区，运送老兵的一队军车正沿着主干道向营门缓缓驶去。姜仆射就在其中的某辆车上，他没有留队套改士官，因为他主动上交了退伍申请，这是指导员没想到的。听到连长说这事时，他差点就准备再去找姜仆射谈谈了，可考虑到他已经不再是警通连指导员，只好作罢。说真的，他很想看到姜仆射变成一个他理想中的好兵，所以他觉得有些遗憾。

车队和锣鼓声渐渐远去了，指导员站在楼顶，忽然想起有一次，姜仆射曾两眼放光地对他描述过楼顶带给他的诗意，不知道为什么，指导员总是会回想起那一幕。此刻，他对着阳光下的雪野和山峦极目远眺，可看来看去，依然感觉枯燥，于是他自嘲地笑一下，转身走了回去。

杀手的黄昏

手机没来由便坏了。昨天傍晚同李磊通话时还一切正常，而早上醒来时，小屏幕上只剩一片空白的惨灰。李磊来电话时，我刚登上南湖公园后面的小山，同之前次第消失的傍晚一样。刚下过今年第一场雨，林子里空气潮湿，弥漫着垃圾淡淡的腐臭。但无妨，我只想取一个静字，况且还能在其间嗅到一丝青草新鲜的腥味。

最近几个月，山上很静。不像从前许多的傍晚，在山顶停留时，不时有人从我身后不远的小路经过。经过而已，不存在任何危险，只是令我不大自在，感觉类似在公厕里小便，突然又进来一个人站在你旁边。拿着收音机的老头。挥舞着手臂散步的妇女。搂抱着嬉笑的姑娘小伙。吊嗓子的戏曲爱好者。现在这些人全都不见了，整个山头似乎成了独属于我的领地。这一点上，我似乎得感谢数月前在林中雪地里发现的那具年轻的女尸。听说她长得很像李玲玉。我没看到遗体，都是李磊告诉我的。县城的治安一向良好，好几年没出过命案，所以李磊给我说这事时颇为兴奋。他带着几个刑警在此地勘查现场，目睹了那些翻卷的伤口、喷射的血迹和杂乱的足印。没过几天，在县电视台的新闻里，我看到被拿捕归案的犯罪嫌疑人在山上指认犯罪现场，身边站着李磊。瘦弱的案犯其实只是农机修配厂的一个技术员，在电视屏幕上脚步踉跄目光呆滞，偶尔伸出上了铐的手冲着林间某处指画一下。就是在我散步常来的这片小树林里，他用三棱刮刀刺死了打算同他分手的女友。为这事，李磊立了功，从刑警大队长提升到县局当了副局长。他说他运气不错，相比流窜作案，这种案子办起来终归要容易许多。

那货纯粹就是一个傻屄。李磊笑着看我，杀人哪有那么容易，你说对不对？

我没接他的话。

无论如何，这里暂时没了人迹。县城就这么大，一桩凶案能被热烈地谈论上好几年。每个人都掌握一个与众不同的版本急切地等待发布，这座小山也是故事的一部分。死了人终归不太吉利，不过我不介意这些。再说也找不到比这里视野更好又便于隐匿的地方，于我而言，这是个特别的好处。视野很重要。站在山顶的树林间，视线越过齐腰高的荒草，整个公园一览无余。只要背后无人，这世界便无人能够窥见我。这是我一天中最满意的时刻。站在那儿，或者坐在石头上，山下的一切尽收眼底，什么也不用想，常常一待便忘了时间，直到天色暗下来才离开。

山下的公园也许类似天文学家眼中的宇宙，看似永恒的星空其实一直在默然运动。有些人和我出没的时间吻合，比如人工湖边上那一群跳广场舞的妇女。这段时间她们总是用同一首乐曲，有一个重复的动作看上去像是在抖开刚拧干的衣服。一般是四乘八的队形，当然有时也会做些小小的调整。有的人天天都来跳舞，有的人却并不如此。前年夏天彭彩霞也来跳过几次，之后又不来了，但我没跟她提过这事，我担心这事可能惹恼她，也担心会暴露我自己每天固定的去处。另有一个和我年纪相仿的男人，弯着腰，用盖子上扎了小孔的矿泉水瓶在水泥地上写空心字。起码有三年，除了冬天，其他时候他都在这里写字。出于观察距离和角度，我从来也看不出他写的是什么。每次等我下山，那些水写的字迹早已消失不见，我印象深刻的是他的秃顶在夕阳下闪着油光。还有一个家伙每到周末便会来山腰的亭子里拉二胡。亭子飞檐遮住了他的头部和肩膀，我只能看见他微弓的后背和不停摆动的右臂。俯视山下，我的目光可以停留在某个人身上，不疾不徐，无声无息。山下的声音到了山顶就不那么刺耳。小山的相对高度大概二百米。高处有风。昨天接到李磊电话时，风速大概每秒三米，很柔和。

咱都把军装带上。电话里李磊说，咋样？

没必要吧。我有点犹豫，我的军装不知道在不在了。

行了吧。李磊晒笑，你要找不到，我多带一身给你。

非得穿吗？

穿吧穿吧，都他妈三十年了，穿一下咋了？他说，还有军功章，也一起戴上。

我想说军功章就算了，可李磊的电话总是特别多，所以也总是挂得特别快。

从山上下来，穿过热闹的公园和空寂的菜市，沿鼓楼西街走到头再拐到文化街中段，就是文广局家属院。快到门口，我看见局长正从院里走出来。我放缓了步子，犹豫要不要同局长打个招呼。这个问题大概与我跟局长之间距离的平方成反比，突然变得巨大而棘手，令我血压升高。医生让我每日服用降压药，可我有时还是记不住。好在一辆小车很及时地出现在局长面前，他低头钻进车子，迅速膨胀的困境瞬间化为乌有，仿佛逃过一劫。

十几年前，我转业安排到局里当办公室副主任，局长那阵子还是个刚毕业的大学生。几年后我给领导提出去图书馆工作，他正好接了我的位置。李磊说我走错了一步棋，如果一直在办公室干，混个副局长应该不成问题，局长也不是没可能。你有资本啊，他说，有资本就不应该闲置。彭彩霞也是，说我是个窝囊废，带小宝回娘家住了很久。但我认为他们不了解图书馆的好处。作为一个超编的副馆长，我其实并无多少工作可做。办公室倒有一间，但我更愿意待在昏暗的古籍阅览室，一坐就是一天。架上旧书的味道我闻着很舒服，不过绝大多数我从未翻开过。翻开也读不懂。一本根本算不上古籍的《唐人绝句精华》我读了一年，确实一字字读过，只是似乎什么也没记住。我想我可能只是喜欢这里的安静。还有坐在墙角椅子上才有的那种确凿的安全感。

回到家，踩着凳子把卧室衣柜顶上那只大纸箱子弄了下来。十五年前搬家时，这个纸箱被我放在这里便再没动过，落了半寸厚的灰。当时彭彩霞让我把这箱子送回清泉乡我父母处，说搁在新房子里太碍眼。我拒绝了。她摔门而去。不知何时开始，她爱上了摔门，差不多每天都要摔上几次门，仿佛这也能像抽烟一样上瘾。现在回想起来，她其实是个不错的女人，年轻时很耐看，当老师是个好老师，家里和孩子也照料得很好。可惜心气太高，住在五十平方米的单元房里生出的愿望起码占地好几亩，一旦看清我无法为她提供她希望的东西就容易情绪失控。直到有一天，为了一件我都想不起来的什么事，她像从枪膛里旋转着飞出的子弹，一去不返。她重新嫁人之后我很高兴，我觉得我可能比她在龙山商场一层卖五金的新老公还高兴。这种高兴让我多少有点不安，因为它类似被挠了胳肢窝时的笑，而不是出于喜悦。那可能是我第一次意识到，我比自己想象的更爱独处。

用湿抹布擦掉灰尘，当年封箱的胶带变得很脆，指甲轻轻一划，瞬间破碎。打开的箱子仿佛一个暌违多年的故人，与他有关的往事蜂拥而至。箱内最上面放的尽是我提干以后发的军装。的确良夏常服到凡尔丁夏常服。涤卡冬常服到马裤呢冬常服。第一次授衔时的中尉肩章和转业时的少校肩章，还是金灿灿的，却都已过时。如今街上见到的军人们都穿着新式的军装，胸前有军种符号、姓名牌和色彩鲜艳的级别资历章，而我们当年的军装，胸前空空荡荡。

军官制服肯定不好再穿。李磊没穿过，他只当了三年义务兵便退伍回家。付小海更没穿过，他总共也才当了一年半的兵。接下来是棉军大衣和军官风衣。拿开。制式衬衣和短袖。拿开。下面是两套"三点红"的六五式军装，我们刚入伍时穿的就是这个，帽徽领章依旧鲜红。然后是两套崭新的八五式军装，入伍第二年时我们换了这种制服，解放帽换成了大檐帽，帽徽也从五角星变成了圆形。这式军装我们三个都穿过，虽然穿的时间都不长。事实上换发这式军装的那一年，我们基本没穿过衣服。那时候我们一天到晚光着腚。在亚热带湿热难耐的阵地上，没有比光着腚更舒服的选择。全连只有连长和指导员需要保持一点威严，所以他们两个去营部开会时总戴着钢盔又穿着军袄，光膀子背着一支"五四"式手枪，样子看上去可笑极了。

取出衣服试一试，紧了。特别是裤腰。当初如果不系腰带，军裤立刻会滑到脚踝。现在不会。扣好棕色胶木裤扣，有些勒肚子。蹲下去试一试，还好，大裆的军裤没被绷开。穿着这年代久远的军装在镜子前站了一阵，眼前这个眼泡浮肿开始谢顶的家伙非常陌生。簇新的涤卡军装带着光泽，非但不能使我略显年轻，相反却令我起皱的皮肤更加灰暗。什么时候穿什么衣服，什么时候做什么事情，看来绝非虚言。就像有时在路上碰到彭彩霞，她要是穿一件色彩艳丽或者带有卡通图案的衣服——约莫从四十岁开始，她就特别爱穿本该二十岁姑娘才穿的衣服，仿佛那样就能拉低岁月的平均值——我当然不会说什么，道理上讲，我们早就没关系了，可我仍忍不住替她感到难堪。

我几乎不敢再看自己，赶紧脱去军装扔到床上。正要把箱子搬到墙角，却见箱底露出一角红色。掀开衣物，一本红色塑料皮的立功受奖证书，一根皮筋把它和装着军功章的红色小盒扎在一起。箱子里还有什么？再往起翻翻，一个用7.62毫米步枪弹壳做的挂坠。这好像是当年付小海给我做的。他最喜欢倒腾这东西。他手巧，不做饭时就光着腔坐在连部的山洞外面做挂坠。他做了一个又一个挂坠，数不清的挂坠。我索性把箱子里的衣服全抱出来，最后留在箱底的是一只黑色的狙击步枪瞄准镜，法蓝的表面泛起亚光。我记得有这样一件东西，可又常常像忘了似的。

手机为什么突然坏了？这个飞利浦的老式手机我用了六七年，性能良好，耐摔扛造，除了个别按键不大灵敏之外，丝毫不影响使用。不知道它是怎么了。一般我睡前会关机，清晨再打开。但今天早上无论如何也开不了机。接上电源毫无反应，换块电池还是不行。有点着慌。我当然明白，总有一天我会失去它，正如我总有一天会失去所拥有过的一切。丢掉或者坏掉，手机的结局大抵如此。但同时又毫无道理地认为这个结局为时尚早。它是什么时候坏的？用了多久才坏的？一瞬间？还是一整夜？像人一样吗？有人在瞬间死去，有人则要挣扎很久。其实在那么多的死亡当中，我唯一全程目睹的只有付小海。其他的我每次都只看到一个短暂的开头，我甚至不确定接下来的死亡是否确有其事。但李磊说他看到了，至少他看到了其中的一部分。他整天窝在炮兵观察所，在沉甸甸的高倍望远镜里看到的要比我多得多，也真切得多。

我记不住李磊的电话号码。有好多年，我一直用一个棕色革面的小电话本，把姓名和号码一个个写在上面。现在早已不见踪影。我得尽快解决手机的问题，希望李磊不要在这个时候给我打电话。

下楼吃了早点，街上的店铺大多还没开门。在街上转悠一阵，总算在城建局旁边找到一个修手机的铺子。

没法修。染着黄毛的小伙子看了手机一眼，又打量我一番，也没啥修的价值了。

你再看看。我说，电话号码都在里面呢。

那也没办法。他笑一下，我这里只修智能机，苹果三星啥的，下个软件，电话号码就能储存在云端，手机丢了坏了都不怕。

你还是换一个新的吧，像这个。他可能看出来我听不明白，便从柜台上拿起自己的手机朝我晃晃，换个这种多好，现在人人都用智能的。

智能手机肯定有它的好处，不然不会人人都用。我只是固执地认为它对我没什么用处。一个老式直板手机对我来说都有些多余。我十天半月也难得接到一个电话或者短信，不像李磊，手机大多数时间都贴在耳朵上，不然就攥在手里。小宝考上大学以后要我送他一个手机。我给他两千块钱，他说不够。我又给他加了一千，他还说不够。他说他要买一个苹果。不够找你妈要去吧，我说。我妈让我找你要。那你把头发剪短些行不行？他不高兴地说不行。如果他真的考上一个好学校，我也许会再给他加点钱。问题是他上的只是西安南郊的一家民办学校，为此彭彩霞让我每月多付一千块钱作为小宝上学期间的生活费。按照我们的离婚协议，小宝的抚养费只需付到十八周岁。不过我没说这些。我马上答应了。这样可以少说很多不用说的话。

李磊也劝过我换个手机，还说要送我一个。他那里有起获的各类赃物，各种各样的无主手机，象征性地付点钱就行。我想想还是算了。我认为自己不可能学会使用那种连按键都没有的手机。

附近的青年街上有很多手机店，但我来得太早，都还没开门。沿街一直走到路口，最后一家店门口出现了一个姑娘。她拉起卷帘门。我站在路边向里张望，玻璃柜台里的手机摆得整整齐齐，屋顶上挂满了小旗似的广告。

大哥，看手机吗？那姑娘不知何时已经换上了鲜绿色的工作服，正笑吟吟地站在门前招呼我。

噢，我走过去，看看。

大哥想看看什么价位的呢？她领着我往里走，苹果三星小米我们这里都有的。

最便宜多少钱？

一两千到四五千都有。她说，以大哥你这种身份，肯定要用最好的嘛。

我没什么身份。我掏出旧手机，有这种吗？

对不起大哥，我们这里都是智能手机。她瞟我一眼，这种手机现在基本没人做了。

一千块。我想了想，有合适的吗？

有啊，当然有。她飞快地从柜台里取出一个，这款是索尼的，一千八，卖得特别好。

太贵了。我说，别的呢？

这个你看看，一千五，屏幕比那个小点，也很好用。

还有呢？

这个一千二，性价比最好的就是这款了。她指着柜台玻璃，其他几百块的那种比这个就差多了。

能便宜点不？

大哥你是今天第一个客户，我可以给你优惠五十块，第二个客户可就没这个优惠了。她走到墙角给我接一杯水，大哥你坐，我把机器拿来给你演示一下，真的非常好用呢。

我在她的指导下摆弄手机时，陆续进来了几个年轻人，换上绿色的工作服。只有我一个顾客，他们开了音响，在节奏激烈的歌声中嬉笑打闹。我用手指在屏幕上划动触击，感觉新奇。它操作起来好像没我想象的那么难。

那就它吧。我总担心李磊来电话，一千一百五是吗？

是呀大哥。她说，你是付现金还是刷卡？

我把钱递给姑娘，她找回我五十。这时候我才想起还没打个电话试试。我问了姑娘店里的电话，按下屏幕上绿色的电话图标，可却打不出去。

不可能呀，这是新机器。姑娘拿着手机看了看，哎呀大哥，你是移动的手机卡吧？

我点点头。

这台机器是电信的定制机，只能用电信的号码。

那你刚才没说呀。我瞬间感觉到了某种危险，打不了电话我要它有啥用？

没关系。她说，我们这里可以办新号，套餐有优惠的。

我不需要新号。我说，手机我也不要了，你帮我退了吧。

那不行呀。她仍在笑，手机没有质量问题的话，售出是不能退的。

可我买了还不到五分钟，你亲眼看到的。我忍不住提高了嗓门，你没告诉我移动的号不能用这个手机，这不是蒙人吗？

大哥，话不好这么说。姑娘不笑了，你也没问我对不对？

怎么回事？谁蒙人了？一个长着鹰钩鼻子的小伙子走过来，瞪着两只眼睛，你说话最好注意点！我们是正规经营，哪里蒙你了？

可是这手机用不了移动号码。我本能地往向靠了靠，背贴在了墙上，买了不能用咋办？

大哥你别急，你先喝口水。姑娘说，我们还有差不多价位的，给你换一个不就行了吗？

可是我不想要了。我有气无力，我想退了。

那就没办法了。小伙子冷冷地，要换就换，不换我们也没办法。

那换一个最便宜的吧。我愣了一会儿，你们不是还有几百块钱的吗？

那不行。小伙子说，你只能换跟刚才这款价位一样的，或者比这个贵的，不能换比这个便宜的。

这太不讲道理了吧。我说，你们这样干，不怕我投诉吗？

求你快去。小伙子居然笑起来，最好上北京告去，我们正愁没人做广告呢！

这事还真不好办。手机属于自由定价商品，人家要一万，只要有人愿买，那谁也没脾气。去莲花乡的路上，李磊接了七八个电话，很忙的样子，好容易才有空跟我说话，你以为我有多大能耐？

没其他办法了吗？我看一眼手里那个花了一千七百块钱买回来的手机。黑色的屏幕很亮，映出我一张苦脸。我不喜欢这个手机，从任何一个角度看上去它都极不顺眼。

你多找几个人去跟他们闹，态度要强硬，起码叫他们做不成生意。这种黑店就怕比他还黑的人。停了停，李磊又说，算球了，说这没用。你也不是干这事的人。

李磊说得对。即便我想这么做，又能去找谁呢？就连李磊，也从来都是他联系我，我从来没主动联系过他。当然，也不是那么绝对。去年夏天为了小宝工作的事，我被彭彩霞逼得没办法，也曾硬着头皮找过李磊一回。他还真帮了忙，把小宝安排在交警大队当协警。不料小宝才上了几个月班，吭都没吭一声，自作主张辞了职。理由是天天站大街丢人，而且工资也低。他说要自己创业。我给了他五万块钱，结果到现在他还在街上闲逛。从那时开始，彭彩霞没事就打电话骂我。养不教父之过，她说这都是我的责任。她和卖五金的老公过了不到一年就开始打架，原因是他在外面找了个年轻姑娘。闹了好几年，总算在三年前离了。她托人找过我几次想复合，问题是我过于喜欢离群索居的生活。那以后她就总借着小宝的事来骂我。早上拿着被迫加钱换来的手机一出门，第一个电话就是她打来的。

小宝的事你到底打算怎么办？新手机的音量我不知道怎么才能调小，彭彩霞的叫喊仿佛炮兵营集火射击一般震得我耳鸣，感觉整条街的人都能听到，你还算个男人吗？你就是个驴日下的东西！连驴日下的东西都不如！

我不会说彭彩霞粗鲁。她小我一岁，今年也五十了。一个五十岁的女人，粗鲁一下又有什么不可以？所以我保持沉默。她骂我的时候我一般都保持沉默。三十年前我就发现，唯有沉默是我所擅长的。沉默如同夜色，可以吞没任何巨大或微小的事物。何况我没有什么渠道和办法去解决小宝的工作。我连一个手机的问题都解决不了。

主要他们不知道你是谁。李磊又接了两个电话，忽然扭头冲我笑一下，他们要知道你是个正儿八经的杀手……噢，对了，你不爱听这个。不过这年头，谁鸡巴在意这个，你说是不是？

我点点头。

车过了莲花乡，一直开到前进村付小海家里。跟之前一样，付小海的黑白照片还在墙上挂着，还是穿着八五式军装，还是一张小圆脸，表情还是一样拘谨。其实他很爱笑的。轮战前，连里组织照相，指导员在一边让大家笑一笑，可每个人照出来都很严肃。付小海是独子，牺牲后没两年老娘就去世了，只剩下一个老爹，抓着个拐棍坐在院子里，好像在等待什么。我们没说什么话，老人家耳朵早聋了，说什么他也听不见。我们只是把两人凑的一千块钱和两箱牛奶放下，拍拍老人满是褐斑的手，起身离开。

车开到村后的山脚下，我俩开始换军装。

你的军功章呢？李磊突然问。

我忘了。

操，你一等功都不戴，我戴个三等功不成傻屌了吗？

你戴着吧，你不是刚又立功了吗？见李磊要把军功章摘下来，我赶紧伸手拦住，你代表一下就够了。

这功算个屁，一百个也不顶你那一个。不是给你说了吗？那小子杀了人根本没打算跑，就坐在家里等我们上门呢，连血衣都没换。李磊有点不高兴，但是我喜欢的那种真诚的不高兴，而且，他没有再坚持把胸前的军功章摘下来。

提着铁锹步行上山。李磊的军装穿在身上像内衣，绷出一个圆滚滚的肚子。这个年纪，皱纹和肚子都无法隐藏。他试图讲究一下军容军纪，可风纪扣无论如何扣不上，只得作罢。

付小海本可以葬在烈士陵园，可他老娘坚决要把他埋在家乡。如果让付小海自己选的话，我想他肯定愿意葬在烈士陵园。他是个讨人喜欢的家伙，全连每个人都有他送的弹壳挂坠，馒头揉得也好。即使在那边，他也一定很爱笑。而我，我想我会选择埋在山头上，良好的视野，干净的射界，安静的风。不过他葬在家乡也有一点好处，至少我和李磊每年清明可以来看看他。

很多年了，我一直在想，其实最可能完蛋的不该是炊事员付小海，而是我或者李磊。我白天扛一支长长的七九式狙击枪在阵地后侧的乱石岗上打冷枪，晚上就钻进猫耳洞睡觉。起初我总是失眠，因我不知道敌军会不会半夜摸过来干掉我。好在后来我终于能够安睡了。李磊在最前沿的观察所，不时给我提供目标信息，或者拿着望远镜观察战果。进入阵地的第四天傍晚，我第一次在瞄准镜里看到了对面阵地上一个小小的人影。那只现出上半身的人影周围浮着一层虚光，感觉仿佛回忆中某个久远的熟人。那是我开的第一枪。枪声向半空打了个闪，带着漫长的尾音，整个世界都在嗡嗡作响。枪托狠撞一下我的右肩便和我一起僵住了。浑身不停地冒虚汗，双手止不住发抖。我一动不动地趴在乱石地上，脸贴着枪身，像做梦魇住了一样，只有鼻翼间的火药味儿不动声色地弥漫。

那次我瞄准的是目标的头部，可李磊说子弹穿过了对方的脖颈，所以他躺在地上抽搐了好一阵才不动了。他还说，那人跟我们一样光着腚，就那么一直躺到天黑。

×月×日×时×分，我在××观察所用15倍望远镜亲眼看到五连战士陈钰对××高地活动的敌人进行射击，发射子弹一发，击中敌军一名，尸体到夜里被收走。特此证明。×团炮兵观察所战士李磊。

李磊一共给我写过三份这样的证明。其中有一次，我开枪击中了八百米外的一个目标，旁边的山洞里突然跑出两个人把他拖了回去，差不多有一分钟时间，我一直看着瞄准镜里那两个家伙。

那家伙穿着裤衩，肯定是个当官的。事后李磊有些遗憾，你要再补上一枪就好了，起码能多干掉一个。

我不记得自己为什么没有继续射击。也许是因为我每开一枪都会在原地僵上那么一阵。可能只有几秒钟，也可能是几分钟。那些记忆已经变得模糊，常常想起的反倒是我长久地趴在射击点的地上时，身下的石头硌得我骨头生疼。

三个炮兵观察所一共给我写过七份证明，意味着我曾击毙过七个敌人。事实上我在瞄准镜里看到的只是某个人的头部或者上身在掩体后消失的一瞬。我从未目睹他们的面孔和结局。只有付小海的我看见了。他在送饭的路上踩到地雷，饭菜混着血肉在空中飞舞，又跌落在地。付小海触雷的地方我不用望远镜都看得一清二楚，那里距离我当时所在的射击点不超过两百米。我扔下枪飞跑过去。他脸朝下趴在一地的饭菜上。白米饭、红烧肉和鸡蛋菠菜汤。他身上冒着烟。我把他翻过来，他似乎还有口气，湿乎乎的脸上粘着泥土和米粒，下巴上还有一片墨绿的菜叶。他两个眼珠瞪得老大，像是被吓着了，张着嘴却出不了声。我一直喊他的名字，直到军医合上他的眼睛，让人把他抬走。付小海踩上的是一颗反步兵雷，而那条通向连部的小路在阵地后侧，在我们看来是很安全的去处，本不该有雷的。连长说有可能是对方的特工夜里摸过来新埋的，但团工兵连派人来重新检查过一次，并没有发现第二颗地雷。

李磊又开始接电话，我用铁锹清了坟头的杂草，找几块石头塞进一个不知什么时候出现的老鼠洞，又用新土培好。再点上三根烟，洒掉一瓶酒。我站在一边等着他打完那个很长的电话，然后两人后退几步，并排立正站好。

你下口令吧。他说。

你下吧，还是你下好。我说。

好吧。李磊小声下达口令，敬礼！

把手举在帽檐，我突然觉得浑身发痒。其实天气晴好，温暖干燥。但穿着军装，亚热带湿热的回忆令我皮肤黏腻。

礼毕！

刚放下手臂，李磊的电话又响了。他看了看手机，又看看我，摁掉电话，说，撤吧咱们，晚上我还有个饭局。

枕上片时春梦中，行尽江南数千里。提着铁锹下山时，我没来由地想起了这两句诗。

李磊把我送到家，才四点来钟。把军装放回纸箱，我又去了趟青年街那家手机店。我在门口犹豫了一阵。这个小店似乎比敌人盘踞的高地还令人生畏，相比之下，战争似乎比生活要简单得多。

早上的姑娘还在，那个鹰钩鼻子的小伙不知去了哪里。姑娘显然不愿再跟我纠缠，快步走进角落的一扇门。不一时，她跟着一个同样年轻的小伙子走出来。

大哥，这是我们店长，有啥事你跟店长反映吧。

有啥问题我们肯定尽量解决。年轻的店长有一张胖胖的脸。他微笑地望着我，看着很和气。

我给电信公司打电话问了一下，这个手机裸机只卖七百，如果参加活动，交一千多点电话费就可以送一个。我说，可你们卖了我一千七。

大哥，你肯定搞错了。店长递过来一纸杯水，我们这里的手机都是总公司统一定的价，我们不可能乱要价。而且手机型号差一个字母或者数字，区别也是很大的。

店长说话时直视着我，毫不闪躲。他在骗我，不是吗？可他的目光却显得无比真诚。

那能不能帮我把手机退了呢？我说，换一个便宜一点的也好，这个手机对我来说太贵了，再说我用起来也不习惯。

这样吧，我去给公司打个电话申请一下，看能不能帮你办理退货。店长站起来，他们要是说不行，那我确实就没办法了。

店长又回到刚才那扇门里。我知道他可能不会真的问，或者说，他不可能会问，但我依然抱着一点渺小的期待。他直接回绝我其实更简单。这里的每个人都能看得出来，我并不能把他们怎么样。的确如此。如果他们常来图书馆借书，而我恰好认识他们当中的一个，那事情可能又不一样了。不过这年头，有几个年轻人会来图书馆呢？连小宝都从来不去。这些年轻人甚至连电视都不看。他们看手机也就够了。

约莫三五分钟，店长从门里出来，很遗憾地通知我，手机真的没办法退货。

你用上两天就习惯了，人家七十多岁的老年人用这手机也溜着呢。他说，你年纪也不算大，顶多五十出头，对吧？

差不多吧。我说，你呢？

他警觉地望着我，仿佛我问他的是一个银行卡密码或者别的什么秘密。

你有二十了吧？我又说。

嗯，二十一。他犹豫一下，说。

我像你这么大的时候……开了个头，我突然又不知要说什么，只好抓起杯子喝一口水，行吧，退不了就算了。

下点面条吃完，洗涮一下，又出门去散步。不快总会过去的，粘在时间上一起过去。事情总归是这样的。穿过公园上了小山，我坐在草丛间的石头上，摸出手机玩了一阵。一旦无法退换，它似乎又变得可以接受了。它能上网，只是字太小，而我眼睛已经花了。看近处不行，看远处尚可。当年团里开展冷枪歼敌活动，第一个条件就是视力要好。当然不止于此。连长点我的名，说我最大的优点还不是射击成绩好，而是爱静、话少，一个人上阵地能待得住。那年我二十一岁。很久以后我才慢慢意识到，我二十一岁的时候，就已经把自己这辈子最擅长的事情干完了。余下这无尽的时间，我总是不知道该干什么才好。

山腰亭子里，拉二胡的家伙又来了。从他出现到现在，我一直想在眼下的位置看到他的头和脸，可这个位置总有死角，令我隐隐感到焦虑。但我不会凑近去看他的，不会。看不到的，也许就不应该看到，类似一种安排，而我应当尊重这种安排。

望向远处，与平时并无太多不同。临下山时，我一眼看到公园门口进来两个穿着绿色衣服的小小人影。他们离得太远，目视看不清模样。从挎包里摸出那只报废的瞄准镜——它的目镜系统仍旧完好，只不过照明组在阵地的石头上磕坏了，连长私下同意把它给我留作纪念。不给你也不行啊，你杀起人来眼都不带眨的。我记得连长说这话时笑眯眯的样子。我知道他是在跟我开玩笑，可我并不认为这是个玩笑——对着山下观察起来。瞄准镜最多放大四倍，不过对我来说已经足够。我看见他们，那个挺秀气的姑娘和年轻的店长并排走着，一人手里拿着一瓶饮料。他们是换班了，还是溜出来谈恋爱？我轻轻移动着瞄准镜，他们年轻的头颅停留在瞄准镜十字线的中心点。黄昏的光线穿透镜片，他们的轮廓微微发虚，镶着一圈纤细的虹彩。

时间无彼岸

1

　　舷窗外，黑色云海尽头，那道金红色余晖终于被迅速扩张的夜彻底吞并。逼仄的机舱内顿时暗淡下来，除了屏幕和仪表发出的冷色幽光，周遭一切均已没入点缀着星光的茫茫夜色。

　　腰疼。又一次。突然。剧烈。绵长。仿佛谁抡起铁锤朝我腰椎上砸进一枚尖利的铁钉。倒吸一口气，紧绷身体屏住呼吸，再一点一点呼气，最后变成一声叹息。这样似乎能好一点。也只是似乎。体内那一节腰椎总喜欢擅离岗位。真操蛋。退役后这几年，我一直以为被多年飞行生涯摧残的腰已经调养得差不多了，不料转入现役才没多久，这老毛病便卷土重来。飞机靠气流飞行，也被气流震荡，机身日复一日年复一年在空中颠簸，能毁掉其间一切粗细不等的腰。我很想活动一下身体，试图让那节不假外出的腰椎重新回到它应该待的位置上，可屁股下面设计得比内裤还窄的合金座椅硬是不肯给我多留出一点空间。还有紧紧勒在肩头的帆布降落伞背带，搞得我只能像笼子里的鹅一样伸伸脖子。转入现役这三个多月来，我已经重新适应了夜航，甚至还有点喜欢上了夜航。我年轻时好像没飞过这么多夜航，更多是跨昼夜飞行。而现在全是夜航。一次次夜航夜航夜航。夜间飞行的感觉很像小时候玩捉迷藏，既怕被人找到又怕没人来找，渴望安全与期待刺激，心境驳杂得令人心率加快。

头盔耳机里"哔"一声响，自动领航仪屏幕上立刻显示出来自预警机的战术数据。按照事前协同，这意味着我已飞离大陆，开始海上飞行。翼下云层渐薄，刚才浩荡翻滚的云海正被高空风撕成凌乱云团。我根据屏显数据拉杆蹬舵，轻柔细致地修正航向。这很重要。因为从此刻到返航之前的二十分钟里，我再也收不到任何领航数据。

如果导航卫星还在轨道上正常运转，卫星数据链系统交互正常，那我现在会轻松得多。但现在说这个没屁用。卫星没了那就是没了，就像时间过去了那就是过去了，你留不住，也改变不了。好在人是个最能凑合的物种，怎么样都能往下活。透过舱盖，我能看到星星。这时云层已经消失，夜空晴朗，海面看上去像反射着微光的黏稠墨汁。如果遇上潜射防空导弹、舰载激光炮或者战斗机，那么我很可能会和这架老式轰炸机一起坠入大海，彻底消失。彻底得就像我从没来过这个世界一样。但我一点也不害怕。也正常。当飞机以 3 马赫高速飞向目标区域时，除了紧盯着面前的仪表以掌握速度、高度和航向，我完全顾不上或者来不及或者懒得害怕。其实，只有返航时我才会感觉到恐惧。距离大陆越近就越恐惧，直到从机舱里爬出来两脚着地，我才会再次平静下来。我从未与人交流此种体会，可能是我这些年一个人过惯了，不喜欢与人交流。也许我觉得恐惧也属于隐私的一部分，不宜交流，就像我做过的梦。例如昨晚。昨晚是我转入现役以来第三次梦见我祖父。梦的内容仍与前两次雷同。我做了五十多年的梦，被重复的梦还是头一次遇到。这有点诡异，但我却无法否认这一切。祖父在世时与我关系亲密，不像祖孙倒像朋友。他去世二十年间，我怀念他却从未梦到他。最近第一次梦到他时，我有些恐慌，一度以为这是个不祥之兆，但事实证明，虽然身边的人不断永久消失，而我却一直完好存在。

飞机剧烈颠簸。不知怎么搞的，腰突然又不疼了。也许那节腰椎又被颠到了正确的位置上。我打开无线电罗盘。这个从前看似无用的设备可以接收途中邻国的广播电台信号，为我判断航向提供参考。我听到耳机里传来一个男声，说着我听不懂的话，然后是音乐，然后是噪声，然后我关掉它，然后耳畔再次充满单调的引擎轰响。

一切正常。这很好。耳机和屏幕同时提示我，投弹时间已到。没有卫星，就没有卫星数据链，自动领航仪只能按照飞行速度、高度和飞行时间计算概略的投弹时机。这很不精准，差不多相当于凭感觉数秒和掐秒表的区别，全凭经验弥补误差。但也没什么更好的办法了。向来难度最大的投弹任务突然变成了整个航程中最简单的任务。这在从前是不可想象的。那时我们的核心目标就是为了把各种型号的炸弹投在各种靶标的中心，那需要可靠的数据、经验和脑力支持，代表着我们最尊崇的荣誉和成就感。可惜现在没什么好办法来为轰炸提供可靠的目标数据，所以一切反倒变得简单：只要把炸弹投出去，我的任务就算完成了。

我保持飞机状态，用拇指推动左手边的红色电门，标志着弹舱门正常开启的绿灯亮起那一瞬，我快速拨动投弹开关。1、2、5、6。标示着数字的一粒粒小红灯依次熄灭。如果不出意外，挂弹架上的电路会自动释放炸弹并启动炸弹引擎。今晚我带了四枚 4750 公斤的地形／地图匹配炸弹。最近我们总用这种弹。这种弹一枚就可以毁掉一个机场。这种弹最大的好处是能用自主雷达寻找就近的陆地目标，用它来轰炸大洋上的孤岛最合适不过了。但我不知道它们是否都成功到达了 200 千米外

的目标并成功引爆。我真不知道。没有卫星支持的夜间超视距轰炸只能
这样了，我们无法观察到自己要去轰击的目标，以及我们是否轰击到了
目标。

2

几个月前，我还坚信这仗根本打不起来。我认为双方会在电视屏幕
上颠来倒去地吵它个几十年。直到有一天，两架无人机在岛礁上空互射
导弹，事态才像一个溃破的脓包，被迫进入军事解决阶段，并重新回到
新闻头条。据说当时操纵无人机的士官差点被军事法庭判刑，不过最终
还是作为英雄出现在了电视新闻里。当然，只是据说。

但无论如何，我想不到梁会千里迢迢跑来找我。我只是个长期独居
的退役军人，这个世界上还能记起我的人估计超不过十个，所以三个多
月前梁的突然造访真是比战争爆发还令我吃惊。自从退役后，我就回到
了祁连山下那个偏远小镇。五年里，我每天都会早起跑步一个小时——
这大概是三十年空军生涯留给我的唯一印记，先下楼沿人行道向西跑一
段，然后向北穿过小镇公园，再向东经过一大片麦田，再向南折回镇
上，最后在拐回家的路口买一只煎饼，外加一大纸杯烫手的玉米糁粥。
刚回小镇时，路口那间橘红色的铁皮屋颜色还很鲜艳，一个慈眉善目的
老太太总在不停地摊煎饼，站在她身边的秃顶瘦老头则在一勺一勺地从
电热桶往纸杯里舀粥。后来老太太不见了，那间褪色发白的铁皮屋里只
剩老头一个人，一边摊煎饼，一边卖粥。起初我觉得他的手艺远没有老
太太那么熟练，每次用竹片刮开鏊子中央那一勺豆面糊时总显得迟疑，
一点不像老太太那么行云流水一气呵成，打鸡蛋时常会在饼上留下一两
片细碎的蛋壳，然后被我的舌头和牙齿发现，特别是给煎饼翻面时常会

把饼扯破。不过当我想到这个煎饼屋目前仍未属于任何连锁企业时，立刻就觉得没什么不可接受的了。

三个多月前那天早晨，我提着从路口买来的煎饼和粥上楼时，发现几年未见的梁已经等在门口了。他穿着件羽绒服，看上去还很精神，只是两鬓也已斑白。我们有点尴尬地打了个招呼。

不知道你来，我只买了一套煎饼。我假装客气地把桌上的纸袋朝他推一下，要不你吃？

不用不用，我吃过了。他假装不客气地摆摆手，然后从包里拿出一份盖着红色印章的文件，你先看看这个。

我接过来，那是一份征召预备役人员转入现役的通知。

飞行员又不是老中医，得找年轻的。我都五十四了，不应该属于征召范围。我看着文件咽下一口煎饼，肯定是弄错了。

不会有错，你属于特别征召。梁指着文件中的某处让我看，轰炸机飞行人员征召年龄放宽至五十七岁，退出现役不超过五年。

可我退役已经满五年了。

还差十天。

我要早出生十天……就没事了吧？

早生一百天也没事。梁说，他们会把时间往后推，一直推到你符合条件为止。

操……什么屌事……那你还废什么话，直接叫警察把我绑去不就完了吗？

瞧你说的，怎么会那么干？征召按说是不需要征求本人意见的。不过上面还是希望先沟通好，毕竟你为空军服务了那么多年，肯定会理解目前的难处。现在最大的问题就是缺有经验的飞行员，而你飞过所有的机型，这样的人已经找不出几个了，不然的话，我也不会这么远来找你。

可以用无人机嘛，那玩意不是听说很好用吗？

无人机当然要用，只不过目前遇到了一些问题。

用个屁。我说，卫星都被打光了，无人机还能有什么用。

你看，这说明你还是很关心战局的嘛。梁尴尬地笑一下，一句话就点到问题核心了。

网络和电视信号一断，傻子都知道是卫星出问题了，现在电视也才能看十多个频道，网还是上不了。

是啊，问题太大了。多少年的辛苦毁于一旦，想想真是挺扯淡的。梁说，不过他们比我们也好不了多少，卫星平台瘫痪，无人机基本上也都趴窝了。

关键是那些老飞机还能飞吗？我把桌上的纸袋和纸杯捏成一团，生产线停了几十年，配件估计都难找。

这你别担心，这段时间已经恢复出十五六架了，厂家还有几架在大修，短缺的配件从退役的飞机上拆，支持一段时间没问题。

要是这些飞机都打光了呢？我问。

那就不是咱俩考虑的事了。梁想了想，说。

也是，反正那时候咱们肯定也都完蛋了。

沉默了一会儿，我突然想起了一个重要问题。

对了，我儿子在他们那边。这恐怕不符合你们的条件吧？

现在这种情况比较普遍，应该问题不大。梁沉吟一下，说，我记得你儿子小时候挺乖的。他现在在那边做什么工作？

大学毕业以后一直找不到工作，又想申请居留权，让他回来他也不肯，就一直赖在那边。去年九月份突然给我说他参军了……参加了他们的海军。我有些不好意思，谁知道真会打起来呢？

我会请示的，我觉得应该不会影响你转入现役。梁站起来走到窗前往外看，再说了，其实到现在也没哪边正式宣战，就一直这么黏糊着。

我看了一会儿梁的背影后问，怎么样，她还好吧？

她？哦……她……她去世了，前年夏天。梁用手指抚摸着窗台上那架通体黑色的轰炸机模型，当时我想通知你来着，可是一直找不到你的联系方式。

她才不到五十岁。我有点惊讶，什么原因？

肺癌。梁说，还能是什么？这年头好像人人都要得这病似的。

她跟你还是比跟我合适。我沉默了一会儿，说，我还是喜欢一个人待着。

现在咱俩一样了。梁说。

3

坐在溢满烤面包香味的空勤餐厅里，我突然很想吃煎饼。这念头一经产生便像核裂变般无比强烈。自从离开小镇，我就再没吃过那种纯手工煎饼了。可惜现在我只能吃盘子里七成熟的煎蛋和微焦的面包片。餐台上诸多食物中，唯有这两样还对我的胃口。人的口味往往比思想顽固得多。

我抹抹嘴正准备离开，唐走过来坐在我对面。透过透明的桌面，可以看到他锋利的制服裤线和锃亮的黑皮鞋。我记得年轻时唐就这样，每次见他，都觉得他刚从医院消毒间走出来，浑身一尘不染，头发一丝不乱。只可惜当年那翩翩少年，如今已皓首苍颜。不过飞行计划官不比女人，老点未必是坏事，至少我觉得眼下的唐更给我冷静、精密和可信赖的感觉。

今天的任务已经发你终端上了。唐说，刚发的。

好。我应一声。我觉得有点奇怪。唐差不多每隔两天都会给我发一份计划，但从未像现在这样专门来提醒我。

今天是昼间任务，和以前不一样。他说，你要仔细看看。

我愣一下。转入现役三个月来，我从未执行过昼间任务，据我所知也没有任何人执行过昼间任务。我们从来都是像猫头鹰或者夜莺或者蝙蝠一样在夜间出动，抵达指定空域后投放弹药，然后返航。如果有人未能返航，那么第二天走廊的值班屏幕上会少一个名字，计划室和餐厅里会少一张面孔，然后这个名字和这张面孔会出现在后山方尖碑的基座上，同时会举行一个简单的葬礼。没有遗体的葬礼无论如何都会简单很多。三个月里，我已经参加过五次这样的葬礼了。每次我们都列队，看着两个士官慢步并肩走在我们面前，无声无息地把一块 15 英寸大小，刻着阵亡飞行员姓名、生卒年和头像的黑色碳纤维铭牌安放到方尖碑水泥基座预留的不锈钢卡槽上。有天散步经过此地时我数了一下，方尖碑基座四面，一共预留了八十个卡槽。不知道这是哪个二百五设计的，真该把他塞进弹舱扔到海里。即便这个基地所有的飞行员全部阵亡，也顶多填满其中的一面。总之，重新开始的这三个月飞行生活给我的印象就是，要么在夜间飞行，要么在夜间死去，一切都在夜间，在黑暗里。夜间我可以飞，但关于因久违而陌生的昼间飞行，我觉得我几乎都无法想象了。

干吗要白天飞？我问唐。

开战以来一直没有评估轰炸效果，现在上面要我们正式评估一下。

光评估吗？

对，不带弹，就侦察。

应该海军去，他们离得可比我们近多了。

去了。昨天去了一艘微型潜艇，结果还没到观测点就被击沉了，死了好几个人。所以才让我们派人去侦察。命令里专门要求了，是昼间目视侦察。

昼间目视？我说，轰炸机目标太大了。海军为什么不派航母上的侦察机去？

没飞机的航母是什么概念，你知道的。唐看着我说，咱们都这样，海军就更别提了。培养飞行员不是一两天的事，除了咱们没别的办法。

我无言。作为曾经备受重视的远程战略打击力量，在辉煌过不短的年头以后，终于被大规模装备的各型无人驾驶飞机取代了。与我们驾驶过的那些结构复杂体量巨大造价昂贵的远程轰炸机相比，无人机的制造成本毕竟要低得多，至少人力培训成本就低得多。我们学飞行时，教官总喜欢说培养一个飞行员至少要花费与其身体等重量甚至更多的黄金，但无人机不必。我曾多次在指挥所见过那帮戴着黑框眼镜穿着迷彩服脸色苍白的年轻人，他们坐在柔软舒适的黑色圈椅中盯着眼前的三维屏幕，像是玩游戏一样操纵着那些性能优越威力惊人的武器，每见一次都让我觉得自己还活在火器时代。但谁也没想到，战端初开几天内，双方的军事卫星系统在反卫星武器的攻击下迅速崩溃，全靠卫星数据链支撑的无人机打击力量随之宣告瓦解。肯定就是在这个时候，统帅部想起了在某些机场，还停放着一些需要由血肉之躯来操控的飞机。但我不知道照现在这样下去，我们能撑多久。当然，这也许不是我应该考虑的问题，我没必要想那么远——今天这次昼间侦察，也许就是我最后一次飞行。

我已经申请了五百米胶片。唐说，再加上一部机载高速摄像机，飞一次足矣。

我会准备的。我喝了口水，说，假如……我是说假如啊，假如能飞完这次，我想请几天假。

不用假如，你必须飞完，你不飞完我拿不到照片。唐不动声色地说，想请几天？

三四天就行。

我以为唐会问我回去干什么，而这我还没想好。但我也不好说这只是因为最近做过的梦。为一个梦去请假，这听上去像个玩笑。连我自己都这么觉得。

我去给你请示，不过不一定能批准。唐说，现在毕竟是战时。

我点点头。

回到作战值班室，周已等在那里准备给我检查身体。她是我们的飞行医务官，三十多岁，颇有风韵，我喜欢用眼角的余光扫视她的胸和屁股，这一点她显然很清楚。其实偶尔我也会在查体时有意无意地触碰她的手或腰或胸，她会脸红，但并不制止。于是我又会感到尴尬和惭愧。当然，也仅此而已。

昨晚休息得怎么样？周把电极从我手腕上取下来，有没有做梦？

没有。我懒得给她说我的梦，我一看书就睡着了，睡得挺好。

我发现你一直在看这书，这看着多费劲啊！她拿起我枕边那本包着牛皮纸书皮的旧书翻着，干吗不看电子书呢？要不是你，我都不相信这年头竟然还有人看这种繁体竖排的古书。

看着玩，其实挺有意思的。我紧张地看着她，生怕她弄坏了我的书，我爷爷留给我的，他说很好看，确实很好看。

你爷爷？他得有一百岁了吧？

应该有了。我说，要是还在世的话。

哦，我就说……你这书肯定值不少钱吧？

这我倒没关心过，我没打算卖它。我说，再说了，还缺一册，一套书缺一册，估计卖不出好价钱。

这仗打得无聊死了。她把书扔回床上，我先生说他们公司现在都没人谈论这事儿了。

是挺无聊的。我赶紧把书拿起来抚摸着，人就这样，几千年来总在干无聊的事。

刚开战的时候，他下了班连家都不回，天天出去参加游行，完了又回来在网上发帖子声援，这才没多久呢，又开始天天跟他那帮狐朋狗友出去喝酒了，好像这仗从来没打过一样。我听他说，关键是战场离他们太远了，又没有打到本土上来，时间长了大家也就不那么关心了。

嗯，不关心也正常。我说，大家需要关心的事其实挺多的。

等周离开，我又拿着书仔细地检查了一番。那些纸页发黄柔韧，字体古朴端庄，贴近鼻尖能闻到淡淡的陈年书香。从祖父去世把书留给我以后，几乎每天晚上睡前我都会看几页。这套书除了第四册，其他十一册我都看过了若干遍。可不知何故，每次再看时都像是第一次读，那么多次的阅读似乎只在脑中留下了一丝模糊的印象，模糊的程度约略与中学时代的三角函数和元素周期表相当。最初我曾为此苦恼，但后来又觉得这样也好，如果我过目不忘，我也许早就失去了一次次读它的兴致。而这种兴致对我来说，可能比我想象的更重要。

什么时候把你这宝贝书也借我看看？梁站在门口微笑着说，能舍得不？

你要真想看，就借给你看。我笑笑。虽然我前妻最后嫁给了梁，但说实话我并不讨厌他。一转眼，他也五十岁了，虽然他总显得年轻。

开玩笑的，我才不看呢。梁说，这比看《堂吉诃德》的原版难多了。

怎么可能？再怎么说它也是汉语。

看不懂汉语不很正常吗？反正竖排的字我总会看错行。梁停了一下，说，听说你今天要飞昼间？

对。我说，我要是没回来，这套书就托付你了，以后有机会交给我儿子。

别扯淡了。

我是说真的。我笑笑，这几天我连着做了三个梦，每次都梦见我爷爷，他每次都让我去找这套书里缺了的那一本。你做过这种重复的梦吗？

没有，真有这种梦吗？

我以前也以为没有。

所以你得回来啊。梁微笑说，不回来你这梦就算白做了。等你把这套书凑齐了，我再借来看。

但愿吧。

我今早出任务回来，看见你的飞机已经重新涂装了吸波材料，说是最新型号的，隐身效果特别好。

可要是飞昼间目视，就得到云层下面去。那么低的高度，他们根本不用雷达，站在军舰甲板上眼睛一眯都能看见我了。

这你别担心，他们离得还远。咱们去不了的地方，他们也不容易去。唐突然从梁的背后闪出来，假替你请好了。三天。今天飞完就可以走，不错吧？

4

三百米短距起飞。穿越云层，迅速爬升至一万米高度。我放下头盔墨镜，感到一丝眩晕。我已经很久没有见过高空如此刺目的阳光和如此白亮的云海了。

　　几个月来我已明白，我们的任务就是增加战争天平的砝码，以维持双方在岛礁周边的军事平衡。所以直到目前，除了双方均已瘫痪的卫星指控平台之外，频受攻击的只有岛礁和它附近的军事存在。开战（也许说武装冲突更准确些）以来，为防止对方实质性占领岛礁，同时也为了避免把战火引向本土，敌我双方都把争议岛礁作为唯一的主战场，于是那个面积不过 0.12 平方千米的岛礁黑洞一般吞噬了数不清的炸弹——从最初的巡航导弹、弹道导弹，到现在的巨型钻地炸弹、联合攻击弹药和精确制导滑翔炸弹。其中一定有不少弹药是我投放的。不过，我并不知道它现在到底是个什么模样。我从来没有亲眼目睹过这个岛礁，不论白天还是夜晚。对于这个岛礁的认识，我可能并不比周的丈夫或者街上某个路人更多。

　　接收预警机数据后，降低高度，进入海上飞行。吸波／反射波的银色涂装（而以往都是黑色涂装），以及五十米超低空飞行，这是眼下所能想到和做到的避开敌方雷达扫描和人工瞭望的全部手段。湛蓝的大海在机身下方高速掠过。我们从前总把这型轰炸机叫"箭头"，因为它看上去极像一枚巨大的箭镞，直到后来我们听说飞机设计者确实曾参考了先秦时双翼箭镞的造型，这让我们很是得意了一阵。我突然又想起了昨晚的梦，还有我久未谋面的儿子。不知道他现在过得怎么样。他总说他过得不大顺利，并且羡慕我能每天吃到煎饼。听了这话，我有些伤感。但我知道，他其实是个有主意的孩子。当初我离婚时他才十二岁，他决定跟我一起生活，这让我一直感觉欠他的。后来我把我的退役金全都寄给了他，那笔钱应该够他维持一段生活的，所以我觉得他真不该去参加人家的海军。

　　十九分钟的超低空飞行，我希望不要撞上任何一只海鸟。虽然我们已很少见到海鸟。我紧紧握住操纵杆，生怕有一点闪失。我又体会到了多年前海上超低空飞行那种机头下沉的久违感觉。按照自动领航仪提示，我操纵飞机开始跃升。打开摄像机。再打开照相机。飞机在 7500 米高空以 3 马赫高速飞行两分钟，早已穿越了双方不谋而合抑或心照不宣以岛礁为圆心半径 50 海里的禁飞区。在这个高度飞越，高性能的照相机可以拍摄 30 千米宽的画面，包括其间的任何一只鸟或者飞鱼。

阳光使机舱内迅速升温，我觉得浑身都湿透了。然而在整个海上飞行过程中，我却一直没有看到那座葵花子形状的著名岛礁。

可能是速度太快了，要么就是飞得有点偏。我说，不然的话，我不应该看不到目标。

是不应该啊。唐皱着眉，还是先看看照片和录像判读的结果再说吧。

正说着，一个中尉走进，递给唐一页纸。唐看了一下后递给我，真他妈邪门，照片判读结果出来了，也没发现目标。

那肯定是领航数据输入有误，导致飞机偏离了目标。我说，不然找不出别的原因了。

看来只能把领航仪送去检验了。唐说，算了，你先休你的假吧，什么时候走？

两个小时以后有一班火车，我去准备一下。

干吗不坐飞机？

不是我开的飞机我不放心。

这倒也是。唐点点头，你准备去哪儿？

回趟家。

有事吗？

也没什么大事，回去找个东西。

什么东西？你缺的那本书？

操。我笑起来，又被你说中了。

怎么找到的？

也不算找到。我斟酌着说，我爷爷给我托梦，叫我回去找书。

托梦？这你也信？早知道不给你请假了！唐瞪着我，停了停又说，他托梦给你说书找到了？

他没说找到，他只说没丢。

他没找到怎么知道没丢？他知道没丢，那他肯定找到了。

也许吧，可是他没告诉我那么多，他只是叫我回去找。

你应该问他一下。

这是做梦，又不是打电话！我说，没给我安排台词。

三天假期，从明天起算，别回来晚了。唐说，人手越来越紧了，我还得给你安排计划呢。

5

火车平稳而迅速，四个小时便从湿润的南国抵达干燥的戈壁。隔着过道的是一对二十岁出头、每隔五分钟就要接一次吻的男孩，我头一次见到这么腻的情侣。挨着我的是一个戴着耳机看杂志的白人女孩，我不知道她来自哪里，反正身边的白人总是越来越多，多得似乎要超过黑人。我听到周围有人谈论旅游、肺癌和一种我没吃过的快餐，但没听到谁谈论正在进行的战争。我一路都在切换座椅上的电视频道，快下车时，才找到一个老头在电视里谈论战争。我听了几分钟才发现，他说的不是现在，而是五十年前的上一次战争。他说的那场战争我知道，我父亲就是在那场战争中阵亡的，那时他是海军潜艇上一名年轻的航海长，因为一枚深水炸弹，我从此再也没有见过他。那时候我才四岁多点，对他真的没什么印象了。

车站外墙上贴着一幅巨大的宣传画，几个月风吹日晒，画面上的岛礁变得像是一片水池中发白的瓜子皮。我觉得这种宣传画应该在候车大厅的电子屏幕上播放比较合适，可是屏幕上滚动播放的是本地生产的白酒和补药广告。在车站门口，我碰巧遇上了一个挂着"站长"胸牌的胖子，我给他说这幅褪色的画太难看了，应该把它重新上上色，要么就把它换掉，不然实在有碍观瞻。但他鼻子里哼一声，什么也没说，转身走了。

回家洗个澡，安稳地睡了一觉，什么也没梦到。第二天早晨起来，我犹豫了一下，决定还是去跑步。但满身大汗跑回镇上准备去买煎饼时，却发现熟悉的煎饼屋竟然没了踪影。我站在路口四处张望，几个晨练归来的人从我身边经过，但没人知道那煎饼屋和里面的老头去了哪里。

我垂头丧气地往家走。我买了几年的煎饼，加起来差不多有两千个，却从来没和煎饼屋里的主人聊过天。我不知道他和他故去的老伴住在哪里，有没有子女，以及别的什么。我什么也没跟他们聊过，这让我有些后悔。我错误地以为他会永远在那里等着我来买煎饼，而不论我是否会来。这有点像我年轻时的错觉。那时我有亲人、理想和大把的时间，那时我还没意识到，这一切都将像不断被开采的石油一样，日渐枯竭。

我在山脚下的公墓给祖父母和父母献上一束花，还特意为祖父点了一根雪茄，代替他最爱抽的烟斗。坐在墓碑对面陪他抽烟的时候，我突然觉得前几次做的梦其实只不过是梦而已。这大概属于弗洛伊德的问题，而非祖父的问题。他在梦里让我寻找那失去了多年的书，但却没告诉我该如何去找。

从寂静的公墓出来，我站在路边等公共汽车。站牌上写着十分钟一班，可我等了四十分钟也没等到，站牌屏幕上那个代表公车的红色箭头一直在原地闪烁，也许是车坏了。看看表，时间还早，于是我沿路下山，期待到下一站时正好赶上车。

约莫走了半个钟头，我一抬头，突然发现山谷松林深处隐隐现出一角暗红色屋宇。我在路边犹豫了一会儿，然后走进那条长满松树的山谷。到了尽头，是一堵斑驳古旧的红墙，长草的墙头上飘出淡淡的香烛味。绕到正门一看，竟是一座悬着"中山寺"匾额的小小寺院。这寺院看上去很有些年头，而我却从未听说过还有这样一处所在。

进了山门，空无一人。穿过有些破败的佛堂，一阵风来，飞檐上的铜铃叮当作响，那声音异常熟悉，我却一时想不起在哪里听到过，也许是在我梦里。禅院虽无人声，青砖地面却有扫把留下的丝丝划痕。

我走上石阶，看见一扇红漆剥落的木门虚掩。正自犹豫着要不要敲门，屋内却已传出人声。

进来吧。

我推门进去，屋里方桌旁坐着一位穿着赤色僧衣的老和尚，脸上布满褐色老年斑，唯有一只左眼闪着令人讶异的光亮。

不好意思，打扰您了。我很局促地解释，我也不知道怎么就转到这里来了。

什么事都不会无缘无故。他说。他的声音听上去远比他的模样年轻。

我一时没明白他在说什么。可眼光一扫，竟然发现他身边的桌面上，赫然放着一本土黄色封面上绘有细云纹的书，一本如此熟悉的书。

我立时呆住了。

能看看这本书吗？愣了一会儿后我说。

当然，原本就是你的书嘛。他微笑着点头。

我拿起来，和我收藏的那十一本书一样，扉页右下角都印着一枚

"心上无尘"的朱红印章，那红色依然新鲜明艳。

没错吧？

是……没错。我说，您是？

我是借书的人啊。当年和你祖父一起参军，他在前线把这本书借给我，中间遇上了点事，就一直没来得及还。

可是，我愣了半天，说，我爷爷说，借书的人是他老乡，在连队当卫生员。

对，是卫生员。

可我爷爷说，借他书的人已经牺牲了。他说他参加过你的追悼会。

没错。他笑笑，我抬担架的时候遇上炮击，眼睛上挨了一块弹片，醒来的时候已经成了俘虏。他用右手食指指指自己的脸，我都记不清多少年了。

像书页一样发黄的阳光穿过梅花窗棂照在他身上，阴影蒙住了那如洞穴般深陷的右眼。

连里以为我牺牲了，给我追认烈士，立功，开追悼大会，听说那时候县城里的学生都来参加我的追悼会哩。他看着窗外，似乎从阳光中才能找到过去的信息，过了一年，两边交换俘虏的时候我回来了，然后又在军里受了半年审查才让我复员了。抚恤金啊军功章啊都收回去了，这本书本来也拿走了，后来我说那是我借别人的，人家才又还给我了。

然后呢……您就出家了？我觉得自己像是进入了一个梦里。可他的叙述却又像个慈祥的老人，毫不飘忽。

是啊，我去了好多寺院，东北的，四川的，五台山，灵隐寺，戒台寺……不过这肯定是最后一个。他说，这几天总想起我借的书还没有还哩，所以我就催你爷爷，叫他赶紧喊人来取。其实你出来避避灾是好事，我想叫你来避一避，反正这仗也打不了几天了。

可是领土争端是最不容易解决的。我叹口气说，也许还会拖延很久。

当年我也以为要打很久。他说，那时候我才十六岁，比你年轻哩。

我笑了。其实他没意识到，我也已年过半百。

6

回到基地的第一件事，是参加梁的葬礼。我走后的第二天上午，梁被派去执行昼间目视侦察任务，但一去不返。这意味着他要么被击落，要么因为机械故障或操纵原因而坠毁。我们站在方尖碑前听完准将致了无新意的悼词，仍旧是那两名士官把梁的纪念铭牌安装到碑座的卡槽上，然后鸣枪，敬礼，默哀，解散。我盯着那块铭牌看了很久，我觉得上面的头像看起来比梁本人要老很多。

2014.4.16—2064.8.28。

梁才五十岁。比我要小将近五岁。

这个任务还没结束。下山的路上，唐说，上面对这项任务非常重视，要求明天再出一次昼间目视侦察的任务。

什么意思？

意思是你还得再辛苦一趟。

我苦笑一下。我把老和尚的话告诉了唐。

真神！唐惊叹道，如果你没夸张的话，他真是个神仙！没准你再回去，那个庙已经不在了。

可他说我能避灾呢。我笑笑，我避得了吗？避不了。躲得过初一，躲不过十五。

不要悲观。唐有点尴尬地拍拍我的肩，你上次不是很顺利吗？

上次也许根本就没飞到目标空域。我说，梁的航线肯定是对的，航线正确，结果就回不来了。

上次的领航仪检查过了，没问题。唐说，你难道没问问那老神仙，这半死不活的仗什么时候能打完？

他说明天结束，你敢信吗？

妈的，说得也是。唐摇摇头，不再说话。

这个晚上我失眠了。也许是因为梁的缘故。我本来打算读那册失而复得的史书，祖父说，这套史书写得最好的就是战争，从春秋到五代，我觉得也是。祖父又说，这里面最好的就是这一册，混乱分裂的大时代被条分缕析，显得眉清目秀。这我还没有体会。翻开书，我突然又觉得犹豫。像我年轻时追求一个姑娘（并非我的前妻），整夜辗转反侧却不敢给她打一个电话。凌晨时分，我披衣出门在夜色中散步，一直走到山脚停放飞机的洞库。四支拖着各色软管和电缆的巨型自动喷枪正在为我那架轰炸机打印涂装。其实大家都清楚，这些成分复杂的涂装对我们来说只是一种安慰剂。也许明天，我也会像梁一样，坠落在阳光灿烂的大海里。我不确定这和坠入夜色笼罩的大海有无区别。

第二天上午起飞后不久，我断开驾驶杆，切换到自动驾驶状态，然后把右臂平放在托架上，用右手握住手柄来操控这架庞大的轰炸机。我想让自己尽量放松。至少在进入海面之前。可让我意外的是，来自预警机的信息不是战术数据，而是任务取消的命令。这让我惊讶了很久。我在海面上转弯返航时，终于有心情去看一眼海岸线，它被海浪镶上了一道白边，如我想象的一样曲折又漫长。

那天中断任务返航后，我再没有执行过轰炸任务。换句话说，那天夜里零点整，战争结束了。至于个中原因，我们是随后几天才确切知晓的。唐告诉我，我那次昼间目视侦察获取的情报是正确的。我之所以没看到也没拍摄到岛礁，是因为它事实上已经不存在了。那座举世瞩目的岛礁的确从海面上消失了。它被无数产地和型号不同但威力同样巨大的高能弹药轰击得无影无踪，直到深入海面以下上百米才能触及它残存的部分。敌我双方差不多同时掌握了这让人意外的情报。局势的重大变化使得幕后的外交活动立刻回到桌面上来，交战双方很快签署了停战协议。我们都觉得这是件值得高兴的事。

停战不久，我被通知有可能要去一座新组建的航校担任飞行教官，可我在基地等了一个月，看了两遍那本失而复得的书后，被告知航校暂缓组建，无人机指挥控制系统的恢复成为当务之急。

这有点扯淡，你说呢？

唐这样对我说。他一定是说给我听的。毕竟他已经被提升为准将，并将负责组建一支全新的无人驾驶轰炸机部队。

这其实才叫正常，你说呢？

在互联网重新开通的那天，我第二次退出现役，重新转为空军预备役飞行员。离开基地前，我和唐一起去了一趟后山。我们在方尖碑前抽了一根烟，然后把最后一份纸质报纸放在碑前。作为停战前最后一名阵亡的空军飞行员，梁被媒体热烈宣传，那种热情同几个月前战争刚刚爆发时一模一样。

唐最后在方尖碑前点燃那张报纸，我们看着那小小的火苗慢慢把报纸吞没。

唐问我回家后的打算。我说，我也许会去申请一个卖煎饼的执照，这样我就可以天天吃煎饼了。

冬天的耳朵

少校和中士

掌声响起，会议结束。少校起身抠一抠眼角，捻着指尖那一粒油渣样的眼屎朝外走。挤在四条过道里的人流从两扇门拥入礼堂前厅，散成一片。从墙边保密柜取了手机，一回身，就见两个戴着白盔的纠察直挺挺地站在几步开外。少校低头瞅一眼身上的迷彩服和作战靴，裤脚和鞋带很规矩地塞在靴筒内，这才抬脚往外走。

"同志！"带班的纠察上前一步冲他敬礼，"请稍等一下！"

"怎么了？"少校愣一下，还个礼，"我违反军容军纪了？"

"那倒没有。不过您开会的时候睡觉了。"

"谁告诉你我睡觉了？"

"不用告诉，我看到的。刚才开会的时候您一直都在睡觉，我中间提醒过您，不过您还是接着睡了，根据《内务条令》第九十三条之规定和基地参谋部的要求，我们要对您进行登记。"

"我怎么知道你没有认错人？"

"您坐在第六排三十六号，就是靠东边走道的倒数第二个座位。"中士指指身边新兵肩上的黑色执法记录仪，"这个我们都录了像的，有异议的话随时可以核对。"

"录个像就能证明我睡觉了？"少校停了停，"闭着眼睛就算睡觉？"

"您流口水了。"中士面无表情，"睡着了才会流口水。"

"今天首长讲话是我写的。"少校脸有些发红，"我昨晚加班到半夜就在弄这个材料，明白吗？"

"对不起，这个我们管不了。我们只负责维持会场纪律，登记违纪人员。您要觉得有问题，可以找部队管理科张参谋去说，这事归他管。"中士转脸朝新兵努努嘴，新兵立刻翻开手里的蓝色文件夹，"请您提供一下姓名、单位和职务，或者出示一下军官证也可以。"

少校搔了搔下巴，似乎想说什么但并没说什么，只是从兜里摸出军官证递了过去，然后别过脸，看着礼堂门外，刚下了一夜的雪，营区尽是白茫茫一片。

中士打开证件看一眼，又递到新兵面前让他照着登记。不知是天冷还是笔不好用，新兵在表格上画了几道都写不出字来。中士瞪了新兵一眼，抢过笔用力甩了几下，自己登记起来。

"基地政治工作部组织科胡干事，对吧？"

"对不对自己看。"少校把目光收回来，"能麻利点吗，我还有事。"

"马上，请您理解。"中士飞快地填着表格，"干纠察本来就是得罪人的事，但得罪人的事也得有人干——"

"你不用给我说这个，留着给新兵讲吧。"少校收起对方递过来的证件，"现在可以走了吗？"

"可以了。"中士又敬个礼，"谢谢配合！"

少校没搭腔也不还礼，径直从两个纠察中间挤了过去。中士闪避不及，两人的肩膀撞在了一起。他们像是什么也没发生过，各自走开了。

少　校

从地图上看，基地和北京的纬度差不多，但平均海拔要高出将近两千米。按照被装发放标准，北京属温区，戴大檐帽过冬也不觉得有多冷。基地则属寒区，戈壁滩的冬天比他想象中要冷得多。太阳从雪峰背后升起，阳光落在脸上是凉的。吸进的冷空气会把鼻腔黏膜粘在一起，得用喷出的热气将它们冲开，又在面前凝成一团白雾。基地所有人都戴着俗称"大头帽"的长绒冬帽，而他头上则是北京配发但从未用过的冬帽，栽绒很短，这让他的脑袋看上去比别人小了一圈。刚入冬时他就打算找军需助理员调换一顶"大头帽"，可到现在也没去。一方面是因为他跟人家不熟，很可能遭到拒绝；另一方面——他有点这种感觉——他似乎是想让北京生活的余波流淌得更远一点，虽然他很清楚，那余波即将干涸。

被纠察纠缠了那么一下，散会的人几乎都走了。路面积雪被清扫过，留下几道被轧实的白色车辙。这让他想起不久前的一个傍晚，自己开车从长安街往羊坊店西路左转时被警察拦下那一回。那时候他刚知道自己就要离开北京了，脑子也不知道在想什么，忘了这个路口晚上八点以后才能左转。那是他第一次被交警拦下，就像刚才，也是第一次被纠察拦下。纠察的头盔和交警的帽子都是白色，纠察和交警都朝他敬了礼，他们礼貌、冰冷、不容置疑，费什么口舌都不会放过你。他们之间的对话本质上是黑白的，不存在任何中间地带和感情色彩。这可不就是陌生人之间应有的状态吗？所以他完全没必要跟一个纠察置气。

他小心地走在湿滑的路上，等回到办公室，科长已经在等着他了。

头一秒他以为科长要问他开会睡觉被纠察的事，立刻又觉得这想法很可笑。又不是被北京卫戍区的三军纠察逮住，那样的话真会挨批。可是在基地，这好像并不算什么大不了的事情。

"胡干事，辛苦了啊！"科长靠坐在办公桌沿上，笑得很客气，"政委会上的讲话反响非常好，首长自己也挺高兴，刚才又把主任和我叫去表扬了，说这个材料搞得不错。我专门给政委报告说，这是我们从北京来的胡干事起草的，你猜政委咋说？"

他笑笑，等着科长往下说。

"政委说，在高级领率机关锻炼过的干部就是不一样，还说要给你多压担子哩！"

"主要是科长您给的材料路子好。"他习惯性地客气着。分流到基地没几天他就知道，自己这一来，把科里唯一的正营职干事位置给占了，而这个位置本来是准备给邱干事的。人家副营马上满四年，工作干得不错，也到了该提升的时候。他对此感到抱歉，却没办法向任何人表达——有些话大家都清楚，但谁都不说，因为说出来解决不了问题，反而弄得尴尬。这次如果不是政委把科长起草的讲话材料打回来，主任不得不亲自交代他上手的话，科长很可能还在让他干那些外围的杂事。

"那哪儿是我的路子啊，那都是首长的思想。"科长看上去兴致不错，"昨晚加班弄到很晚吧？看你眼睛都是红的。正好你嫂子从额旗弄了只羊回来，今晚我叫她搞点羊汤喝喝。你来了这么长时间，都还没和你坐坐呢，晚上一起，怎么样？"

"我这人命贱，吃不了羊肉，一吃就便秘。不如改天我请您吧。"他赶紧婉拒。晚上他必须要和她通电话，他没办法再等了。再说真去科长家吃饭的话，科长很可能会问——虽然从没问过，当然也可能不问——他为什么会从北京来基地，而那是他不愿意触碰的话题。"晚上我还得把各单位报上来的立功受奖材料整一下，马上就该上会研究了。"

"哎哟，你说这个倒是提醒我了。"科长走过去关上门，"警卫连报的那个三等功人选有点……那什么，你给指导员打个电话，叫他们抓紧换个人报上来吧。"

"人选有什么问题吗？"见科长没回答，他本来不想问了，可迟疑一下又说，"连队民主测评也搞了，支委会也开了，突然要他们换人……必须换吗？"

"也不能说必须，但换了会比较……比较稳妥一点。"科长嘬了嘬牙花子，"警卫连报的立功那个小子……叫啥来着？"

"张立志，应该是叫张立志。"他说着，又打开电脑文档快速确认了一下，"没错，张立志，警卫连二排六班班长，主要负责纠察工作，事迹材料重点写的是怎么认真负责铁面无私坚持原则开展纠察工作这些。"

"还铁面无私，有眼无珠差不多。"科长"哼"一声，"你来时间不长，这事你可能不太了解。五月初，基地刘司令刚上任，有天晚上在院子里遛弯，估计是出门的时候随便套了件便装，下面还穿着军裤，结果这小子就把首长纠住了，说首长'军便混穿'违反军容风纪。还好彭副参谋长从办公楼出来看见了，赶紧跑过去给首长解了围。我听彭副参谋长说，当时刘司令还笑哈哈的，让彭副参谋长当场给警卫连连长打电话，说这个小战士敢于坚持原则，年底评功评奖的时候考虑给他记功。结果到了年底，他们还真的给报上来了。"

"首长既然交代了，连里不报也不合适吧。"他听出了科长话里的不满，虽然很含混，"这事儿跟列宁同志被卫兵拦住不让进门一个意思，给他立功不正好显示出首长站位高、格局大吗？"

"表面上看是这样，但再往深里想，味道就不一样了。你想，这个功要立了，那首长的事情就是真的。但要是不立，这个事它就……你明白我意思吧?"

"这是不是有点过度解读了呢?"科长已经说得很明白了,他当然不会不明白,但还是没忍住多了句嘴。

"什么叫过度解读?"科长斜了他一眼,面露不悦,"我没那么多闲工夫去解读这个,反正你通知他们换人就对了。"

他整个上午都处于怠速的大脑猛地飞转起来,一瞬间竟令他微微眩晕。他理解错了。他以为这是科长的想法,所以他会试图劝科长收回成命,毕竟单凭这个理由就剥夺一个兵的立功机会并不合适,因为他在连队待过很久,知道在通常情况下,一个中士在全部八年的军旅生涯中很难获得立功的机会。现在他明白了,这并非科长的想法。否则前天科长带他一起审核立功人员名单时就会提出换人了。如此想来,这个意思大概率来自主任。主任是个非常严谨细致的领导,常为一个标点符号的使用而斟酌再三,而这份年度立功受奖的请示是他昨天下午才呈给主任的。主任眼下还没有往上签,所以其他首长应该还不清楚这些情况。

"那怎么给连队说呢?"他最后又拱了拱,"总得给他们一个说法吧。"

"话你看着说,反正刚才我说的别讲就对了。你是大机关下来的,这点事肯定难不住你。"科长说着往外走,"羊肉你吃不了,那等党委全会开完了我请你吃炒拨拉,这玩意儿过瘾,还上过中央电视台哩。"

中　士

下雪不冷化雪冷。早上出操回来耳朵就痒得比平时厉害。他熟悉这难挨的痒,就像他熟悉那些不快的表情,不管是赔笑、愠怒还是淡漠,终归都是不快。从当兵到现在,年年冬天都会痒。如果没什么意外,接下来,耳朵会先右后左,依次由红变肿,溃破流脓,直到来年春天慢慢结痂，然后恢复正常。

　　按说这种时候，他应该待在宿舍里用手指不停地搓耳朵，这是他七年来对付冻疮的唯一方法。不过从礼堂纠察回来，他还是决定再带新兵出去锻炼锻炼。新兵不练行吗？当然不行。特别是现在的秋季兵。他入伍是在冬天，翻年过去，征兵时间就改到了秋天。作为历史上最后一批冬季兵，他怎么看秋季兵都不顺眼。冬季兵在新兵连吃的苦可比秋季兵多得多。别的先不说，光是操场上站军姿走队列就够遭罪的——大头帽耳朵不许放下来，不然就听不清班长的口令，听不清口令就容易做错动作，做错动作那绝对没有好果子吃。他耳朵的冻疮就是在新兵连那三个月给冻出来的。秋天可不一样。秋高气爽，爽能练出过硬的作风？当然不能。没有过硬的作风，手底下这些新兵才畏畏缩缩，不敢理直气壮地去纠察。前两天他带着新兵在办公区路口执勤，中间自己去办公楼尿尿，尿着尿着，一眼就从厕所窗户瞥见一个两手插在裤兜里的干部大摇大摆地从新兵面前晃了过去，操蛋的新兵居然瞎了一样杵在那里。不管不问也就罢了，更可气的是还给人家敬礼！他难道不知道，纠察敬完礼接下来就该登记了吗？气得他把剩下的尿都给憋了回去，从办公楼冲出来，指着新兵鼻子就是一顿臭骂。

　　"人家是部队管理科的张参谋啊！"新兵委屈坏了，"他是管咱们的大 BOSS，我纠谁也不敢纠他啊！"

　　"BOSS 个鸡巴！他管着你，你就不敢纠了。那刘司令还管着整个基地呢，我为啥还纠？"他吼起来，虽然他也没想好要是他在场，究竟敢不敢对张参谋下手，"给你说过多少次了，干纠察就是要铁面无私，坚持原则，当面纠正，现场登记，你长个耳朵是出气用的？"

　　新兵抬眼瞅瞅他的耳朵，立刻又把眼皮耷拉下去了。他知道新兵不服气，但他必须得让新兵服气。所以今天上午，他让新兵领教了自己是怎么纠住一个少校的。那个送上门来的家伙看上去很不高兴，可那又怎么样？谁让他睡得跟死猪一样，叫都叫不醒。何况还是一张生脸，纠他就更没啥负担了。他觉得自己这一手干得蛮漂亮，不然的话，新兵也不会说他这是一次"教科书式"的纠察。别看这帮秋季兵又懒又馋，特别是那个江苏兵动不动还敷面膜，要脸要到了不要脸的地步，可有时候说个话吧，还真挺受听的。

正要出门，忽地听见文书在走廊里喊他。他扔下新兵跑到连部，指导员正坐在办公桌前拿着张纸在看。

"指导员，你找我？"

"找的就是你！"指导员把手里的纸扔在桌上，他一瞅，那是他刚交到连部的纠察登记表，"你今天上午是不是纠了组织科的胡干事？"

"是有一个胡干事。"他搓搓耳朵，"他开会睡觉，我就给他登记了。"

"可纠可不纠的就算了，这话我给你讲过没有？"

"讲过。问题是——"

"讲过为啥不听？！"指导员拍着桌上的表格，"他开会睡觉，你提醒一下不就完了吗，非登记他干啥？"

"我开始也没想登记。关键是他一直在会场上睡觉，我好不容易叫醒了，一转头他又睡上了，还流了好多哈喇子，我都录了像的。"正申辩着，突然发现指导员正在用眼神剜他，赶紧闭上了嘴。

"你知道胡干事是什么人？"

"……不知道，我以前没见过他。"

"没见过你就纠？人家是从北京大机关分流过来的干部，换成谁谁也不高兴。你倒好，哪壶不开你提哪壶！现在好了吧，人家刚才打过来电话，说你这个三等功人选不过硬，要我们换人重新报，你说这事怎么办吧！"

"凭啥!"他脑袋嗡的一下,"他……他这是打击报复!"

"你凭啥说人家打击报复?人家可没说,因为你张立志纠了我,我就叫你立不了功。人家有你那么蠢?笑话!胡干事刚才在电话里讲了,纠察工作是重要,但毕竟不是警卫连的主业,连队的主要任务是重点要害部位警卫执勤,所以评功评奖的时候要把这个导向突出出来。人家的话说得很在行,弄得我都没办法说!"

"问题是……问题是这个功是司令员给我立的啊!"他脸涨得通红,耳朵又烫又痒,"首长的话他们都不听吗?"

"人家这么通知,肯定有人家的理由。"指导员靠在椅背上想了一阵,"按说一个连队一年就给一个三等功指标,往年都是我们报谁,上面就批谁,今天你刚把人家纠了,人家就打电话叫换人,你说是啥原因?"

"我也不知道。"他嗫嚅着,脑子乱成饭堂角落的泔水桶,"我想不出来。"

"这都想不出来?所以我说你脑子不够用。"指导员翻了他一眼,"我估计这事情还是出在胡干事那里。"

"指导员,那你能不能帮我给他说说啊!"

"废话!我当然说了,我还硬着头皮给组织科科长打电话了,结果科长说这事归胡干事负责,还叫我去找胡干事!"

"那咋办?"他可怜兮兮地望着指导员,忽然觉得自己戴着白头盔时的自信荡然无存,很像是当兵前在甜品店上班,因为算错了账被顾客大骂时的慌乱。

"我琢磨了一下,这事还得你自己去说。"

"我?"

"解铃还须系铃人嘛。"指导员拿起桌上的表格,"正好名单还没报给机关，那就不要报了。这是其一。其二呢，你今天就去找一下胡干事，当面给人家正经八百地道个歉——"

"我为啥要给他道歉——"

"闭嘴！你抢什么话？拎不清！"指导员呵斥道，见他低下脑袋，口气又稍稍缓和了些，"人家开会睡觉是不对，你不用道这个歉，但你纠察人家的时候态度是不是很生硬呢？"

"我没有啊，我一直都是那样。"

"好吧，那只能说你的态度一直都很生硬。你去给人家道个歉，说你态度不好，请他原谅，这话总会说吧？"

他不吱声。整个世界的不公一股脑地塞进他体内，令他胸膛剧烈起伏。

"问你呢！"指导员瞪着他，"这话会不会说？"

"指导员，"他突然觉得喉头一紧，憋得眼泪都出来了，"我……可是我觉得我没错呀。"

"那我换个问题。"指导员叹口气，走到他面前，把手按在他的肩膀上，"你就说吧，这个功你到底想不想要？"

少　校

四年前到北京的机关帮助工作开始，他中午就没再睡过觉。两年后下了正式命令，这个习惯依然如故。忙是一部分原因，机关的班总是加不完。戴着隐形眼镜是另一部分原因，醒来时眼睛会干涩发红。剩下的原因则是他不喜欢午睡醒来时苍白的阳光，仿佛酒过半酣时莫名涌来的索然。刚分流到基地时，他试着睡过一两次午觉，起床后颓废更甚，整个下午都打不起精神。相比之下，他宁愿在正午无人的办公室刷刷微信、看看闲书，抑或就把双脚搭在桌面上——反正没人看到——发上那么一阵子呆。

很奇怪，她的住处不知道为什么变成了陈旧的暗红色，光线暗淡模糊，陈设却清晰又熟悉。蓝底大花床单，深灰色沙发，白色衣柜，咖啡色餐桌，窗台上的绿色蜡烛杯，还有淡淡的香熏味儿和西三环滔滔不绝的车流声。他和她分坐在沙发两头，她在看手机，而他在看她。他好像问了她什么问题，而她则自顾自地哼着歌。那旋律他很熟却一时想不出名字，令他异常烦躁。他挪了挪屁股，挨着她坐下，她却警惕地把手机扣在胸口，往边上缩了缩。他看着她，感觉像面对一本晦涩的名著，想知道它说了些什么，又不明白它在说什么。他决定离开，而她并未挽留。在门口换鞋时，他一眼扫到了卫生间面盆上方的搁板上多了一支牙刷。牙刷是蓝色的，要么就是透明的，而那里应该只有一对电动牙刷才对，白的归他，黑的归她。他走进卫生间，伸手摸了一下那支陌生牙刷，刷毛是湿的。他脑袋一下子涨了起来。他抓起牙刷，转身走回去想质问她，可未及开口，一切都不见了。

他醒了过来，一只戴着白手套的手正在轻拍他的肩膀。他用力挤挤干涩的眼睛，顺着那只手望上去，是一张被白色头盔框住的脸。那脸肤色发黄颧骨很高，厚厚的嘴唇紧抿着，唯有两只外廓红肿的耳朵和欲盖弥彰的龅牙多少透露出了些矫揉造作的味道。

就那么几秒钟，纠察和刚才的梦全都消失了。这让他很恼火。他试图去听主席台上政委的讲话，可倦意袭来，他抱臂垂头又睡着了，重新进入的梦境空空如也。人不能再次踏入同一条河流，看来也不能再次潜入同一个梦境。这个中午，他回忆着礼堂的梦，不确定那究竟是个开头，还是个结尾。如果真如梦里所预示的那样，她爱上了别人，那他该怎么办？他远远地看着这个高大的问题，不知道如何翻越。刚离开北京时那种不好的预感又浮现出来。如果他和她已经领了结婚证可能还好些，那至少算是某种相对结实的联系，而现在他们之间的关系却像他刚才给警卫连打的那个电话，令他心神不宁又束手无策。

他靠在椅子上，望着窗外龙头山顶的雪，想起了祖咏的诗：终南阴岭秀，积雪浮云端。林表明霁色，城中增暮寒。祖咏在长安参加科举考试时，按要求是要写十二句的，他写了四句就不写了，因为"意尽"。这个故事他给她讲过，他记得她笑着说"就你懂"，但表情无疑是欣赏的。他很喜欢从背后抱着她，她会把头仰靠在他的肩膀上。军校毕业后，他分到了渤海的小岛上，从排长干到指导员，回到大陆后到了县城的旅机关，省城的军机关，一步一步走到了北京。那些年他谈过几个女朋友，但感觉最搭的还是她。她个子高、脾气大，经常摔坏手机，喜欢游泳和穿花裙子。他相信自己将和她结婚生子，未来一切都将平坦而晴朗，直到他接到了分流的通知。

当然是不情愿的。他承认，处长找他谈话时他极不情愿。可他没这么说。他只是沉默了一阵，然后故作轻松地表示接受。军官的身份使他得以从小岛连队来到了驻京机关，同样的身份也决定了他不可能拒绝分流的安排。谈话时处长也显得有些伤感，用了大段的话来肯定他四年来的工作成绩，因为自己当初就是处长亲自考察才选调来的，处长对他有知遇之恩。处长最后提了一个建议，让他走之前把结婚证领了。他当然明白处长的意思。作为一个单身干部，离开北京驻地，本质上就和这个城市没关系了。除非去制造关系，比如结婚。结了婚他才有可能转业时回到北京。接下来那几天，他很想给她提一下这事，可不知道怎么回事，就是张不开嘴。如果早点说，那倒是自然的；可现在说，却像是一个阴谋。他寄希望于她来提，可她并没提，虽然她已经知道他要走了，要去很远的地方。当然，这也不怪她。她本来就是个大大咧咧的姑娘。

　　到基地这两个月，工作倒没什么大问题，天底下的材料都是那一套。机关灶伙食还行，就是偏咸。微信新加了一些好友，主要是机关各部门的参干助，总体数量基本能弥补基本不再联系的北京旧同僚。基地离最近的县城有十来千米，周末不加班时也可以去转转，本地的面食还比较对他的胃口。唯一解决不了的是思念。他非常想念她。他从来没这么想过一个人，每天睡前的视频通话像科长每天服用的降压药一样，一天不吃就会感觉到危险。刚来时聊得还挺多，但最近这几天，他们聊不了几句就挂了。那应该是厌倦吧，他不太情愿地想。他每次都舍不得挂断电话，可他的话题捉襟见肘，无法填充时间的空洞，聊天的过程因此变得崎岖。我想你。他只好一遍遍地这样说，仿佛那是个游戏币，一枚接一枚地投进去才能得到机械的回应。

　　昨天晚上材料弄到快十二点，开始下雪了。雪花路过办公室窗口时，如他的心境一般纷乱。这是他到戈壁滩的第一场雪。这个话题不错，可以跟她聊聊。他打过去，对方忙线。过一会儿再打，依然忙线。他原本打算聊一小会儿就继续改材料的，可忙线让他慌乱起来，难以把精力集中到面前的材料上。他每隔一会儿就打一次电话，他忍不住，直到凌晨三点多，终于打通了。

　　"你疯了？半夜三更打什么电话啊。"她听上去像是刚被吵醒，可他认为一个人想要在电话里装出这种口气并不难，"什么电话啊，我早都睡了，你把我吵醒了，我好困，我要接着睡了，你也快睡吧……晚安。"

　　他却一直清醒着，直到今天上午才在礼堂里睡了一会儿。就那一会儿还被纠察登记了。他承认自己当时有些不耐烦，不过那不是什么大事，过后也就忘了。他唯一关心的是昨天半夜跟她通话的人是谁。如果他还在北京，这事儿就简单得多。他会跑去找她。他们以前也闹过不少别扭，但只要能握住她的手，能拥抱她，他们总会言归于好。可在戈壁，他们的联系变成了一根拉长了的橡皮筋，绷得细而紧，仿佛千钧一发。他认定他们之间出现了一个男人，但她断然否认。"行，我就是跟别的男人打电话到半夜，你满意了吧？"她生起气来，他反倒没话说了，只好软下来给她赔不是。他说他从未怀疑过她（其实并非如此，毕竟人的能见度是有限的，到一定距离就看不到了），他只是太想她了。他们的聊天草草结束，像澡洗到一半停了水。直到这个中午，他依然在想着昨晚那一次又一次的忙线。她说那只是网络的原因，他正在努力相信这个说法。她的栗色短发和纤细腰肢在他回忆的深海中轻轻摆动，水中光线幽暗，令他心神不宁。刚来基地的时候他曾想春节休假就回北京向她求婚，如果她同意，那么他就申请转业，虽然不一定能得到批准。但如果她真的喜欢上了别人，那他该怎么办呢？他在这个寂静的时刻想着这一切。

他拿起手机，意外地看到她十几分钟前发来了一张照片，里面的他坐在咖啡厅的角落里，手里拿着本书在看。他看了好一会儿才反应过来，这应该是同她初次约会时她给他拍的，但她从来没给自己看过这张照片。那之前他们见过一面，都是跟着彼此的朋友凑在一起吃饭，他俩座位挨着，但没怎么说话。吃到一半，七八个人开始互加微信，这种事情他向来不主动，坐在那儿喝茶。大概就是那一刻，喝得脸红的她没来由地就和他聊上了，后来她说，她看他一个人坐在那儿，像个落寞的诗人。他给她讲在海岛连队和战士们挖牡蛎的事儿，她像是很爱听的样子，后来拿起手机要加他微信。饭局散了那天晚上，他就开始想她了。想了很久才下决心给她发个信息，没想到一聊就停不下来。那都是一年零十个月前的事了。她现在发这张照片是什么意思？她想说什么？是想开始，还是想结束？他想问问她，却没想好怎么个问法儿。

踌躇间，办公桌上的暗红色座机响了起来。他欠身看了看来电显示，一个他没见过的手机号码。大中午谁会给办公室打电话呢？从理论上讲，这时候的办公电话应当无人接听，所以他没有接听。他盯着那张照片，任凭电话铃在那儿响着，之后又归于沉寂。

中　士

吃罢午饭，他带队往连里走。经过篮球场时，队列里突然发出吃吃的笑声。他顺着大伙儿的目光一瞅，篮球场边上不知是哪个连的兵堆了个大雪人，雪人胸前加了两大坨雪，上面还嵌了两颗小西红柿。放在平时他肯定也会笑出声来，不过现在他觉得这世界异常乏味。

"注意队列纪律！前后对正、左右看齐！"他吼起来，"一、二、一，一、二、一，一、二、三——四！"

刚回连队，两个新兵跑来找他，说想请假和运输连的老乡一起去西营区照相。

"不行。"他搓着耳朵，"午休时间只能午休，谁让你照相的？"

"班长，你就让我们去一下吧，我们都没见过这么大的雪呢。"新兵赔着笑脸，"就在院子里，很快就回来了。"

"我说了不行，你听不懂吗？"他面无表情地看着面前这白白细细的新兵。他想起七年前，自己刚到新兵连时正赶上下雪，他们打雪仗堆雪人，在雪地上打滚，还吃雪。他伸出热气滚滚的舌尖，等着雪花落上去，他甚至尝到了一丝甜甜的味道，就像他当兵前打工的那家甜品店里的糖霜。那时候他们也央求班长带他们去照相。班长是内蒙古锡盟人，对他们这帮南方兵的少见多怪很看不上，但终于带着他们去了，还亲自给他们拍了很多照片。这几年他换了三个手机，那些照片倒了几回，至今仍留在他的手机里。只不过那时候的照片像素不怎么高，但记忆却是清晰的。他当然知道新兵的要求并不过分，他自己都说不清楚为什么要拒绝他们。

"其他班的新兵都能去，为啥我们就不行？"新兵脸涨得通红，"班长，这对我们不公平。"

"其他班好你去其他班啊，你他妈的是我请来的吗？"他瞪着新兵，"公平？你想要啥公平？"他走过去一把拉开新兵的内务柜："我给你讲过多少次了，内务柜里擦脸油只许放一瓶，你给我放了几瓶？一、二、三、四、五、六！六瓶！还他妈的公平，公平个蛋！"

新兵显然被他的怒火烧晕了，站在原地愣了一阵，默默地回到各自床前。无名火是发了，可他的心情并未好转，耳朵变得更痒了。他坐在床沿上抽了根烟，拿起大头帽出了门，慢吞吞地往办公楼走。他不想去找那什么鸡巴胡干事，但他确实想要那个三等功。他已经在亲友群里把话说出去了，全家都知道他立了三等功。不久之后，乡政府和武装部的人就会敲锣打鼓来给家里送喜报。听退伍回去的战友说，乡上有了新规定，立了三等功能得五千块奖励。他对象也知道了，在微信里夸他"棒"，还叮嘱他到时一定拍张戴军功章的照片给她，她要拿来发朋友圈。这倒还好说，最重要的是全连都知道给他报了三等功，如果没批，他会被那帮本来就眼红的老兵笑死的。真要那样，真不如把他一枪崩了算了。

"哟，大功臣中午咋不睡觉？"到办公楼门口，四班长正带着新兵上勤，一见他就咧上了嘴，"司令员召见吗？"

"滚！"他骂了一句，匆匆进了楼门。正对三楼楼梯口的组织科办公室关着门，他蹑手蹑脚地走到门口，用他发痒的耳朵听了听，不过什么也没听见。那接下来该怎么办呢？是掉头回去，还是敲门？这个问题超出了他的经验，像一只熊猫闯进了胡杨林。他听到心脏在阒然无声的走廊里"咚咚"作响。待了几秒钟，他像个贼似的踮着脚尖上了楼梯，在三楼和四楼之间的楼梯平台上停下，摸出手机。组织科的外线电话是指导员给的，在此之前，整座办公楼里他只打过部队管理科张参谋的座机，张参谋有时候说他干得不错，有时候什么也不说。这里面的标准他一直也摸不清楚，所以他也不管那么多，谁违反军容风纪他就纠谁。这几年他纠过不少机关干部，他纠过的人越多，就和这栋楼越远，但又能怎么办呢？难道对他们视而不见吗？如果那样，还要纠察班干啥？

电话铃隔着门响着，他数够六次铃响，然后挂断了。指导员说，胡干事中午和晚上一般都在办公室加班，看来也不见得。无人接听的电话令他松了口气，感觉像是去年探家时第一次约他对象出来，鼓了半天勇气才敢去拨人家的电话，结果人家却关机了一样。不过这种放松就像是训练间隙抽了根烟，接下来还得打起精神继续跑五千米。与其这样，还不如胡干事就在办公室呢！好容易凑出来的那点儿勇气都一次性消耗殆尽。他快快地走出办公楼。一阵冷风吹过来，他打个哆嗦，才发现秋衣都被汗水浸湿了。

"首长接见完了？给你啥指示了？"四班长又在逗他，他骂也懒得骂了，闷头往连队走。进了宿舍，两个新兵还并排坐在床上嘀咕着，见他进来，赶紧站了起来。

"为啥不睡觉？"他板着脸，"想干啥？"

"没有。"江苏兵缩一下脖子，"正准备睡呢。"

"还睡个屁，别他妈睡了。"他突然觉得很累，"你们不是想照相吗，去啊，去照相啊！"

两个新兵互相看一眼，然后一起摇头。

"去啊，我同意了。"他把声音放柔和了些，"不要出营区，两点之前回来找我销假。"

少校和中士

少校从走廊头的卫生间出来，一眼就看见办公室门口的灯光里站着个穿迷彩的人影。那人把脑袋往门内探了一下又收回来，在门口呆立了几秒钟，突然后退一步，拉开架势冲着敞开的办公室门打了一趟拳脚，那动作在灯光里看上去力道十足，所幸都打在了空气上。

打完拳，那人低下头又停了停，这才慢慢转身朝楼梯走去。

"你找谁?"少校甩着手上的水珠喊一声。

那人一惊，怔怔地望着少校从走廊深处的黑暗中走了出来，赶紧举手敬礼。

"有事吗?"少校还个礼，又走了几步，方才看清那人迷彩服上的中士领章，"进去说吧。"

"胡干事好! 我是警卫连的……我今天……那什么……"中士跟着胡干事进了办公室，站在茶几边上局促地搓了搓耳朵，"我今天上午……在礼堂……纠察了您。"

"我就说嘛，怎么看你觉得眼熟呢。"少校显然是想起了什么，"咋了，你们现在都直接进办公室纠察了啊!"

"啊，不是不是。"中士慌里慌张地摆手，"我是来给您道歉的。"

"道歉? 道什么歉?"少校意外地看着中士，"为什么要道歉?"

"上午在礼堂我不应该纠您——"

"上午我睡觉你们不都录像取证了吗?"少校露出疑惑的表情，"你到底要说啥?"

"我是说……我今天上午态度不太好，所以想来给你解释一下。"

"没什么不好啊。换了我我也得严肃，满脸堆笑那还怎么纠别人是不是?"少校笑笑，"其实我上午态度也不怎么好，这就扯平了不是吗?

要不然你给我道歉，我也得给你道歉，那多麻烦，对不对？"

"不是的胡干事，我必须得给你道歉。"中士的脸越来越红，红得跟耳朵一样，"我知道你对我有意见——"

"等等，这话我纠正一下。"少校伸手制止，"我对你没意见。你要说被你纠察了会不会不高兴，我承认肯定是有一点，但这不代表我对你有意见，这是两回事，因为我知道你纠我是你的职责。而且你要不来找我，我都把这事忘了。所以我可以很肯定地告诉你，我对你没意见，明白了没？"

"问题是……"中士发白的嘴唇微微抖动，"那……那……"

"你先坐，有啥事你坐下慢慢说。"

"也没啥事。"中士还是站着，"我就是……过来转转。"

"又不是商场，办公楼有啥转的？"少校走到饮水机前，冲了一纸杯茶，"有话就说，好不好？"

"也没啥……我就是想问一下。"中士嗫嚅着，"我的……三等功为啥不让我立了？"

"噢，我明白了。"少校点点头，"你叫张立志是吧？"

"是。"

"你认为是我在阻挠你立功？"少校盯着中士问，中士却把目光闪开了，没有回答。

"首先我要说明一下，我还没那么小心眼儿。其次，让不让你立功，我说了不算。最后一点，这件事是我给你们指导员打电话说的，你如果要算在我头上，那我也不反对。"少校把茶递给中士，"坐啊，叫你坐你就坐嘛。"

中士犹豫一下，双手接过纸杯，坐在了旁边的沙发上。

"别的不说，你就想一点。"少校把椅子拉到中士对面，"我怎么能知道上午纠我的人叫张立志呢?"

"你们是机关领导,想知道啥都能知道。"中士想了想,"这对你们不算啥难事。"

"好吧,就算我知道。"少校笑一下,"是你们指导员让你来的吧?"

"呃……没有。"中士扭扭身子,"是我自己来的。"

"你认为你纠了我,我生了气,所以要报复你,然后就把你的三等功给拿掉了。"少校说,"这是你的逻辑,没错吧?"

中士不说话。

"但如果我告诉你,你就是来找我,这个三等功还是立不了,你怎么办呢?"少校望向中士,"我替你想也行。第一,准备把我打一顿——这个你放心,我刚才看见你打拳了,我肯定不是你的对手;第二,准备明天去找首长告我的状,说我公报私仇;第三,想不通干点别的傻事……还有什么?你是怎么考虑的?"

"我没有……我没想那么多。"中士脸越来越红,抬眼瞅一下少校,"我就是觉得不公平。"

"不公平……嗯,我明白。"少校说,"就像我从北京分流到基地一样,我也不想来,我也觉得不公平。但我还是来了,不然你怎么能纠得到我呢,对不对?"

中士没接话,只是用力绞着双手,指节一红一白,办公室安静下来。

"你那耳朵是怎么回事?"沉默了一会儿,少校问,"冻疮吗?"

"对,新兵连的时候给冻的。"中士搓搓耳朵,"我们干纠察的又天天在外面站着,总也好不了,年年冬天都犯。"

"这几天我这个耳朵也老痒。不会也得了冻疮吧?"

"我看看。"中士凑过来仔细看了看少校的耳朵,"好像有点。"

"那怎么办?得擦冻疮膏吗?"

"最好没事就搓它，就像我这样。"中士示范了一下搓耳朵的动作要领，"抹上冻疮膏搓应该能有点用。"

"对了，你当初是怎么纠察刘司令员的？"少校学着中士搓了搓耳朵，"有兴趣说说吗？"

"其实也没啥。"中士揪着耳垂想了想，"那时候他刚来，我也不认识他，就看见他下面穿个军裤、上面穿个便装在办公楼前转悠，我就把他拦下了。我说，同志你好，请问你是哪个单位的？他说，我是基地的。我说，请问你是基地哪里的？他说，我就是基地的啊。我当时觉得他是故意不好好说话，也有点生气，就问他说，我知道你是基地的，我现在问你到底是基地哪个单位的？是参谋部还是政工部还是保障部的，你总得有个单位吧？结果他说，我×，你这个小家伙还真有意思，我就是基地的不行吗！"

中士说着，忍不住咧开了嘴。少校看看他，也笑了起来。有那么一会儿，他们像是久违的故交，聊着些共同的往事。

白　糖

众所周知，司令员一般每天都会出来散会儿步。《新闻联播》结束之后出门，黄金档电视剧播出之前回家，相当准时。地点也很固定，只在基地大院横贯东西营区的主干道上。军务科刘参谋晚上去办公室加班时，常会在路上遇到司令员。印象中，司令员始终穿一件铁灰色的夹克，在管理科长的陪同下健步前行。这时候刘参谋会努力克制自己的兴奋和紧张，像条令规定的那样向首长敬一个行进间的举手礼，而首长则会十分和蔼地望着他微微颔首，权作还礼。

就散步本身而言，基地营区无疑是种好的选择。面积够大，绿化又好，道路整洁，路灯明亮，安静又安全。但有一天傍晚不知为什么，首长没按平时的线路散步，而是决定出去走走。据陪同散步的管理科长回忆，到县城之前那两千米都没问题，路边麦田绿油油的，小风吹得非常舒服，首长甚至还跨过树沟，去地头上察看了一会儿麦苗的长势。绕着城南公园的人工湖转了一圈后，天黑透了，管理科长以为首长会返回营区，不料出了公园，首长却丝毫没有回去的意思，而是沿着县城南大街向北一直走到东大街路口，又沿着东大街一直走到青年街路口，这才在路边公厕前停下来。

首长前脚刚进去，几个喝得五迷三道的士官出现了。他们勾肩搭背，大呼小叫，迷彩服敞着怀，迷彩帽反戴或者不戴，嘻嘻哈哈咯咯嘎嘎一窝蜂拥进了小小的公厕。守候在洗手池边的管理科长还没反应过来，刚站到小便池前的司令员已经被挤到了墙角。首长毕竟是首长，十分威严地问这几个兵是哪个单位的，但这帮小子根本没把身边这个身材矮小、头发花白的老头当回事。司令员提高嗓门再问一遍，总算有人搭了腔。

关你屁事！

司令员横遭羞辱，勃然大怒，喝令管理科长马上打电话叫人过来。情急之下说得过于直白，几个兵顿时明白闯了大祸，尿也不撒了，拔腿就往外跑。管理科长试图阻截，怎奈寡不敌众，被当场撞翻在地，连根毛也没逮着。

这时候，刘参谋正在家辅导儿子做数学作业。北大西洋的一座冰山总共高 2500 米，其中露出海面的部分高 300 米，请问海面下的部分比海面上的部分高多少米？刘参谋还没把这道题讲完，参谋长电话来了。

是！我马上就去。刘参谋答应着，又有点犹疑，不过够呛能查出啥来。

还没查呢，你怎么知道查不出来？参谋长说，别废话了，赶紧去！

显然，不假外出聚众酗酒冒犯首长的不会是基地自己的兵。一个白痴认不出自己的首长倒有可能，但白痴按说不会成批出现。问题是明明知道是演习部队的人干的，事情也不那么好办。从开春第一批参演部队进驻，到十月底最后一批部队撤走，每年从全国各地来基地参加演习的部队少说三十个营。眼下基地就驻着分属三个旅（团）的七个营，一个营四个连，加上各旅（团）机关和直属队，少说有一千多号人遍布东西营区。最重要的是，几个营千里迢迢来基地参加演习，明里暗里都在较着劲，那帮营长教导员一个个都挖空心思琢磨着怎么旗开得胜出头露脸，谁会愿意把自己牌子砸了？所以就算真的发现自己手底下有人惹了祸，私下里该收拾收拾，却绝不可能傻到主动把家丑外扬。

　　刘参谋来军务科之前，曾在训练保障营当了四年营长，基层主官的这点儿小心思他非常清楚。如他所料，在营区转了一大圈，每个营都表示自己单位全员在位，但随便抽一个连队集合点名，却没一个满员的。去基地医院看病了。派去出公差了。去操场跑步了。去服务社买东西了。最不着调同时又最为狡猾的一个理由是：花名册上此人根本没来基地，人家正在千里之外的原驻地留守呢。不过这种小花招对刘参谋来说并不算什么。他真要想查的话，自然有他的办法。最简单的就是等十点钟熄灯号一响，马上派警卫连出动，每两人一组，分头到所有连队去查铺，身上有酒味儿的一律带到办公楼前由管理科长辨认，基本也就水落石出了。

　　可刘参谋不想这么折腾。上个月他带人去县城纠察，当场在劳动街"红月亮"洗浴中心门口逮住了演习部队一个浑身酒气的上校。刘参谋虽然只是中校，此刻却是基地的代表、纪律的化身，于是果断上前要把他带走。哪想这家伙二话不说，抬手就是一记耳光，打得刘参谋眼冒金星。等回过神来，人家已经钻进等在路边的"勇士"吉普车跑了。刘参谋深感屈辱，电话里给参谋长报告时几乎哭出声来。参谋长也大为光火，表示一定要彻查真凶，严惩不贷。

　　都是兄弟单位，还得相互顾及一下颜面对不对？没想到第二天早上看了纠察记录仪的视频画面，参谋长态度突然变了。再说这种破事一闹大，基地脸上也不好看，司令政委万一把账算在你头上，那可就得不偿失了。这样吧，这事我来处理，我亲自打电话批评他。你呢，就委屈一下，以大局为重，你说呢？话说到这个份儿上，刘参谋除了马上表态按首长指示办之外，不可能有别的选择。

过了几天刘参谋才搞清楚，该上校是演习部队一个副旅长。这倒没什么，关键是他还有另一个身份——参谋长的军校同学。那以后，刘参谋就把纠察的事交给了科里的年轻人。有些事情，他告诫自己，千万别那么当真。

好在司令员总是很忙，上班后又有一大堆文件和会议，他也没工夫一直生气，只是把参谋长叫去，让他召集参演部队领导开个会提要求，进一步加大检查纠察力度，最后才问了一句：你去了解一下，这些人到底都是怎么跑到外面去的？

参谋长回答不了这个问题，就来问刘参谋。刘参谋无人可问，只能靠自己寻找答案。说起来，这种事在基地不算新鲜。这些天南海北的作战部队一旦出来参加演习，总有些屁股长刺的家伙忍不住要出去撒野。出去撒野就容易惹事，军务科铁皮柜里有一排十几个文件盒，里面全是几十年来积累的事故和违纪问题通报。炮车翻进老乡的西瓜地啦，光屁股在水库里游泳啦，喝醉酒砸坏饭馆桌椅啦，在舞厅里跟社会青年抢舞伴啦，在公园划船撞翻群众小船啦，和驻地女青年乱拉关系啦……当然助人为乐见义勇为这类的好事也不少，但那些都归政治部门管，军务科干的尽是这种擦屁股的烂事。要是司令员十年前问这个问题就好办了。那时候的办法是翻墙。四百米障碍里有一项就是翻越高板墙，这对军人们来说根本不算个事。参谋长提起他在全军最高学府受训的往事时就曾说，他亲眼见过几个少将嗖嗖地翻过校园围墙，身上连灰都不沾。如此说来，长达数千米的基地营区围墙顶多也就起个象征作用。终于有一天，营房科找来施工队，开始在墙头抹上水泥，边抹边在水泥上插满锋利的碎玻璃片。可很快就发现，墙头多处玻璃被敲掉，又被手掌和膝盖磨得光可鉴人，摸上去温润如玉。重新抹水泥插玻璃，用不了多久又会变成这样。无奈之下，基地自己出钱在墙头加装了平行铁丝网，后来又换成蛇腹铁丝网，再到去年换成铁路道侧那样的绿色钢丝围栏，观感上确实达到了密不透风的程度。奇怪的是，警卫连纠察排在县城查获的不假外出人数与往年同期相比不降反增。刘参谋仔细统计过：铁丝网时代平均每周查获 7.3 人，而钢丝围栏时代却成了 8.8 人，这让刘参谋大感诧异。于是他专门在行管安全工作会议上建言献策，提出在围墙各处安装监控摄像头，不想却被分管后勤的副司令员当场臭训一顿。

摄像头？你怎么不说探照灯呢？真是站着说话不腰疼！副司令员气呼呼地拍着桌子，这钱你给我出吗？

首长不采纳他的建议，刘参谋只能立足现有条件解决问题。目前围墙加围栏的高度已达五米，若非崂山道士和司空摘星，断然无法翻越。他怀疑是围墙某处存在漏洞，于是在接下来那个周六，他用了大半天时间，沿着围墙内侧仔细检查了一遍，除了几处墙体裂缝和猫狗才可钻过的墙洞外，并未发现有价值的线索。周日上午，他又绕着围墙外侧走了一圈，墙外大多是麦地，视界清晰，只有南侧围墙挨着几十户老乡家的后院，两堵墙间的夹道只容他侧身通过。他硬起头皮，踩着夹道中堆积的浮尘、干草、羊粪、破报纸和烂塑料袋走了一遭，却依然一无所获。

刘参谋恨恨地回到家里，洗个澡依然无法使他感到轻松。尽管自己已经在军务科牵头负责了两个月工作，可身份依然是正营职参谋，尚未获得副团职科长的正式任命。上下班路上很多人都开玩笑式地喊他"刘科长"，这让他变得更加急切。他需要通过一些事情来向首长证明自己的才干，正如他要给参谋长提供一个关于围墙的满意答案。他坚信问题出在围墙的某处，可瞪着两眼就是找不出来，不能不让他感到十分焦虑。

晚饭后他本该陪儿子画画，强烈的紧迫感却驱使他又去了围墙边。他一路走到围墙西南角，想起转过弯就是上午那条肮脏的夹道，实在鼓不起勇气再走一次，只得停下脚，坐在一棵老柳树下抽起了烟。看一会儿远处的麦田，他舒服了一些。正起身准备回去，一抬头，猛地看见三个穿迷彩服的身影从墙角闪了出来，离他顶多也就五十米远。刘参谋大喜过望，立刻闷头飞奔过去。对方似乎被他吓傻了，呆呆地站在原地，眼睁睁地看着刘参谋冲到了鼻子跟前。

你们哪个单位的？刘参谋大声喝问。

你又是哪个单位的？居中的上尉奇怪地盯着刘参谋。

我是基地军务科刘参谋！我问你们——刘参谋指指围墙，你们是从哪里偷跑出来的？

你们基地把围墙搞得跟监狱一样，我们想越狱也越不了呀。上尉嘲讽地笑笑，掏出红色封皮的外出证递过去，不过大门总归可以出的吧。

望着三个小子笑嘻嘻地——显然是在笑他——扬长而去，刘参谋脑袋充血，头皮发涨，内心充满了屈辱和悲愤，可他能说什么呢？他一屁股坐在地上，打算再抽根烟舒缓一下情绪，手机突然响起来。

请问是基地军务科刘参谋吗？这个陌生号码有着年轻的嗓音和听不出来路的普通话。

我是。你哪位？

刘参谋好，我是雷达九站的战士。我叫赵全喜，安全的全，欢喜的喜。

喜欢的喜吧。

是。

有什么事吗？

是有件事想给您汇报一下，不知道您有没有空。

你们九站的事不归我们管，有事你应该给你们连队干部汇报，懂不懂？

我知道。不过我想着这件事您可能会感兴趣，所以就想当面给您汇报一下。

电话里说就行，我这会儿正忙着呢。

我还是觉得当面说会好一些。

你说不说？不说我挂了！刘参谋又生出被戏弄的感觉，神神鬼鬼的搞什么你？我可没工夫跟你在这儿瞎扯淡！

那好吧，不过那样的话，您找起来可能会费点时间。我是想告诉您，演习部队的人是从哪儿跑出去的。

没人相信街边卖塑料核桃的文玩小贩怀里会揣着传国玉玺，刘参谋也不愿意相信如此重要的秘密会掌握在一个不着调的战士手里。周一上午，他先给雷达九站打电话确认他们真的有一个名叫赵全喜的兵之后，才决定去实地勘察一下。他在营区西北角那片开满细小黄花的沙枣树林里转悠了约莫二十分钟，也没找到赵全喜所说的地方。他焦躁起来，刚摸出手机准备再问一下，却见一个瘦瘦高高的人影出现在林间。他穿着一身肥大的迷彩服，戴着一副上等兵领章，上衣口袋里还塞着一本书。只看了一眼他的脸，刘参谋便怀疑自己患上了密集恐惧症。他从没见过一张脸上会长出如此纵横密布的粉刺，从额头到鼻尖再到下巴，而双颊就更不必说了。那些成熟的未熟的单个的连片的粉刺令他胃里反出了酸水，他觉得只要再看一眼，肯定会忍不住吐出来。

刘参谋好！他抬手想要敬礼，右手却正好碰在斜伸出的一根树枝上，褐色枝条上遍布的尖刺瞬间扎进皮肉，疼得他叫出了声。

你就是赵全喜？刘参谋环顾四周，我没找到你说的洞口啊？

这个洞口特别隐蔽，所以我才提议当面给您汇报。赵全喜说，其实它就在您背后。

刘参谋回过身，只看见几棵枝丫纠缠在一起的低矮小树。他再走近看了看，依然没看出什么名堂。

赵全喜走到树前蹲下，伸出胳膊用力挡开带刺的枝条，一扭身钻进了树丛。刘参谋也照着他的样子钻了进去，但还是有根刺划疼了他的耳朵。这时候他才看明白，乱糟糟的树丛中央有一个小而深的土坑，拿开几根用来伪装的干树枝，坑壁上一个拱形的水泥涵洞立刻显现出来。洞口大概有一米五高，只需下到坑里，稍微弓一下腰，就可以毫无阻碍地大步前行。洞内阴凉干燥，正前方的洞口透进光亮，足以看清沙土地上零乱的脚印、饮料瓶和烟头。刘参谋跟在赵全喜身后，很快就从涵洞另一头钻了出来。他发现自己正站在西围墙外那条柏油路的西侧路基下面，昨天他检查围墙时，还曾从这条路上经过。

您瞧，这地方确实不容易发现。赵全喜仰头看着头顶上的路面，林尽水源，便得一山，山有小口，仿佛若有光。真有点《桃花源记》的感觉呢。

什么桃花源，这是下水道好不好？刘参谋斜乜了这个神神道道的上等兵一眼，赶紧把目光移开，你是怎么知道的？

陶渊明的文章，中学里学过的。

我说这个洞口！

下午没事的时候我常去小树林看书，我觉得沙枣花的香味让人特别安静，还让人有种幸福感。赵全喜提了提裤子，后来就发现经常有人从这儿钻进钻出。

你为啥找我？你认识我？

我认识啊。春节的时候您还在训保营当营长，带了车专程来给我们送过年货。当时我还帮着搬过东西呢。肉啊油啊菜啊，还有大米和面粉，好多呢。我听指导员说，他把基地所有连队都求遍了，别人都不想帮忙，只有您二话不说，主动帮我们把年关过了，到现在我们还常提起这事呢。

虽然眼前这个兵长得实在没法看，话却说得刘参谋挺受用。实际上他也没赵全喜描述的那么慷慨仗义，只是看他们实在可怜，动了点恻隐之心罢了。去年，本区雷达旅换了新装备，部分老雷达负责的空域被新装备覆盖，所以一次精简了四个雷达站。基地附近龙头山顶上的雷达九站几十年来用的都是老掉牙的 406 雷达，自然也在裁撤之列。庙拆了，和尚还在，有点道行的都分流去了其他单位，余下的老弱病残一时半会儿还安排不了。继续待在山上吧，光吃水和交通就成问题，远在几百千米外的旅部也无多余营房可住，于是上级机关便协调了一番，让九站从山上搬下来借住在基地，好等到年底把余下的人员分流或者退伍。撤编单位寄人篱下，光景难堪，一个年龄偏大提升无望的指导员带着剩下的十几号人过日子，伙食根本没法搞，眼看到了春节前，包饺子的面都不够了。幸亏刘参谋当时还在营长任上，手底下一个营部外加三个连队，随便从牙缝里抠点出来就够他们吃几顿饱饭了。现在想想，要不是当初帮他们一把，自己也不会如此轻易地就得到了这么有用的情报。看来能帮的时候帮帮别人，对自己也是有利的。

兄弟部队嘛，正常的。刘参谋愉快地弓起腰率先钻进涵洞，好了，我们撤！

连营房科助理都说不清，此处何以有这样一个涵洞。他站在浓香弥漫的林间，一面高声大嗓地指挥施工队给涵洞加装铁栅栏，一面又略有不甘地告诉刘参谋，他花了几个晚上的工夫翻查图纸资料，却还是一头雾水。涵洞本该是过水通道，可基地营区内并无河道沟渠，完全没有美国—墨西哥边境的贩毒地道或者埃及—以色列边境的走私地道那样鲜明的目的，那这个涵洞为什么会莫名其妙地出现在这里？

刘参谋倒不关心这种问题。他只是稍微有些失落。首先，他的重大发现没有得到相应的重视，参谋长听完汇报，只是点头说个"好"字，根本没刘参谋设想的那样高兴。一个立下奇功的将领得不到赏赐时的心情大概就是如此。其次，他计划在这里设下伏兵，抓他几个现行。奇怪的是他带人在路基底下一连蹲守了三个晚上，居然没有一个中计，只得悻悻地通知营房科来封闭涵洞。还有一个就是赵全喜。刘参谋起初想给九站打个电话表扬一下他，可再一想，这事似乎并不值得表扬。如果表扬了赵全喜，那岂不意味着功劳都是他的，自己那夹道不是白走了吗？再往深里说，赵全喜提供了情报不假，可很难说这不算是一种出卖。不管出于什么理由，出卖别人终归不那么光彩。如此一想，刘参谋就更觉得索然无味了。

身为军务科的牵头负责人，刘参谋整天忙得要命，涵洞一封，也就忘了。其间赵全喜又打过两个电话，但对刘参谋来说，此人存在的唯一意义就是提供涵洞的位置，而涵洞的事已经结束，也就没必要再接他电话了。

下午上班路过基地医院，刘参谋忽听有人喊他。偏头一瞅，那张令他深感不适的粉刺脸居然出现在了医院门口，稍有不同的是，赵全喜左边眼眶周围一片乌青，居中的那颗眼珠布满血丝，红得吓人。

你是那个……那个，刘参谋皱着眉头还是没想出来，那个谁来着？

刘参谋好！他说着把右手上的书换到左手，然后敬个礼，我是雷达九站的赵全喜。我之前给您打过两次电话，但您可能太忙顾不上接，没想到在这儿碰上您了。

噢。刘参谋含糊地应一声，感觉不大自在，你那眼睛是怎么回事？打架了？

没有。赵全喜有点局促地左右看看，就是不小心撞了一下。

撞了一下？刘参谋哼一声，跟拳头撞的吧！

我意思是，这不算打架。赵全喜笑一下，好像是在说别人的事，打架应该是双方互殴，但是我没还手。

在我的字典里，打和被打都算打架，明白不？刘参谋认为自己根本不该在这儿跟一个兵废话，却还是忍不住问，谁打你了？为啥打你？

就是演习部队的几个老兵，具体我也不清楚。赵全喜想了想，不过要是换位思考的话，他们打我也不是没有道理。毕竟洞口的事是我泄露出去的，他们一想到不能再像从前那样随便出入大院，恼火也是必然的。

那意思是打得好了？刘参谋扫一眼那颗红眼珠子，面前这小子越发古怪，他们怎么知道是你说出去的呢？

因为是我告诉他们的呀。赵全喜一本正经地说，要是他们被纠察抓住，我心里会有负罪感的，所以那天你走了以后，我就给他们每个连队都打了电话，把这事说了。他们可能以为这是恶作剧，根本没人信。实在没办法，我只好每天吃过晚饭就去洞口守着，有人想出去我就实话实说，告诉他们这里已经暴露了。我发现绝大多数人都很理智，当然也有脾气暴躁的，所以，赵全喜指指自己的左眼，就成这样了。

好啊，很好。刘参谋想起自己在西围墙外白白蹲守的那三个晚上，气得不知要说什么好。

对了刘参谋。赵全喜也看出刘参谋脸色难看，声音也低下来，我还有件事想向您汇报。

不是给你讲过吗？有事去给你们连队干部说，基地和你们单位没有隶属关系！刘参谋转身走出两步，又有点不忍，便停下来缓了缓口气，啥事快说，我还有事呢。

是这样。这次改革，我们九站撤编了。听指导员说，没分流的战士今年都要退伍。可是我才当了一年零七个月兵，还没当明白呢，可是待在旅里肯定是留不下的，所以我就想着您能不能……能不能帮忙把我调到基地来。

我就说嘛，你怎么会平白无故非要把那个洞口的事告诉我。自己居然差点被一个兵利用了，刘参谋气得冷笑起来，我现在就告诉你，这事我帮不了你。再说了，改革强军是大势所趋，作为裁军的三十万分之一，你应该感到光荣才对。说到这儿，刘参谋心头又浮出一层快意，我看你还是抓紧把你那粉刺收拾收拾吧！

好在接下来那段时间，刘参谋没再接到过赵全喜的电话，也没再见过这个人。本来和他也没什么关系，自然也不会再想这事。"五一"放假，刘参谋本和家属商量好了，抽一天时间带儿子去市里看儿童书画展和 3D 动画片，哪想临放假那个下午，参谋长又交代他起草一个其实并不是很急的文件，还要求节日期间务必完成初稿，一上班他就要看。这下刘参谋傻眼了，只得把儿子扔给家属，老老实实坐在办公室点灯熬油。节日最后一天下午，他写完材料出了办公楼，一眼就看见儿子正背着画夹从西营区那边晃过来。

今天画啥了？刘参谋摸摸儿子的脑袋，让爸爸看看。

今天遇到了个高手。儿子笑嘻嘻地取下画夹，刘参谋打开一看，居然是一幅张牙舞爪的门神。

谁画的？画得不错嘛。刘参谋说，不过看着怪了点。

一个小兵，我也不认识。儿子说，老师让我们每人画一座平房，旁边还要有树，我找了好半天，最后在路上碰到他了，他说他们连队在小树林那边可以画，我就跟着去了。他看我画完，说他也会画，然后就给我画了这个武士。

这不是一般的武士，这叫门神，属于民间艺术，懂了没？你忘了我带你回老家的时候，你爷爷家门上贴的就是这个。刘参谋在脑海里拼命搜罗着，门神一般有两个，都是有名有姓的……

知道啦知道啦，一个叫秦琼，一个叫尉迟恭，人家已经给我讲过了！儿子笑嘻嘻的，他说他还认识你呢。

认识我？刘参谋心里忽地一紧，那个兵是不是长了一脸疙瘩？

是呀，刚开始吓了我一跳，不过一会儿就习惯了。儿子说，画完了画，他又给我看他的书，他有好多好多书，比咱家的书多多了。他还让我没事去找他玩呢！

不许去！刘参谋板起脸，听到没有？

为啥？他挺好玩的呀。他还说要请我吃糖，然后从床头柜里拿出一个大罐头瓶子，我当是什么好糖，一看，我的妈呀，里面装了一大瓶子白砂糖。我说我不吃，他自己就吃了一大勺，一边嚼一边说，白糖是世界上最好吃的糖，快把我笑死了。

我说不许去就是不许去！刘参谋一把扯下门神像揉作一团，他脑子有毛病你知不知道？

你干吗呀！儿子气愤地大叫起来，人家正常得很！

正常个鬼，哪个正常人没事吃白糖？刘参谋瞪着儿子，赶紧给我回家去！

　　打发走儿子，刘参谋在路边紧张地思考对策。要是只来找自己，他一点儿也不怵。排长连长营长再到军务科牵头负责人，对付这帮兵他绝对是专业对口。可一旦牵扯到儿子，刘参谋就不那么平静了。这个赵全喜想干什么？个人目的达不到，就拿我儿子报复？网上这种事情他看到过很多，却从未有过如此迫近的感觉。狗东西，想跟我玩邪的是吧？刘参谋掏出手机恶狠狠地彩排着即将开始的对白，我他妈立马捏死你！

　　然而电话一旦接通，刘参谋又冷静下来。明枪易躲，暗箭难防。宁愿得罪君子，不可得罪小人，讲点策略还是必要的。

　　你上次说的那事，我专门问了一下上级机关，他们说得很明确，除了特殊岗位和工作需要之外，一律禁止调动。刘参谋尽管虚构了自己所作的努力，却丝毫没歪曲相关政策，不信你也可以问问你们旅里军务科，这事确实没法儿办。

　　谢谢刘参谋。您能在百忙之中过问这事，我已经非常感激了。如果不见其人只闻其声，温文尔雅的赵全喜听上去无论如何也不像个心胸狭窄意欲报复的危险分子，其实我知道这事没什么希望，我也能接受这个现实。只是有时候想起自己才进部队就要离开，好多理想还没实现，就有点无法释怀。否则的话，我也不可能斗胆去麻烦您。

　　我觉得你没必要想那么多，义务兵服役期就是两年。就算复员，那也算是功德圆满嘛。

　　是的。我也反思了很久，归根结底，自己大概也是想穷尽一切可能的手段去努力，好让自己退伍的时候不至于后悔吧。

　　一切手段，这个听着像是不择手段啊。刘参谋哈哈笑一声，今天你是不是碰见我儿子了？

　　是啊。赵全喜说，小家伙很聪明，画得也好，我还让他有空的时候再来找我玩呢！

你是怎么知道他的？刘参谋绷紧了声音，你特意去找他的吗？

特意？没有啊！赵全喜愣一下，过年前您给我们送年货的时候，带着他一起来的，那会儿他戴着个红帽子，我一直记得呢。正好今天下午碰上他，就让他去我们站玩了一会儿，本来我们指导员还想留他在站里吃饭呢。

噢，是这样。刘参谋微微松快了些，不过他学的是素描，跟你那个门神之类的不是一个路数，所以以后你也不用再给他画这些了，好不好？

我明白您意思了。赵全喜沉默片刻，您是怕我干什么对他不好的事吧？

那倒也不是。刘参谋猝不及防，不免有点慌乱，我主要是考虑，那什么，演习部队住在那边，人啊车啥的也多，不太安全。

好人和坏人的区别并不在于知不知道怎么干坏事，而是在于能不能干得出来。赵全喜笑笑，真要是想干坏事，我一口咬定您收了我的钱不给我办调动，或者说点比这个更坏的都行，但是我不会那么干，因为我干不出来。刘参谋您放心，您儿子是个好孩子，我不会再找他了，但会祝福他。我也不会再打扰您了，但也会祝福您。您还有什么指示吗？如果没有的话，那我就去整理内务了。

刘参谋攥着手机呆立半晌，一时间无法断定这个赵全喜究竟是个什么人。隔了些天，刘参谋去省城出差，碰巧和雷达旅的军务科长住一个房间，聊着聊着就聊到了赵全喜。

你别说，我还真知道这小子。科长说，他们那批新兵来了以后，政委派我跟宣传科长去搞兵员情况调查，我俩就找了些新兵来谈话，问问家庭情况入伍动机啥的。其他人说的都是那老一套，就这个兵跟别人不一样。我记得我问他为啥来当兵，他说得头头是道，具体我记不大清了，反正大概意思就是说，军队比任何地方都适合草根发展，不像在家有父母照顾亲戚帮忙，也不太看你是农村的还是城镇的，不太看你有没有熟人在县城当官，大家穿上军装就成了个新人，都在一个起跑线上，只要自己好好干，就能实现自己的梦想之类。你别说，我还从来没听过这种理论，还真把我说得一愣一愣的。

这好像也不叫啥理论吧？刘参谋试图驳斥，却想不出什么更权威的说法，一个兵，懂什么理论！

也不好这么讲，反正我听着还挺有道理。想想我当初出来当兵，不也觉得部队是个不一样的地方，能让自己混出头吗？科长却不附和刘参谋，这个兵能写会画，书读得也不少，宣传科长当场就把他给预定了。可惜这小子在电影组干了不到一年，也不知道哪地方惹得政治部主任不高兴了，直接给我打电话要他下基层锻炼去，还专门点名叫他去九站。前两天我还听宣传科长说，今年他报名参加军校统考，也说名额满了没让他考，明摆着是叫他走人嘛。

我刚当营长的时候，一个首长公务员冷不丁就下放到我们营来了。我一问才知道，这小子趁政委休假，把外面的小姑娘带到政委家里乱来，胆子也太肥了。刘参谋说，你们这个赵全喜肯定也是犯了啥错误，不然好好地把他弄走干啥，你说呢？

谁知道呢。科长犹豫了一下，说实在的，我对这小子印象挺不错，有思想，又有才，人也长得斯斯文文白白净净，就这么走了，真是有点可惜。

白白净净？躺在床上的刘参谋一骨碌坐起来，咱俩说的是一个人吗？

　　换了短袖夏常服那个晚上，刘参谋照例去办公楼加班。把手头那份材料弄完，又校对一遍，才拿去给参谋长呈阅。这材料本来是参谋长催要的，这会儿他又不急了，眼睛盯着墙上的电视，里面的主持人正和嘉宾大声讨论着食品安全问题。

　　行，先放这儿。参谋长看也不看就扔到桌上，又目光空洞地扫了刘参谋一眼，你先回去吧，有家有口的，没必要天天晚上耗在这儿。

　　刘参谋第一反应是参谋长在试探他。参谋长家属孩子都在省城，自己天天晚上泡在办公室，还要求大家都加班，看见哪间办公室灯不亮就很不高兴，整个司令部都被他整得精疲力尽。这会儿突然冒出这么一句，搞得刘参谋一时无法适应。

　　首长这么信任，我不拼命干哪行。刘参谋提起暖瓶给参谋长的茶杯续上水，再说工作确实也多，不加班真干不过来。

　　人的生命是有限的，工作这玩意儿可是无限的。无限减去有限还等于无限，所以该休息就要休息。参谋长说，行了，赶紧回去吧！

　　刘参谋隐隐感到周遭某处不太对劲，回到办公室坐了半天，却又想不出究竟哪里不对劲，只得心神不宁地回了家。接下来那几天，这怪异的感觉越发强烈。有天傍晚又碰到了正在散步的司令员，刘参谋像往常那样拔拔腰杆，把头扭向首长，精神抖擞地敬了个礼。他等待着首长向他点头作答，那种慈祥又随意的举动每每令他心生暖意。可首长的目光刚触到他的脸，立刻弹开了，仿佛自己也像赵全喜那样长满了恶心的粉刺。首长没像往常那样冲他微微颔首，而是举起手，很隆重地给刘参谋还了一个礼。

　　进了办公楼，刘参谋站在门厅宽大的"军容镜"前——这也是他的手笔，还专门被司令员表扬过呢——仔细端详，镜中的自己与从前并无二致。然而镜子的铝质镀层浮于表面，无法映出他深切的不安。他慢吞吞地走上楼梯，迎面下来一个相熟的干部科干事。老刘，又加班啊？他笑眯眯地打个招呼，噔噔噔下了楼。刘参谋愣一下，猛然想起这家伙平时见了面都会笑称他"刘科长"，可今天却换了个称呼。一瞬间，刘参谋脑门上沁出一层细汗。他意识到，事情坏了。

从参谋长办公室出来，脑子依然杂乱而麻木。参谋长说了很多，先用大量篇幅来肯定他的工作姿态和工作能力，又替他抱怨上级机关不该在这个节骨眼儿上派人来抢基层的位置，最后又安慰他说不要着急，是金子总归是会发光的。首长们都很擅长讲这种正确而空洞的废话，像在假肢上注射药物一样毫无用处。参谋长是站在改革大势、基地全局和人生百年的高度来看待问题，而刘参谋想的却是如何面对身边众人的眼光，如何回归普通参谋的身份，以及如何向家属解释等这些具体而微的问题。他非常清楚，自己已经三十六岁了，这次提升是他仕途上的末班车，一只脚本来已经踏了上去，最终却被别人挤了下来，这让他感到绝望。他认为自己应当拼命抓住车门把手做最后的努力，否则他只能彻底放弃走了十八年的从军之路，从此另觅他途。

刘参谋艰难地决定去找首长谈谈。在司令员和政委之间反复权衡之后，他自感跟前者更熟悉一些，于是在二楼走廊里逡巡良久后，终于横下心在司令员办公室门前喊了声报告。

噢，小刘啊。司令员抬起头，有事吗？

首长，我想给您汇报一下思想。刘参谋上前两步，又立正站好，是这样——

我这儿还有事。司令员翻开面前的文件，从笔筒抽出一支红蓝铅笔，又戴上花镜，思想上有什么问题，我建议你还是去找政委谈谈，你看这样好不好？

刘参谋敬个礼，悄无声息地退了出来。他没再去找首长汇报思想，因为他意识到，除了他自己，并没谁真正关心他在想什么。何况不管他怎么想，走廊对面那间办公室都会坐进别人。平心而论，新来的科长能力水平并不在自己之下，而且人家还是副团职平调，年龄还小他三岁。新科长当然十分清楚自己与刘参谋之间微妙的关系，虽不明言，那份客气劲儿足以说明问题。几个月下来，刘参谋也接受了这有些残酷的现实，不再像从前那样怨天尤人或者自怨自艾。他安慰自己说，其实科长办公室也没什么好，见不着阳光，暖气一停便冻得要死，远不如自己所在这间朝南的大办公室温暖敞亮。还有基地，这个耗去他青春也寄托他梦想的营盘，似乎也不再有任何意义。他依然像从前一样认真负责地工作，但他清楚，现在的自己和从前的自己确乎已经不同了。

老兵复员前，机关都要派人去各基层单位蹲点，刘参谋便又去了训保营。不过他还是不习惯新的退伍时间。从前老兵都在凛冬萧瑟时离队，那似乎才是别离应有的场景，而不是在这草木依旧葱茏的初秋。退伍会餐那晚，一帮老兵相约来给自己的老营长敬酒，刘参谋只和每个人意思了一点儿，最后也喝得头上冒汗脚下发飘。从营里出来，他漫无目的地四处溜达，不知走了多久，一抬头，眼前居然是西营区的那片沙枣树。他绕着小树林走了一圈，眼前现出一栋亮着灯的旧平房，门前横着一张值班桌，一个兵正扎着武装带，端坐在门前昏黄的灯光下看书。他还没走近，值班员已经起身四处张望。刘参谋觉得他异常眼熟，一下子又想不出在哪里见过。

刘参谋好！他一说话，刘参谋的酒立刻醒了一半，指导员已经休息了，您稍等片刻，我马上去叫他。

别叫，千万别叫！刘参谋赶紧摆手，这时候还排你的岗，你留下了？

没有，我光荣退伍了。赵全喜把椅子让给刘参谋，站里的兵都要走了，所以大家就轮流再站最后一班岗。

你这脸还真挺白净，刘参谋讶异地望着赵全喜干净又陌生的面孔，碰上神医了？

我刚来站里的时候，它突然开始长，现在要走了，它突然又没了。赵全喜笑笑，感觉像是个隐喻。

什么隐喻？

你想象的事总是发生不了，发生的事你总是想象不到。大概是这样吧。赵全喜说，我刚入伍的时候设想了好多好多，考军校呀，当军官呀，在电影组的时候，还给自己写了一幅字挂在墙上，"宰相起于州部，猛将拔于卒伍"，现在我会反过来想，刺史不可能都当宰相，士兵不可能都当将军，这样想就好多了。

对啊。刘参谋心里一动，你既然在机关干过，为啥又让你下来了呢？

也不为啥。赵全喜想了一下，我看见了些不好的事情，但我答应过不告诉任何人。

刘参谋一时间不知说什么好，便靠在椅背上，仰起脸看着蓝黑色的夜空。一阵风吹过，树叶哗哗作响，整个宇宙细小而又宁静。

有时候我会想，赵全喜站在灿烂的星空下说，会不会有一天，人类发现了另一个地球，可是却没有办法抵达呢？

老兵走后没几天，又一批演习部队进驻了。有天晚上，刘参谋正在家给儿子当模特，电话响了。

不好意思啊老刘，这么晚还骚扰你。科长仍像刚上任时那么客气，刚才参谋长给我打电话，说司令员晚上去县城散步，看见好几个参演部队的人在街上乱窜。参谋长说你对这事比较有经验，让我请你出马去查一查。

　　刘参谋站在窗前，外面是基地营区的点点灯火。他记得自己在哪里看到过，这地方元朝时就开始驻军，然后是明朝、清朝和民国，解放后还驻过一个骑兵师。赵全喜曾住过的那栋老平房，据说就是当年的马厩改造的。那些时光、盔甲、面孔和马匹都不见了，谁又能知道这里埋藏着多少不为人知的秘密呢？

正 午

"我喜欢旅行，但不喜欢到达目的地。"弗雷德姆兔一边往一根胡萝卜上刷蜂蜜一边说。

"这又是李白说的吗？"斯图比特猪问。

"你为什么要说我说的是李白说的？"弗雷德姆兔有点不高兴，"我决定不再让李白说话了，因为他说的每句话都七个字。"

"可你不是最喜欢说李白说过的话了吗？"斯图比特猪用手机天线掏掏鼻孔，从里面掉出很多芝麻和饼干渣。

"我现在喜欢说爱因斯坦说过的话。"弗雷德姆兔抓住自己的耳朵，把沾在上面的蜂蜜舔干净，"你知道阿尔伯特·爱因斯坦吗？"

"是猫猫组合里那个戴蓝宝石戒指的贝司手吗？唔，我可真不熟。"斯图比特猪说，"可是我知道你呀。你一点都不喜欢旅行，你到处跑是因为西斯特大坏狗老在追你。你也没有目的地，你把一切有胡萝卜的地方都当成是香格里拉。"

如果上午下班到下午上班之间这段时间叫做中午，那么每个中午上尉齐能够自由支配三个小时。只要中午不加班，上尉齐一般这样安排：

A．去饭堂补充能量然后再走回办公室，30 分钟；

B．给女友赵打电话加深感情，20 分钟；

C．去厕所蹲坑同时浏览《环球时报》了解世界风云，10 分钟；

D．上军网写博客并回复留言，70 分钟；

E．看闲书或躺在会议桌上小睡，30 分钟；

F．用冷水洗脸并为上校楚、中校韩和少校燕清洗烟灰缸及茶杯，10 分钟；

G．泡杯茶抽支烟等待 F 项中诸人陆续从门口出现，10 分钟；

H．如 B、D 项时间不足，可视情况取消 E 项。

上述安排是从最近一个夏天开始的。这安排与最近一个春天有所不同。当时上尉齐刚刚进入军机关，两眼发黑一头雾水，需要从如何接电话开始学起。他不写博客、不午睡，中校韩也还没给他介绍女友赵，每天中午他都在奋力学业务看文件写材料，利用近百个中午做了上千张学习卡片，可惜在后来一次保密检查中被勒令销毁了。他之所以把自己搞得很勤奋，一方面是他确实挺勤奋，另一方面则是他不得不勤奋。

他报到时，办公室除了上校楚、中校韩和少校燕之外，还有一位中尉秦。上尉齐还没来得及跟他说句话，他却突然消失了。中尉秦消失那天下午，中校韩把上尉齐找去谈话。

小秦没法适应机关工作，只好让他回原单位了。中校韩用手指把玩着一支烟。他帅得跟周润发有一拼，美中不足是一说话就会透露出刺鼻的烟臭和看上去得用浓硫酸和钢丝刷才能洗净的黄牙，小伙子能力是有，就是太散漫，眼里没活。帮忙三个月，你要不叫他，晚上他肯定不会到办公室来。烟灰缸堆成坟包，他也不知道倒一下。这怎么能行？少壮你不去努力，老大就不会满意。光想着大城市好玩、大机关风光，偏忘了我们让他来不是让他玩，是让他干活的！

上尉齐在一瞬间反应过来，抓起中校韩面前的打火机为他点上烟，又把还很空旷的烟灰缸倒掉后重新放在中校韩面前。

第二天上午，上校楚也把上尉齐找去谈话。

你不用那么紧张。上校楚盯着站得很直的上尉齐看了几秒钟，坐吧，坐下说。

你的履历挺好。基层和机关都干过，专业也对口，所以我们才把你选来。上校楚面色苍白语气低沉，满头鲁迅式硬发正从鬓角开始发白，不懂的就请教老同志，直接问我也可以。希望你好好干，在这里有所收获。

上校楚说到这停了下来。上尉齐正要表态，他却结束了谈话：好了，去忙你的吧。

领导都跟你谈过了吧？上尉齐刚坐下，就见少校燕抱着快顶到下巴的一大摞资料走过来放在他桌上。

是。上尉齐赶紧站起来。

这是我专门整理的优秀材料汇编，花了差不多半年时间。少校燕像抚摸熟睡婴儿般动情地轻抚那些浅绿色封面的合订本，这可是集体智慧的结晶，一个字一个字硬写出来的。可惜小秦没好好看就回去了。现在交给你，希望你有空多学学。材料是机关立身之本，等把这些材料吃透，你就可以在这栋楼里畅通无阻了。

就是从那天开始，上尉齐中午没再回过集体宿舍。可惜办公室没有床，不然晚上他都不打算回去。不想回去的原因之一是每晚加班到很晚——白天电话都接不过来，写材料往往只能在晚上——领导和老同志没走他不能走，领导走后他还要把手头的活干完，接着再打扫卫生，少

说也得折腾到十二点以后，而集体宿舍每晚十二点准时锁门，回去晚了
非常麻烦。原因之二，住房紧张长期困扰着这个机关，除上校楚住一套
五十多平方米的单元房，中校韩和少校燕一直都住筒子楼，一家三口挤
在一间屋子里，楼道中，煤气灶四处横陈，锅碗瓢盆中不时出现大小不
等死因不明的蟑螂。老同志尚且如此，上尉齐就更别提了。他和其他三
个尉官合住一间从前似乎是杂物间的宿舍，房间内永远弥漫着挥之不去
的汗腥和脚臭。至于屋里两张高低床如何被塞进宿舍那扇窄门，至今无
人能够解释。

　　相比之下，上尉齐的老部队驻在山沟里，上午九点以后太阳才能爬
过山头把阳光泼洒下去，山谷里有很多无所事事的鸟飞来飞去，啾啾声
融化在鲜亮透明的空气中。上尉齐在山里拥有一间整洁的单身宿舍，可
以在纯黑而非暗红的夜色中甜睡。出门走十分钟就是一条无名小河，上
尉齐喜欢周末去河里摸鱼，水下那些卵石光滑饱满，在他的赤脚下显得
善良而又温顺。山里虽然惬意，可上尉齐依然总感觉少点什么。虽然他
说不清这个什么究竟是什么。直到初春那个星期一上午，上尉齐接到去
军司令部帮助工作的通知时，他突然发现心内有一个缺口被填补了，就
像复合树脂补住了自己那颗蛀牙。

　　在团机关时，上尉齐及其同事普遍认为军机关那帮参谋上班就是
喝茶看报，实在闲得蛋疼就拿起电话折腾部队。现在他为自己曾经的狭
隘偏见羞愧难当。随着草色渐绿，上校楚、中校韩和少校燕交给他的工
作也越来越多，有时忙得连他自己都不敢相信。曾有一个上午，他接了
五十多个电话，做了九个电话记录，反复上下楼十四次，制式衬衣连袖
口都湿透了。在有关春天的记忆中，上尉齐随身携带的小记事本已经换
了三个，他多次携带整膀胱的液体坐在电脑前飞速敲击键盘，却没有时
间去一下卫生间。

好在最近一个春天结束时，上尉齐已基本能适应机关生活。连资历很老的上校楚都能经得起"三班倒"（上班、下班、加班）和"白加黑"（白天加晚上）的折磨而毫无怨言，他自然更没资格抱怨。一根想从水泥地缝里钻出来的草不能抱怨水泥太硬。不是水泥请草钻出来，而是草自己要钻出来。何况报到时中校韩就告诫过他：进机关就像上台阶，一脚踏空就会骨碌骨碌滚回去摔得满地找牙。拥有工学硕士学位的上尉齐头脑未必出众但智力绝对正常。他明白中校韩在说什么。所以他努力适应并正在适应。比如，一些小材料在上校楚和中校韩那里基本能通过，不像刚来时次次被红笔改得面目全非。上尉齐最近一次把材料交给上校楚审阅，上校楚甚至还点了几下头。中校韩虽然热爱敲打上尉齐，可奇怪的是他在用那些不冷不热的语言敲打上尉齐时，又不依不饶地给他介绍了一位女友赵。至于精力充沛乐观热情身材五短总让上尉齐想到一根火腿的少校燕，则非常乐意与上尉齐讨论材料，虽然从来都是少校燕说而上尉齐听，可这至少表明，上尉齐正在从水泥地缝里探出头来。

弗雷德姆兔真的很想跑掉，可是真的已经来不及了。他看到西斯特大坏狗离他只有九根胡萝卜的距离，他能清楚地看到西斯特大坏狗从来没刷过的大尖牙，他嘴里喷出来的热烘烘的臭气能毒死六只屎壳郎。

"快把你们家族的地址交出来，"西斯特大坏狗瞪着弗雷德姆兔，"不然我就咬掉你的一只耳朵让你失去平衡，再咬掉你的另一只耳朵，让你再也听不到胡萝卜长大的声音！"

弗雷德姆兔感到一阵冷气从尾巴尖一直上升到三瓣嘴，但他还是保持了冷静："地址我有，可是我现在不能给你。我告诉你以后，你还是要咬掉我的耳朵怎么办？"

"这倒也是。"西斯特大坏狗说，"我想我肯定会咬掉你耳朵的，不过还没想好先咬哪一只。"

"你看你看，我早就料到了。我就说嘛，我们弗雷德姆家族遗传的智慧绝非浪得虚名。"

"那你说怎么办？"西斯特大坏狗发愁地问。

"你先离开这儿。"弗雷德姆兔说，"等你走到离我一万根胡萝卜那么远的地方，我就会发短信告诉你。"

"那你知道我的手机号吗？133那个。"

"知道知道。你快走吧。"

"你真会给西斯特发短信吗？"斯图比特猪从草丛里钻出来问。

"爱因斯坦说过，如果有来世，他要去做一个商人。"弗雷德姆兔没有回答斯图比特猪的问题，"如果有来世，我还没想好是不是继续当一只兔子。"

　　上尉齐硕士读的是信息工程及应用。这是他能够到军机关帮忙的一个重要原因。刚毕业时，由于团机关已经普及了电脑和五笔字型输入法，团首长认为这标志着部队现代化建设已经迈入新阶段，而上尉齐（当时还是中尉齐）却只会打拼音，明显属于高分低能，于是把他分到连队任副连长。那期间，上尉齐管辖范围遍及菜地、大棚、猪圈、伙房和菜窖，他虽然清楚各类信息网络架构的门道，却对大棚的土坯竹片结构十分困惑。对于其他连队菜地欣欣向荣而自己辖区的茄子西红柿蒿头耷脑这类问题，他也百思不得其解。还有猪。猪这类生物显然比计算机要难对付得多，电脑死机可以重启，猪病死了却不能复生，上尉齐为此两次遭到连长痛骂。这让他惶惶不可终日。幸好上级开始重视加强部队信息化建设，团首长也逐渐发现真正的计算机高人绝大多数都不会用五笔，他这才得以从菜地脱身，用浇菜的胶皮管洗净胶鞋上的泥巴进入团机关当参谋。

刚到团机关时，不用再与猪和菜打交道的上尉齐觉得很满足。这种满足感在刚到军机关时一样出现过。如果留在军机关，一个参谋就可以按部就班干到副团职，干好了还有更大空间。而在团里，大多数干部到不了副营就得转业。这对热爱军队的上尉齐来说简直无法想象。最初听到下级机关参谋甚至科长或股长在电话里毕恭毕敬唯唯称是，上尉齐还有些不习惯，但这很快就成了一种享受。

不过，快感是种速度很快的感觉，其他感觉可就慢多了。一周七天，上尉齐至少有三四天要忙到凌晨一点以后才能回去，每次都得打电话把值班士官叫起来开门。他虽然是军官，却只是个帮忙的，对方是士官，编制却在机关，何况他总是在骚扰别人，时间一长，值班士官不干了。

你还让不让人睡觉了？你不睡是你的事，别折腾我啊，我都被你折腾出心脏病了你知道不？

实在不好意思，我们老加班……上尉齐试图解释。

这楼上哪有不加班的，为啥每次就你回来最晚？我丑话撂在前头，以后到点我就拔电话线，我没义务陪你加班！

上尉齐气得头晕，却只能满脸堆笑赔不是。第二天晚上加班到将近十二点，上尉齐坐不住了。

昨天宿舍楼值班员发火了。他局促地向中校韩汇报，他说要再不按时回去就不给开门。

中校韩抬头看着上尉齐，半天不吱声。末了才发话：我知道你的意思，睡觉再怎么说也比工作重要，对吧？

上尉齐面红耳赤地坐回自己桌前。等他冒着料峭春寒回到宿舍楼，大门早已紧锁。打值班室电话，果然无人接听。上尉齐有自知之明，且不说那扇楼门包了铁皮不大好踹，就算是纸板做的，他也绝不敢轻举妄动。在寒风中站了二十多分钟，终于冻得受不住了。上尉齐仰天长叹一声，缩着脖子悲愤地回到办公室，拿出一摞报纸当枕头，在坚硬的会议桌上和衣躺了一宿。

但这痛苦还只是业余的，专业的痛苦则更甚。当最近一个春天进入尾声，上尉齐在起草一份非常简单的请示时，竟然把发文字号中的年份写错了。分管此项工作的中校韩没有发现，直接报了上去。结果被大校看到了。大校用红色铅笔在错字上画了个大圈，又用蓝色铅笔批了一行大字：高级机关怎能出现这等错误？实属低级！

中校韩铁青着脸从大校办公室回来，把那份请示猛力拍在上尉齐面前。

你到底还想不想干？还能不能干？这种标准能在军机关干吗？团机关都没法混！不行就回去，别在这耽误你的大好前程！

如果说平时中校韩对上尉齐的敲打，程度如同令他被北方冬季因干燥产生的静电击中的话，那么这次敲打则不啻电棍猛击，令上尉齐心潮奔涌、万念俱灰。他甚至懒得承认错误，只是默默地站在那里。整整一个春天，他在钢筋水泥的丛林里，在呼来唤去的生涯里，计算着梦想和现实之间的差距，蓦然回首定睛一看，却发现自己活在剃刀边缘。

机关工作要严谨！不然一个错字就能害死你。中校韩气哼哼的，但口气缓了些，晚上写份检查，明早交给我。

上尉齐坐下来，觉得浑身每个细胞都在剧烈颤抖。以至于上校楚走过来他都没发现。上校楚没像四百米接力那样再给他一棒，而是叹口气，指着那份请示：留作纪念吧。

那晚开始，连着几晚上尉齐都被噩梦惊醒，梦境导致的惊叫揪断了室友的呼噜，至少一只蟑螂吓得从天花板上失足掉进睡在他上铺的兄弟嘴里不知所终。上尉齐那几天精神恍惚，每天早晨起来枕巾上都散落着大批头发，早上蹲坑时每次都无果而终，却在领导召唤的紧急关头腹痛难忍。这种异常状况一直持续到他脱去春秋常服换穿长袖夏常服的那个中午。他回到办公室默默地坐了一会儿，突然打开军网建立博客并发布了第一篇日志。

在上尉齐开始写博客的那天中午，整个春天都紧绷的身体和灵魂都陡然松弛下来。这让他始料未及。原来中午有很大潜力等待他去挖掘。比如博客。这东西不像材料，无须任何人修改审阅，即使满纸荒唐言一把错别字也不会受到指责，就算有人指责也可以置之不理。于是，上尉齐掀开了中午时光的崭新一页。

一个普通的中午，上尉齐写完博客后决定去撒泡尿。一进入走廊尽头的卫生间，他就看到窗台上有一个背影，背影轮廓上长满了毛茸茸的阳光。在最初一秒钟，上尉齐想冲上去拉住这个貌似准备跳楼的人，但随即发现这个站在窗台上的家伙脑袋和一只脚探在窗外，正在有节奏地摇晃着。上尉齐重重地咳一声。窗台上的人敏捷地收回脑袋、跳下窗台、揪出耳机飞快地揣进裤兜，面对上尉齐立正：首长好！

我不是什么首长。我是齐参谋。上尉齐说，你贵姓？

报告首长，我姓魏。

公务员？

是！

中午你们不睡觉？

应该睡的，不过中午我不想睡。

不睡也别站在窗台上，万一掉下去怎么办？这可是六楼，自由落体只需要一点七秒。上尉齐忍不住教育面前这个白胖胖的列兵。

这里比较自由一点。列兵魏挠挠头笑起来，露出一口洁白的牙齿。

弗雷德姆兔伤心极了。他好不容易找到的这块胡萝卜地现在面目全非，不要说胡萝卜，连一片胡萝卜叶子都没有了。他趴在被糟蹋得一塌糊涂的胡萝卜地里捶胸顿足，泪水一会儿就流满了他面前的小土坑。弗雷德姆兔在自己泪水的倒影中看见两只眼睛喷射出波长为 430 纳米的怒火。

最初的悲痛过后，弗雷德姆兔从地上爬起来，绕着胡萝卜地开始勘察现场，不时趴下来用鼻子闻一闻地面。显然，地里残留着西斯特大坏狗的口臭，可西斯特为什么要偷胡萝卜？他从不吃这东西，他只吃那些令人作呕的肉类。

弗雷德姆兔正在纳闷，手机忽然响了。

"哈哈，你的尾巴上粘着一坨兔子屎。"西斯特大坏狗在电话里狂笑不止，"你流那么多兔子泪干吗？兔子泪里的盐分会影响这块地的收成。"

弗雷德姆兔气极了："你屁股上才有屎，你天天吃屎，一天三次，每次五斤，一天不吃你就头疼！你在哪儿？你给我滚出来！你偷了我的胡萝卜，我要以弗雷德姆家族的名义跟你单挑！"

"谁跟你这烂兔子单挑，我丢不起那个狗。"西斯特大坏狗笑得喘不过气来，"你偷我家主人的胡萝卜还敢这么嚣张，告诉你，我家主人已经把胡萝卜收走了，我正在望远镜里监视你呢。"

"你家主人把胡萝卜放哪儿了？"

"我才不会告诉你。急死你。"

"你根本就不知道，你家主人才不会告诉你这只笨狗。"弗雷德姆兔转转红眼珠，"你是天底下最笨的笨狗！"

"你是天底下最最最笨的笨兔！"西斯特大坏狗生气了，"我家主人对我最好了，我看着他把胡萝卜搬进地窖的！"

这个中午，上尉齐开始为自己当初立场松动感到后悔。可他无计可施。如果是别人，上尉齐一定坚决谢绝，可这是中校韩。

你什么意思？我都答应人家了！人家父母天天催我，你老推来推去，叫我怎么回话？事不过三啊。过了三就不像话了。再说人家姑娘好歹也是个本科，拿钱比你多，长得也不比你赖，你为什么不去？今天晚上给你放假，必须去！

尽管相亲的事中校韩从来没征求过上尉齐的意见，可他一不高兴上尉齐就很慌张，不得不赶快表态同意。事实上他压根没想在这时候谈恋爱，但他却不能为这事得罪中校韩。不过，上尉齐的抵触情绪当天晚上就被女友赵的漂亮脸蛋和走路时随风摇摆的腰肢消解了。女友赵似乎也比较满意，相约下次再见。但像给他介绍女友一样奇怪的是，中校韩自从勒令上尉齐相亲后，似乎完全忘了这桩事，依旧每晚和周末拉着上尉齐加班，不给他再次相约的时间。加上上尉齐与女友赵分处城市南北，顶多半个月才能见面，在吃一次饭、散一会儿步后各奔南北。由于时间和地点始终没有落实，两人接触达到牵手接吻的程度后就一直止步不前。于是，中午打电话成为上尉齐谈恋爱的基本手段。

为什么还不把你正式调进来？你不是也在天天加班吗？你不能天天傻等，该想办法得赶紧想呀！你不正式调进来，什么问题都解决不了。

　　随着天气日渐炎热，上尉齐开始发现，女友赵其实同中校韩并不相识。在介绍对象这件事情上，中校韩的地位相当于分销商或者二道贩子。他同时发现，女友赵的个性不如她的腰肢那么柔软，有时反倒像她脚上皮鞋的高跟那么坚硬。她提出的问题往往令上尉齐无法回答。刚才的电话里，女友赵没说到底是什么问题解决不了，但她不说上尉齐也一样清楚。调不进来，他和他的心以及寄生其上的爱情始终是一叶飘萍。这个城市繁华得像只沸腾的火锅，炖着活色生香的钢筋水泥。上尉齐闻到了它的香气，但还没尝到它的味道。

　　挂断电话，在厕所看完《环球时报》后登录博客，上尉齐毫不意外地又看到了"加勒比海盗"的留言：每天多写一点吧，每天一千字太少了！！！

　　也和平时一样，"加勒比海盗"的留言时间是前一天下午。然而心情烦乱的上尉齐一时间不知如何回复，所以他没有回复。

　　在电脑前坐了好一阵，上尉齐把网页关闭了。女友赵给他带来了很大压力，而他却无法变压力为动力，这使他暂时失去了写字的兴趣。他迷恋女友赵的身体，但无法洞悉她的灵魂。这种状况带来的直接后果是她带给他每次虚荣的愉悦之间，都隔着巨大的空虚。女友赵说到的"想办法"，他并不是没有想过。上次跟女友赵打过电话后，他思想斗争了一个星期，终于鼓起勇气拿着刊有自己论文的军事学术期刊请上校楚斧正，而那本杂志里夹着一只装有上尉齐两个月工资的信封。他把杂志交给上校楚后转身就走，直到半小时后，他被上校楚叫到了隔壁档案室。

　　我值多少钱？上校楚用一只手捏着那个牛皮纸信封拍打着自己的另一只手，你给估个价。

　　上尉齐脑门上立刻沁出一层汗。

　　你什么时候学会这个了？我揭不开锅了才叫你来机关的？叫你来机

关是因为工作，你给我好好干就对了，搞这些名堂干什么？上校楚伤感
地叹口气。

上尉齐汗流浃背，愧不敢言。

那篇文章我看了，写得不错，我会向领导推荐。上校楚把信封扔
给上尉齐，温和但坚定地说，你要敢再这样胡来，我立马让你在我面前
蒸发。

上尉齐为自己的愚蠢举动追悔莫及。他并未向任何人请教就知道给
上校楚送礼，他一直认为这不过是跟炒菜要放盐一样的生活常识。虽然
他并没有真正炒过菜。虽然上校楚批评了他，他却越发觉得神情忧郁的
上校楚是个极好的领导。他不能不采取行动以表达感激之情。他决定再
写一篇论文。论文本身并非重点，重点是署名时要把上校楚放在自己前
面。这个办法同样没人告诉过他，他并不知道自己究竟是怎样知道的，
但他就是知道。

上尉齐初步确定的论文题目是《构建联合火力打击信息支点的若干
看法》。这篇文章将充满 C4ISR、电子战、网络战、计算机病毒和电磁脉
冲对抗之类术语，观点将新锐逻辑将严密，但真正的意图只是为上校楚
署名。这和写博客不同。从这个夏天开始到现在，上尉齐的军网博客点
击量已经达到每天 1500 多次，留言每天至少也有 60 多条。而他的论文
除了责任编辑，他不知道是否有第三个人会仔细看。从这个角度讲，写
博客显然要比写论文受欢迎得多。可关键在于，博客再精彩也无法使
他真正留在这座楼里，相比而言，博客不过是个幻觉，而论文无疑更
靠谱。

上尉齐没有午睡，他解开军装，鞋袜脱掉，把一双光脚放在办公桌
上，尽可能舒服地躺在椅子上，边听藏在电脑里的歌曲，边看藏在少校
燕给他那摞材料下面的漫画书。这里不比山沟，没有小河，但至少比上

班和加班时舒服许多。漫画也很有意思。看到两点四十，上尉齐才把自己恢复原状，照例把所有烟灰缸和茶杯放在那只乳白色塑料盆里，端去卫生间清洗。在那里，他又遇到了站在窗台上听歌的列兵魏。他正坐在窗前的小凳上看书。一见上尉齐，他马上站起来。

首长好！

我不是首长，我是齐参谋。上尉齐说，今天没听歌？

没，看书呢。列兵魏走上前，我帮您洗吧？

不用，我自己来。上尉齐摆摆手，你中午从来都不睡？

新兵下连以后就没睡过。班长让我睡，可是我不想睡。列兵魏边说边拿起去污粉，又把挂在墙角那柄硬毛刷摘下来，中午睡觉会比较颓废。

睡觉怎么会颓废？上尉齐看着列兵魏，我可天天都睡不够。

中午一睡起来，太阳就不新鲜了。

上尉齐扭头看看窗外，阳光果真像从白铁皮上反射回来一样，白亮刺眼。

西斯特大坏狗的一只脚踩在弗雷德姆兔的尾巴上，让他动弹不得。如果不吃那么多胡萝卜的话，他想，西斯特无论如何也不可能追上他。可问题是，他吃得太多了。

"你把我放开呀！"弗雷德姆兔大叫起来，"不然我翻脸了！到时候尸横遍野你别怪我无情！"

"翻哪，我等着呢。看你那张兔子脸能翻到哪儿去。"西斯特大坏狗狂笑起来。

"你还是把我放开吧，我尾巴好痛。"弗雷德姆兔呜呜地哭起来，眼泪吧嗒吧嗒地掉在地上，很多蚂蚁跑过来，一起大吃这些带着胡萝卜甜味儿的眼泪。

"你怎么这么玩不起？我还没怎么着呢你就哭。真没劲！"

"我想起了我的童年。"弗雷德姆兔伤心地唱了起来，"我们坐在高高的谷堆旁边，听妈妈讲那过去的事情。旧社会，鞭子抽我身，母亲只能泪淋淋。数九寒风北风狂，彭霸天，丧天良，霸走田地、抢占茅房，把我的爹娘赶到那洪湖上。那天大雪纷纷下，我娘生我在船舱，没有钱，泪汪汪，撕块破被做衣裳。湖上北风呼呼地响，舱内雪花白茫茫……"

唱着唱着，弗雷德姆兔觉得下雨了。他抬头一看，发现西斯特大坏狗泪如泉涌，地上的蚂蚁们被他的泪水冲得东倒西歪。这让弗雷德姆兔大为惊异。

"这只笨狗也太经不起忽悠了吧！"弗雷德姆兔心想，"看来他本质还是不错的呀。"

自从那个上午中校韩交给上尉齐一张干部调配报告表后，上尉齐始终处在激动导致的轻微眩晕中。这种感觉曾在他调入团机关时出现过一次。印在 B5 纸上的表格初步证明了上尉齐的努力并激励他继续努力。这让上尉齐由衷地感谢领导、抹布和烟灰缸。他小心翼翼地把表格放进抽屉，按捺心内暗喜，继续埋头工作。

表填好了没？快下班时，中校韩过来问。

还没。上尉齐站起来回话，我想先把活干完，中午休息的时候再填。

嗯，知道工作为重。中校韩点点头，看来还是有进步。

看着中校韩离开办公室，上尉齐不免有些得意。得意之余又觉得有点可耻。他在伪装。其实不装也没事，可他忍不住。他觉得自己正在变得陌生。

中午一到办公室，上尉齐就给女友赵打电话透露了这一消息。女友赵兴奋起来，在电话里亲了他好几下。上尉齐摸摸脸颊，顿感整个身体都很飘逸。

万有引力可无法对坠入爱河的人负责。他想，爱因斯坦真他娘伟大。

他开始填表格，那一刻他一定忘记了还有人在等着他更新博客。博客完全被表格击败。这场战斗像正负电子对撞一般在瞬间结束，快到上尉齐根本没有意识到它曾经发生过。

填完表格，他甚至想去查阅文件资料，但最后还是决定去写博客。除非万不得已，他决意中午不再工作。前段时间，他们领受了组织一次重要会议的任务。这个关于信息化建设的研讨会由军长亲自提议并主抓。上尉齐来到机关后，看过这位少将的几篇讲话。少将对信息化建设认识非常深刻，特别是在战略层面上的远见卓识，令专业出身的上尉齐也钦佩不已。何况这是主官亲自部署的工作，毫无疑义地成为当前的头等大事。

和机关组织的所有会议一样，他们的重点工作就一项——起草会议材料。据上校楚初步估计，完成这项艰巨工作约需半年。也就是说，要干到尚未来临的秋天结束甚至进入冬天之后，会议方能准备就绪。上尉齐此时已经明白，机关准备做、正在做和做完了的一切工作，都会以材料这种唯一的表现形式存在。就少将主导的这次重要会议而言，材料标准无疑是本级机关最高的。正如少校燕所言，材料水准永远与交代材料的领导级别成正比。这类材料，绝非一个"写"可以形容。"写"这个字明显过于草率，不足以形容一份高品质材料从酝酿到产生的复杂过程。不过这不是问题。机关早已在材料堆摸爬滚打中总结提炼出很多经典术语，能够十分准确地形容这个复杂过程的每个阶段。比如，碰材料，意即几个人一起研究某份材料应该写什么、怎么写。堆材料，意即按照提纲把有关内容初步整理出来。分材料，意即按照提纲包产到户，每人承包一部分。推材料，意即在领导带领下，数人围坐在投影仪旁，看着大屏幕逐字逐句推敲修改。即便打印材料这样简单的事，也会有如下表述：打一份、出一份、刷一份、扫一份，甚至还有——拉一份。

自从开始筹备会议，上尉齐及其女友赵彼此就成了镜花水月。可在重大任务面前，他必须以工作为重。他在电话里向女友赵解释这一切，可不想电话那头居然无法理解。

真不知道你们一天到晚在忙什么，你们写的那些破材料能拉动多少GDP 啊？女友赵起初质问他。

我们是执行特殊任务的武装集团，又不是煤矿。上尉齐辩解，军队你明白吗？兵者，国之大事也。

大事个屁。隔一段时间，女友赵又调侃他，他们给你加班费吗？

我们是军队，不属于劳动法的调整对象。上尉齐引用少校燕的话，对和平时期的军队机关来说，写材料就是打仗，写大材料就是打大仗，材料写好了就是打胜仗。

你们把敌人写死了没？后来女友赵又嘲讽他，我担心敌人还活得好好的，先被写死的是你们自己。

话不是这样说的……上尉齐试图驳斥女友赵的歪理邪说，可组织不起火力。

你是不是觉得这样柏拉图下去很有意思？最近女友赵又提醒他，你自己的事办得怎么样了到底？

上尉齐无言了。他喜欢爱因斯坦，却一点也不喜欢柏拉图。女友赵搞得他心烦意乱，可工作时间他不能有任何表露。大家天天都加班，上校楚女儿高考那几天他都没请假，据说考得不理想；中校韩椎间盘突出还坚持工作，据说几次早晨都起不来床；少校燕父亲病重都没回去照料，据说被老家兄弟骂成了千古罪人。在这些感人事迹面前，上尉齐再没觉悟，也不可能为了儿女私情去请假。当然，女友赵不理解他也属正常，如果他不是他，那么他也不会理解他。然而现在他是他，所以他理解女友赵的不理解。这个世界最不可理解的就是它竟然是可以理解的。上尉齐现在有点理解爱因斯坦这句话的意思了。

这段时间，上尉齐更加珍视每个短暂明亮的中午。会议准备越深入，介入的领导就越多。领导越多，要求就越高。要求越高，压力就越大。压力越大，加班就越多。加班越多，精神就越紧张。而精神越紧张，每个中午就越发宝贵。只有中午，能够让上尉齐紧绷的神经暂时松弛下来。何况每天只有一个短暂的中午，就算他把有限的中午全部投入工作，也是杯水车薪于事无补。上尉齐一面宽慰自己，一面继续写博客。特别是女友赵在电话里的吻让他很开心，写博客的情绪高涨，一直写到两点半才作罢。

日志发布后，上尉齐起身去卫生间。出了办公室往前走几步，他看到走廊尽头一个士官手里晃着一大串钥匙，正在训斥靠墙立正的一个新兵。看到上尉齐走近，士官沉默了。大概他没想到一个军官会在这个时候出现。等上尉齐从卫生间走出来，忽然发现被训斥的是列兵魏。

本事大了你？扫厕所怎么了？你以为你能干比扫厕所更大的事？等上尉齐走远后，训斥声重新响起。

上尉齐听不清列兵魏是怎么回答的。就算听到也无济于事。这不是烟灰缸和茶杯，不归他管。

你不想干？能到机关是你八辈子福气！你以为你是什么东西！这是上尉齐进入办公室前听到的最后一句。他有点同情列兵魏。这个新兵是自己在这层楼里唯一一个没有共谋的同伙。几乎每天中午他都能遇到列兵魏。就像每天给女友赵打电话、每天看"加勒比海盗"的留言一样，成为构成他中午时光的细节。他们见面时彼此问好，但也仅此而已。他只是和列兵魏一样，愿意在六楼度过每个中午。

弗雷德姆兔把自己埋在雪堆里，只露出两只红眼睛。藏在雪堆里的确很冷，不过很安全。他远远地看着兔子们跑来跑去大喊大叫，好像在忙什么，但他相信除了自己和上帝，没人知道自己在这儿。按照古老的家族法规，被放逐的兔子只要在家族领地里躲藏24小时而不被发现，那么伊默帕尔兔的命令就会失效，100天内，他不能再发布同样的命令。

"如果我的相对论被证明是正确的，德国人就会说我是德国人，法国佬会说我是一个世界公民。如果我的相对论被否定了，法国佬就会骂我德国鬼子，而德国人就会把我归为犹太人。"在那个被伊默帕尔兔操纵的可笑的听证会上，弗雷德姆兔再次引用爱因斯坦的名言为自己辩护，"真不敢相信你们至今不理解我所做的一切，我在孤独地与西斯特大坏狗战斗，这是为了保持家族尊严和利益的荣誉之战！"

弗雷德姆兔觉得自己的话铿锵有力掷地有声，没想到伊默帕尔兔和家族道德委员会的那帮老兔子没一个被打动，反倒一起哈哈大笑起来，主席台上一整排三瓣嘴都笑歪了。

"还维护家族荣誉呢，别扯了。就你那小样，还不够丢兔的。"伊默帕尔兔一手捂着笑痛的肚子一手指着弗雷德姆兔，"你丢光了家族的脸不算，还把狗给招来，给家族生存带来严重危害。你对得起家族的教育和培养吗？你对得起大家的殷切期望吗？兔子们，把他给我带下去！"

"历史将证明我无罪！"弗雷德姆兔大喊。

"历史能证明个屁。家族历史还是我主编的呢。"伊默帕尔兔撇撇嘴。

弗雷德姆兔还想说话，可是没说出来。一只粉红色创可贴封住了他的三瓣嘴。

现在离最后期限还有最后一小时。弗雷德姆兔已经准备好在最后一刻跳出雪堆，大摇大摆地走出来。他可以一次吃掉六根胡萝卜，然后用 99 天时间去设法改变伊默帕尔兔和不道德的家族道德委员会驱逐自己的错误决定。然而就在这个时候，他突然发现自己被包围了。每四只兔子抬着一只吹风机围成一个大圈，喷出的热风不断使积雪融化，用不了多久，自己就会暴露在橘红色的晨曦之中。

最后一片树叶跌落后，上尉齐终于以累计两条烟和大量假笑的代价，从宿舍楼值班士官那里换来了一把宝贵的楼门钥匙。

那时候，会议材料已经完成了 70%。工作顺利进展的同时，上尉齐开始感到自己的身体每况愈下。这座办公楼几乎每晚都灯火通明，军官们在晚饭后又很快回到办公室加那些永无止境的班。他们随身携带数量和程度不同的赘肉、痔疮、变形的脊椎、脆弱的心脏和一脑门子官司，在电脑前枯坐到深夜。时光、烟灰和脱落的头发纷纷跌落在黑洞般的键盘缝隙中无法挽回。这看上去不那么让人愉快，但正如爱因斯坦所说，人生就像骑单车，想保持平衡就得往前走。

由于推材料的过程过于漫长，连机器也不堪重负。在投影仪灯泡被烧毁的那天中午，上尉齐蹲坑时竟然便血，这可把他吓了个半死。到门诊部检查，医生告诉他这只是痔疮，不会危及生命，并嘱咐他坚持每晚用温水清洗患处，并涂抹痔疮膏，同时不要抽烟、不要熬夜、不要吃刺激性食品。出了门，上尉齐一甩手把药膏扔进了垃圾桶。除了不吃辣椒，所有的医嘱他都无法遵循。特别是他不可能每晚当着另外三个室友的面洗自己从未示人的屁股。

他想为上校楚写的论文也没有完成。因为会议材料占据了除了中午以外的所有时间。其实上尉齐完全可以利用一些中午把那篇论文写完，但他不肯向自己让步。他心内有一个孤独的士兵，在顽强地捍卫着每个中午的自由。

在秋天最长的那个假期里，以上校楚为首的会务小组连续加班七天，终于完成了会议材料中最重要的那份报告。在整个材料会战中，这个报告的重要性相当于诺曼底登陆。就像上尉齐在山里认识的那只太阳一样，终于爬上山顶送来曙光。在长假最后一天下午，上校楚盯着那份关键报告打印出来后，开始收拾办公桌上的东西。少校燕则拿起那份被激光打印机烤热的报告，模拟少将的口吻朗读起来。最令上尉齐吃惊的是中校韩。他仿佛一个等待处决的犯人突然被宣布无罪开释，对着天花板哈哈大笑起来。他忘了自己曾警告过上尉齐，永远不要在办公楼里制造超过四十分贝的噪声。

咱们去喝酒吧，今晚我们要庆祝一下！中校韩提议，不醉坚决不归！

你们去吧，我想睡会儿觉。上校楚说完，拎起包走了。上尉齐突然觉得他佝偻的背影极像一只年迈的狼。其实他也不想去喝酒。他最想去见见女友赵。他几乎想不起她长什么样了。可刚提了个话头，就被中校韩打断了。

对象啥时候不能见？非得今天？

那天晚上，中校韩、少校燕和上尉齐喝了很多酒，多到他们全都记不清自己喝了多少。中校韩借着包厢里的卡拉 OK 机，高唱了许多摇滚歌曲。类似铁锹在地面拖行的声音吓得服务员纷纷抱头鼠窜，没人肯来替他们倒茶。少校燕则不停地与上尉齐探讨究竟该把"特点""特色"还是"特征"中的哪个词用在报告题目中才更准确。

喝着喝着，中校韩突然瞪着上尉齐，你恨我，是不是？

上尉齐不回答，也瞪着中校韩。

我知道你恨我。我知道。我也是从你那时候过来的。中校韩垂下头嘟哝着，我可是为你好。要不是看你还有点培养前途，我才懒得说你呢。

第二天上午，上尉齐的脑袋仍然晕着。中校韩过来找他时，他正大口地喝着掺了蜂蜜的浓茶。

昨天的材料校对完没？

还没……

怎么搞的，动作这么慢！中校韩很不高兴，昨晚干什么去了？

昨晚？昨晚不是那个……

不是我说你，你什么时候才能把握住自己？中校韩看着上尉齐，赶紧校对，十点前交给我！

上尉齐立刻清醒过来，开始逐字校对材料。现在他对自己的校对水平十分自信，没有什么错误能逃过他那双更加近视的眼睛。

到了中午，本来打算睡觉的上尉齐却不困了。他打女友赵的手机，可她没接。最近她经常不接他的电话，对此上尉齐已经比较习惯了。他继续上网写博客。快上班时，他又在走廊遇到了正在拖地的列兵魏。他不想踩脏刚拖净的地板，于是贴着墙根往前走。

首长您走吧。列兵魏立刻停手让出道路，没事。

上尉齐笑笑，还是贴着墙根走了过去。从卫生间出来，他看到列兵魏双手抓着拖把正站在那里，像一个农民挂着锄头小憩。在他们擦肩而过的那一秒，列兵魏轻轻叫了他一声。

首长，您有空吗？

上尉齐停住脚，怎么，有事？

也没什么事……列兵魏红着脸，很局促地摆摆头，看上去像只神经质的兔子。

没关系，有什么事就说。

首长，您在军务处吗？

不在。上尉齐说。他想起那天看到列兵魏挨训的情景。这个新兵大概是想请他帮什么忙。可他找错了。一个帮忙的参谋是帮不了别人什么忙的。

噢，是这样。列兵魏咬咬嘴唇，那麻烦首长了。

上尉齐极力控制自己安慰对方的念头，因为他认为那于事无补。正待离开，列兵魏却又开口了。

首长，您在军务处有熟人吗？

我跟他们没打过什么交道。我来的时间也不长。

对不起，打扰首长了。列兵魏礼貌地同上尉齐告别，继续拖地。上尉齐慢慢地往回走，他听到拖把有节奏地撞击着走廊两侧的墙根，发出"啪啪"的声响。

去往香格里拉的路比弗雷德姆兔想象的要远得多，远到他没办法用胡萝卜来换算这漫长的里程。

"我以为长途旅行很好玩呢。"斯图比特猪本想和他一起去，可只走了一天就坚持不住了。他不停地哼哼着，"你看，我都走瘦啦。要是照这样瘦下去，到不了香格里拉我就会瘦得无影无踪了。咱们还是回去吧。"

"你回吧，不到香格里拉我是不会回去的。我要找到先知范诺鲁尔，让他老人家同意改变兔子和狗之间不合理的规则——我要让兔子成为狗的天敌！"

"可这是上帝定的规矩呀！你可不能触犯天条呀！先知范诺鲁尔只是个打工的，上帝才是真正的董事长。"斯图比特猪愣愣地看着弗雷德姆兔，"爱因斯坦怎么说？"

"他说，如果一个想法在一开始不是荒谬的，那它就是没有希望的。"弗雷德姆兔冲斯图比特猪挥挥手，"轻轻地我走了，正如我轻轻地来。有信号的时候，我会打你手机，让你知道我依然坚强地存在。"

弗雷德姆兔继续出发。在整个弗雷德姆家族历史上，从来没有一只兔子独自跋涉过如此艰难遥远的征途。仅此一点，他就无疑会被载入家族史册，进而彪炳千秋。途中很多地方没有胡萝卜，弗雷德姆兔不得不硬着头皮去啃寡淡无味的莴笋叶和难以下咽的西瓜皮。一路上，他躲过了一只鹰、三条狗和五支猎枪的袭击，谢绝了被两个小女孩收养、四个家族挽留和六只母兔追求，品尝了被放逐的痛苦、被误解的委屈和被梦想忽悠带来的幻灭感。

现在的弗雷德姆兔浑身沾满泥巴和干草，彻底失去了一只贵族兔应有的仪表，完全成了一只落魄江湖的流浪兔。但只有弗雷德姆兔自己知道，他比以往任何时候都更加成熟。

上尉齐记得很清楚，上校楚郑重地找他谈话那天是一个晴朗的冬日。那天上校楚很主动地递给上尉齐一支烟，正是这支烟让上尉齐开始感觉不妙。领导没有理由对部下这么客气，除非他有理由。

你调入机关的事出了点问题。上校楚面色凝重、语速很慢，感觉像在斟酌词汇以便能够更加委婉地向一位母亲传达她爱子的阵亡通知，干部处那边说咱们编制满了，没有空缺就不能进人。所以……

一时间，上尉齐觉得心像失控的电梯，重重地坠入深井。这几个月里，他在压力和疲惫中保持着紧张的兴奋，仿佛在街角等一个即将出现的姑娘。现在，他还在街角，可是姑娘突然决定不来了。

我们也没想到会是这样。其实大家对你印象都不错，很勤奋、很踏实。我们都很想把你留下。上校楚轻叹一声，上尉齐注意到他两鬓斑白的面积更大了，你有什么想法？

没有，没什么想法。上尉齐努力笑笑，把上校楚给他的那支烟放在唇间，但很快又取下来握在手里，谢谢您对我的关心。其实留不下也没关系，就当是接受一次培训吧。我会尽快把手头的事移交完，晚上收拾一下东西，明天下午差不多就可以走了。

不是让你走，你没明白我意思。上校深吸一口烟，按说现在这个情况，我不好要求你继续待在这里。不过我还是非常希望你能再留一段时间，帮我们把会议准备搞完，毕竟你比较熟悉情况。

没问题。上尉齐短暂沉吟后回答，您放心吧，我肯定会认真干到走的那一天。

上校楚盯着上尉齐看了几秒钟，却什么也没再说。

与上校楚谈完话之后，他继续回去工作。他依然在敲击键盘，但什么也没写出来。他不大敢去想自己回到山里的情状。当初也许不该来机关帮忙。人的愿望跟伙食标准有些类似，可以变高但不能降低。现在上尉齐觉得自己是一只青蛙。一只曾经从井底爬出来朝天边蹦了几下之后又不得不再次回到井里去的青蛙。这显然是一只比较尴尬的青蛙。他的视野和渴望在从春天到冬天的过程中长大了，他不知道该怎么把它紧紧地捏成一团塞回到从前的心境里。

　　中午回到办公室，他给女友赵打了一个电话。他告诉她，他无法留在这个城市了。在那个沉默多于对白的电话里，女友赵问，你还记得咱们认识以来，一共见过几次面吗？

　　五次？上尉齐说，是五次。

　　加起来是多长时间呢？

　　十来个小时吧。上尉齐想了一会儿，当然，不那么准确了。

　　十来个小时还是比较容易忘记的，对吧？

　　应该是吧。

　　那明天还有必要再打电话吗？

　　你说呢？上尉齐觉得自己听懂女友赵的意思了，你定吧。

　　那就算了吧。女友赵说，其实你人挺好的，不过老实说，我宁愿自己从来没见过你。

　　打完电话，上尉齐想继续写博客。登录之后，他看到"加勒比海盗"前一天下午留言：为什么博主介绍总是空白？明鸡不下暗蛋，何不介绍一下你自己？

　　我介不介绍关你鸟事。上尉齐回复，给你个明蛋就不错了，你以为你是谁？

　　低落的情绪影响了上尉齐的写作思路，他无法写出新的日志，只好恶狠狠地回复了所有留言。但这并未真正起到释放情绪的效果。

　　快上班时，他照例去清洗烟灰缸和茶杯。在卫生间，他又遇到了列兵魏。列兵魏很热情地伸出手要帮他清洗，可上尉齐却一把抓住列兵魏的手腕，并把它挪到一边。

　　不用！

　　列兵魏愣了，站在一边呆呆地看着上尉齐洗完所有的东西。就在上尉齐端起盆准备离开时，列兵魏突然挡在他面前。

首长，我想请您帮个忙。

上尉齐不吭气，只是冷冷地看着列兵魏。

首长，我不想干公务员。我想去连队，哪个连队都行，站岗也无所谓，至少还能摸摸枪。我听老兵说想来机关不容易，可是想下连队很好办，只要有人给我提一句，我肯定能……

你给我说这些干吗？上尉齐眼睛像兔子一样红，早告诉你我帮不了你！我他妈连我自己都帮不了！

上尉齐甩下被吓呆了的列兵魏，头也不回地走了。他在办公室呆坐到上班。等上校楚、中校韩和少校燕陆续出现时，他又开始忙碌起来。他为先到的上校楚冲一杯速溶咖啡，接着拿起中校韩的白瓷杯准备为他泡上铁观音，不料中校韩突然伸出双手，紧紧抱住杯子不放。

我自己来，自己来。老这样太不好意思了。

就是就是。少校燕附和道，会把我们惯坏的。

这又不算什么事。上尉齐笑笑，硬是从中校韩手里夺回茶杯，替他泡上茶，再照常为少校燕倒一杯白水。坐到电脑前，他极力想把思绪集中到材料上来，可是不行。他想着刚才的事，并责备自己对列兵魏的恶劣态度。他既然无法帮助列兵魏，又凭什么穷凶极恶地对待他呢？

你，他对自己说，真他妈的差劲。

又过了一会儿，上尉齐坐不住了。他起身去走廊转了一圈，没人。下到五楼再上到七楼，再去卫生间，都没看到列兵魏的影子。看来只有等到明天中午，才能找机会向他道歉了。上尉齐想着，快步往办公室走。经过大校办公室，正巧碰见少校燕面红耳赤地拿份文件从里面出来。

真他妈背！少校燕苦着脸，白挨一顿骂。

这材料不该有错啊。上尉齐说，我仔细校对过的。

　　哪里是材料的事！少校燕扭头努努嘴，中午不知道哪个不长眼的鸟兵打扫的卫生，把他老人家桌上那个宝贝砚台给摔掉一个角，这会儿正找不着人出气呢，这下可好，叫我给撞上了。

　　上尉齐猛地停住脚，转身朝卫生间的方向望去。他看到午后苍白的阳光正从走廊尽头的窗户斜射进来。

　　　　"你愿意做一只有智慧的兔子，还是做一只有魔法的兔子？"

　　　　"我想做一只智慧魔法兔。"弗雷德姆兔答道，"比较英俊的那种。"

　　　　"英俊不归我管，上帝觉得这一点比智慧和魔法更重要，所以他要亲自管。"先知范诺鲁尔说，"智慧或者魔法，你认真想想吧，两者你只能选择一个。"

　　　　"那我该选哪个呢？"弗雷德姆兔说，"这就像让我在我的两只耳朵之间选择我最喜欢的一只那样困难。"

　　　　"也许你可以选择二十年后你还用得着的东西。"

　　　　"二十年后？"弗雷德姆兔眨眨眼，"我从不去想未来，因为它来得已经够快了。"

　　　　"爱因斯坦说过这句话，不是吗？"先知范诺鲁尔微笑道，"上帝可不大喜欢他。因为他总是想揣测上帝的想法。"

　　　　"他猜了些什么？"

　　　　"比如他说，真正使他感兴趣的是上帝创造世界的时候有没有别的方案可选。他还说，他深信上帝不掷骰子。"

　　　　"那他猜对了吗？"

　　　　"亲爱的弗雷德姆，这我可不能告诉你。"先知把脑袋上发暗的光环取下来接上充电器，"要知道，上帝是不容揣测的。"

这个春天到来那几天，少校齐忙着清理去年的文件。多余的将送去保密室销毁，留下的则分门别类整理成册。这是项浩大的工程，那一摞摞材料堆在地上，看上去非常壮观。少校齐很难想象这竟然就是他们最近一个春天以来所完成的。

上午快下班时，他开始整理最后一个铁皮柜里的文件。打开柜子，他看到占了满满两层、印刷质量很好的会议文件。他取出其中两套，开始把剩下的往外搬。

就这么扔了？上校韩弯腰拿起一份翻看，不停地叹气，这都是咱们的心血啊，一个字一个字写出来的。真是太可惜了。

少校齐不知说什么好。就在会议各项准备就绪，等待少将确定会议日期的最后时刻，事情突然发生了令人措手不及的变化。少将突然得到提升，在宣布命令后很快离开这座城市，前往外地任职去了。他没在那份关于确定会议日程的请示上签字，大概是因为他知道自己将无法参加这个会议。但少将显然是记着这件事的，因为他离任履新之前，曾让秘书专程来办公室要走了一套会议文件。只是从那以后，就不大有人提起这件事了。

没关系，肯定不会白写。中校燕笑眯眯地走过来，我现在已经把其中几篇改成研讨文章了，到时候都署上咱们的名、包括老楚的名字拿去发表。刊物那边我都说好了，他们正缺这种稿子呢。

对呀，这可真是个好点子。上校韩也高兴起来，没准发表了影响更大！

换穿春秋常服的那个中午，少校齐给新认识的女友秦打完电话，又一次上网写博客。现在他的博客标题已经成功进入军网首页，以每日最高点击率位居博客排行榜榜首。他无法回复所有留言，因为如果全部回复，他将没有时间再去写新的日志。每天都有那么多人冒着再也看不到下文的风险，依然热情地等着看他瞎编乱造的故事。这一切都令少校齐始料未及，他误以为每个中午世界上只有他一个人，但看来并非如此。

经过这个大院的四季，他越来越感到在办公室度过整整一个中午的妙处。办公楼的中午或者说中午的办公楼是这个喧闹城市的寂静时空，整个楼内空空荡荡，敲击键盘的声响在走廊里回荡。电话都在午睡，没有任何令他紧张的声响和目光。这座办公楼的每个上午、下午包括晚上，电话铃声此起彼伏、军官们步履匆忙、很多颗心脏挂在半空中晃荡，唯有中午可以像曾经的山里一样静谧。据医学家研究，如果一个人每个月有十四天以上时间都感到压力重重、意志消沉，那么很可能就患上了 FMD（频发性精神痛苦征）。而 FMD 与所居住的城市密切相关。一项调查表明，如果一个人居住在夏威夷，发病率仅为 6.6%，如果住在肯德基的老窝肯塔基，这概率将达到 14.4%。少校齐不知道眼下这座城市如何，不过他觉得中午的办公室就是他的夏威夷。

正写得兴起，电话突然响了。中午总在沉睡的电话竟然在这时醒来，让少校齐很有些意外。他拿起电话，立刻听到了退役上校楚的声音。

怎么，中午还天天都待在办公室？

是啊，中午可是美好时光。您呢，现在怎么样？少校齐很放松地和上校楚聊起来。他的确很高兴听到上校楚的声音。自从上校楚确定转业后，少校齐已有很久没有见到他。谁也没想到他会突然提出转业。据中校燕说，大校曾找上校楚谈过好几次，希望他留下来继续干，甚至暗示上校楚，或许用不了多久，他就可以走上更加重要的工作岗位。可是他谢绝了。上校韩和中校燕都说，这是上校楚为了给他腾地方。他要不走，少校齐也不可能调进来。但少校齐始终觉得，这应该是一个原因，但并不是全部原因。

下了命令心里踏实了吧？上校楚问。

是。

好好干吧。上校楚说，我觉得你以后会走得比我们都远。

您又开卑职的玩笑。少校齐笑，我何德何能。

凭你每天中午都在办公室。

可我在办公室什么也没干。

谁说的。你什么都没干，那弗雷德姆兔是哪儿来的？

少校齐愣了。

你还在继续写吗？我好久都没看过了，我很喜欢你的弗雷德姆兔。看你的博客我会变得比较年轻一点。我刚来那几年中午也天天待在办公室，可是都记不清自己干了些啥。少校齐听到上校楚在电话里大声笑起来，然而他在脑海中拼命搜索，始终无法找出与那笑声相匹配的表情。他突然发现，上校楚在自己的记忆里从来没有笑过。

以后有机会，把你的博客发到互联网上来吧。我还会给你留言的，记住我的网名啊，我叫"加勒比海盗"。

少校齐紧握着电话，思绪像风一样掠过了最近一个春天以来的所有正午。

洞　中

　　整个晚上，我起来了能有二十次。从夜里十一点到早上五点多（墙上的挂钟为证），我从床上不停地爬起来只为了干一件事，就是去按门边的电灯开关。一、三、五、七……次是开灯，二、四、六、八……次是关灯。那是个老式开关，塑料按键像被烟熏黄的牙齿，又小又硬，非得用大拇指使劲摁下去，才能听到"嘣"的一声脆响。

　　"嘣"，灯亮了。"嘣"，灯灭了。灯亮着没法睡。灯灭了也没法睡。每次关掉灯躺回床上，我都认为这次应该能睡着了。我当然知道，这间值班员休息室本质上只是一间地下室而已。军校放暑假时，我去北京玩，和同学在西客站附近的地下小旅馆不是住过好几天吗？那些肥大的蟑螂我平生所未见，睡觉前总得把被子抖上几遍，但不也照样睡着了吗？刚到机关帮助工作的时候，不也在窗户贴着地面的半地下室睡过好几个月吗？相比之下，这里的条件要好得多。白色的制式单人床平整结实，躺在上面不会嘎吱叫。床单和被罩也是白色的，带着股洗涤剂的香味儿，显然是刚刚换过。没有窗帘缝漏进来的光，没有车声和蝉鸣，对我这种睡觉很轻的人来说难道不是最适合不过吗？

道理上是对的，可就是睡不着。关上灯只一会儿，异样的感觉便出现了。你会发现周身的黑暗并非虚空，而是一种随着纯度提升而不断变化的物质。有点像氧气，以五分之一的比例掺杂在空气中便适合呼吸，要是纯氧的话反倒会让人中毒。越来越紧致的黑暗不动声色地裹紧你，令你皮肤刺痒，呼吸困难。一块巨大的岩石正在黑暗中缓缓下降，一直贴到你的鼻尖，冰凉、潮湿，带着股土腥味儿。你后背紧贴着床板，已经无处可躲，仿佛只要轻轻一动，这巨石就会轰然坠落，把你压成一张红红白白半透明的薄膜。在这样具体的压迫面前，我觉得自己马上就要完蛋了。那你怎么办？这时候你得思考。你得努力让自己理智起来，反复劝慰自己这地方其实安全无比，即使世界上最先进的侵彻战斗部和延时引信都无法将它摧毁，连核武器也不能。但对于黑暗的古老恐惧正源源不断地从你心底涌出，就像一个电影里演的，无数黑色甲虫正从法老的棺材里拥出，然后将你彻底吞噬。在这个生死攸关的节骨眼儿上，你不得不横下一条心，嘴里发出"嘿"的一声低吼，猛地将双手举向空中，将悬于头顶的巨石一把推开。动作要领是手臂竖直与肩同宽、五指并拢掌心向上。尽管此刻你类似于一只生活在海底午夜区的动物，身躯扁平、皮肤惨白、毫无视力，但谢天谢地，你总算知道黑暗已被你看不见的双手给捅开了。

巨石消失，黑暗重新归于虚空。这时候，我就得坐起身，下床去开灯。"嘣！"天花板上的日光灯管已经老化，两头有些发黑，需要努力地"咝咝"闪几下才会亮起来。黑暗在瞬间融化，不过并未彻底消失。它们像残雪般收缩成了桌椅下面的几片阴影，伺机卷土重来。

我靠坐在床头，看着对面墙上的挂钟。自从昨天傍晚进洞，我没事就在看这只钟。我没有手表，便宜的我不愿戴，贵的我买不起。手机则留在了洞口的铁皮柜里。刷完门禁卡去存放手机时，旁边那个抱着自动步枪的卫兵一直盯着我。他看着也就十八九岁，却拥有一副信不过任何人的表情。早知道这样，我应该把我那个不太灵光的备用手机带进来。虽然洞里没有信号，但小小的屏幕起码可以制造出些令人心安的光亮。

　　灯光把看不见的巨石顶回了天花板后面，我感觉好了些。可开着灯怎么睡觉呢？我只好又拿起床头的书来看。这是一本我平时用来催眠的书，十分枯燥地讲述了漫长的历史，一般情况下我看不了两页就会昏昏睡去。不过这个晚上我开了十来次灯，每次开灯后都需要在灯光下看看书来平复适才的恐惧，所以一晚上居然看了十好几页。书中的每一页都记载着几年甚至十几年的事情，可抬头看钟，却只过了几分钟或十几分钟。钟是白色的，正对着房门，下面靠墙放着一张白色的三屉桌。桌角上有一红一白两部电话机，红色是直通总机的供电单机，白色则是可以拨号的程控单机，不过它们从来没有响过。桌子左边有两只白色铁皮文件柜，桌子右边就是我这张床。除了地面，值班室从墙壁到陈设几乎都是白色的，也许是想营造出一种宽敞明亮的观感，问题是我已经发现了它天然的缺陷。

　　没有窗户。没有始终变化着的自然光。我当然清楚这是为什么。我正处在一条深入地下的战备坑道，头顶是一座很高的山。具体高度我不知道，当然，就算知道我也不能说。我只是在对照着挂钟的指针，想象此刻的天空是什么模样。平时，宿舍窗帘缝隙透进来的光总从微白到金黄，而午睡起来则会变得苍白，然后到傍晚的昏黄，直至被城市灯火映成的黑红。不管何时，你都很自然地顺着时间漂流，蜿蜒起伏。而眼下，只有一成不变的白色灯光。由于灯管的问题，光线显得有些混浊。这里没有了淡入淡出的昼与夜，有的只是黑与白，关灯和开灯。时间从二十四进制变成了二进制，而我需要慢慢地适应这个全新的算法。

走廊里一个人影都没有。我站在门口，怀疑自己看错了时间，又回身去看墙上的挂钟。六点左边一格。九点下面两格。要是钟没坏的话，那就是七点整。走廊天花板上，每隔几米就是两根一组的日光灯管。它们始终亮着，白光照射在白色的墙壁上有点刺眼。我犹犹豫豫地向前，生怕自己走错了方向，直到墙上出现一个画着箭头的红色"餐厅"标志，这才松了一口气。

餐厅不大，一共十来张桌子，稍显拥挤。考虑到在山体内开凿一个洞室的难度，也就没什么可说的了。没准这是大家都穿着迷彩服的缘故。我一向觉得穿上迷彩服之后，人的体格要比穿常服时要大一些。早饭四样小菜，肉末雪里蕻、大葱炒鸡蛋、拍黄瓜和炸花生米，主食是馒头和玉米粥，味道和机关灶没什么区别。事实上，连面前棕色的餐桌和桌上的抽纸都和机关灶一模一样。餐厅墙上也挂着一只电子钟，不过比休息室里的高级，红色的数字不仅显示时间，还显示温度、星期和公历农历两种日期。后来我发现，洞里到处都能看到钟，方形的圆形的，石英的数字的，连卫生间都挂着一个。否则一个人在这里待久的话，有可能会搞不清自己吃的到底是不是早餐。

就餐的大多数人都是司令部的，想到他们都和我一样住在一间间休息室里，这让我感觉踏实了些。他们谈笑风生，看上去都没有因为身在洞中而感到困扰，这让我反省了一会儿自己的胆怯和愚蠢。好在从餐厅回休息室，走廊没来时那么长了。陌生的路总是显得长些。走廊墙壁平整光洁，刷着白色的涂料，水磨石地面虽有些古旧，却非常干净，有股淡淡的煤油味儿。天花板并非我想象中的拱形，这点非常好，有助于我把走廊当成走廊，而不是一条装修过的坑道。要知道在这个地方，你总会去想墙壁后面那厚厚的山体。

房间门口放着一只红色的水桶，一个穿着迷彩服的兵背对着我，正用力拖着地板。听到动静，他立刻把拖把收回来竖在脚边，冲我笑了笑。

"领导好！"

列兵领章，娃娃脸，剃着个小平头，让我想起上初三的表弟。按照《内务条令》，他如果认识我，该叫我"王参谋"；如果不认识，该叫我"中尉同志"。当然，我们总是习惯于称呼职务而非军衔。在不知道职务的时候，他叫我"领导"也没什么错。新兵都这样，见了老兵都叫班长，见了干部都叫领导。即便我并不是什么领导。我只是个下了任职命令才不到一个月的正连职参谋。

"随便弄弄就行了。"我说，"挺干净的。"

"是！"他答应着，手却不停，一个角落也不放过。他弯下腰拿起床下的拖鞋放到一边，拖完床底又放回原处。他扎着马步，拖得十分卖力，微微地喘着气，脸蛋红扑扑的，鼻尖上沁出一层细汗。

虽然我认为他完全没必要这么认真，但人家已经这么认真了，你还想怎么样？我踮着脚进去坐到床边，习惯性地伸手去口袋里摸手机，结果摸了个空。

"你吃过饭没？"我只好没话找话。

"报告领导，吃过了！我们六点就开饭啦！"

"你叫我王参谋就行了。"

"是，王参谋！"

"你在这里多久了？"

"一个来月。"他停了停，"我们坑道公务班三个月一换。"

"那你比我强，我还是头一回进洞。"我说，"你有没有感觉这地方空气不太好？"

"刚进来的时候有点不习惯，后来就习惯了。"

"噢。"我总觉得有件事情要问他，话到嘴边却忘了。正想着，一个粗大的声音突然从门外戳了进来，吓了我一跳。

"你还在这里磨蹭啥？嗯？一个地给我拖到现在！"门外的大嗓门喊，"我叫你去通首长房间的下水管，你咋给我通的？"

"班长，我通过了呀。"列兵又把拖把收到脚边，立正站好。坐在门内的角落，我看不到门外的人。外面的人肯定也没看到我。

"通个狗屁！刚才我看了，水半天都下不去！你他妈的到底在糊弄谁？嗯？首长的房间都没弄好，弄这些参谋的房间干屁啊！大小猫都分不清楚，你长个脑袋干啥用的？别拖了，赶紧去把下水管弄好！再让我发现问题，你给我小心着点儿，听到没有？"

"听到了。"列兵立正回答，声音有点儿蔫。外面脚步声走远了，他还呆在那儿。

"剩下的不用拖了，挺干净的。"门外一席话说得我怪尴尬。当然，这也正常，地下指挥所平时不用，一年就开通那么一两次，所以只要开始演练，首长就会天天来，连我自己都觉得他完全没必要这么认真地给我拖地。"赶紧忙你的去吧。"

他不吱声，却依然保持着原有的节奏拖着地。当过兵的，都明白拖地是怎么回事。这玩意全凭良心，胡乱把地板抹湿是拖，用力擦地板也是拖，反正最后都是湿乎乎一片，看不出什么区别。但他选择了一个最费劲的方法。我看着他一边拖地一边后退，直到整个人退出门外，门内的拖把头还在左右拖动，直到把门槛内侧最后一点地面拖完。

"好了。"他探个脑袋进来冲我笑笑，"我走了啊王参谋！"

"好的好的。"我赶紧站起来走到门口，看着他提着水桶消失在走廊转弯。这会儿才想起来，我还没问他能不能帮我换灯管呢。

指挥所演练八点开始，我们七点五十分集合完毕。指挥室显然是整个坑道系统中最大的一处洞室，比我想象中要宽敞许多。墙上的大屏幕、各值班席位上的电话机和显示器都和机关指挥所大厅一模一样。这倒也没什么稀奇，地下指挥所本来就是和地面指挥所互为备份的。

我们等着参谋长出现，然后参谋长准时出现了。各值班分队开始汇报准备情况，我是第五个。之后，大家就等着参谋长按照作战处提供的演练预案往下走。

"机关这个预案我看了，搞得挺好。"参谋长晃晃手里的文件夹，"不过预案我看可以先放一放。还是先检验一下部队的应急反应能力，你们说呢？"

这不是一个问句，所以用不着回答。大家只是看着参谋长，而参谋长看着大屏幕。参谋长个子不高但仪表威严，要不是今天穿迷彩服，他胸前五排级别资历章上面肯定会别着一枚金光闪闪的特级飞行证章。据说参谋长很年轻时就当上了飞行团长，那阵子他还没结婚呢。就是现在，他仍比机关的一些处长要年轻，所以大家都说参谋长前途非常远大。参谋长自己不可能不知道这一点，所以他把预案放到一边也就可以理解了。不过这没什么，他是今天的当班指挥员，戴着少将领章。他说干什么，我们就干什么。唯一郁闷的应该就是作战处的人了，为这个预案，他们一定加了不少的班。

"通知空 × 团起一架 M 型机。"参谋长思考了一会儿，说了几个地名，"叫他们规划一下航线，我们看一下各单位应对得怎么样。"

指挥席位上有一点小小的骚动。作战文书很快通过指挥网传了下去。不一会儿，大屏幕分区上出现了机场画面。一架轰炸机正沿着滑行道前往起飞线，机头领航舱玻璃反射着阳光。航管在调度航线和空域。塔台与机组的通话声清晰无误地传到指挥室。机场阳光很好，飞机拖带着巨大而奇怪的影子。塔台画面也出来了。宽大的窗户外面是平直的跑道和宽阔的草地。我甚至看到了风中飞转的彩色驱鸟风轮。啊，这太好了。我见过很多个大屏幕，却是头一回感觉到大屏幕这么亲切，虽然传输的画面亮度不高，画质也不是特别清晰。但它仍像是一扇天窗，或是坑道上新掘出的一个大洞，直通我熟悉的世界。

"报告，雷×旅××站发现大型机一批一架。"等了一会儿，沿途雷达开机，一批批空情开始上报。因为这架突然冒出来的飞机，沿途的军用机场、地空导弹阵地和雷达站都忙活起来。指挥席位上的电话响个不停。各级指挥员一个个进了指挥所。地空导弹发射筒高高竖起。充填加挂完毕的战斗机停在起飞线等待起飞命令。切分成格的大屏幕不停切换着画面。这是一次计划外的飞行。我们在巨大的洞穴中注视着这一切。座舱内的飞行员操纵着轰炸机向南飞行，但他们并不清楚为什么要向南飞行。

最后，××基地指挥所报告，一架歼10拦截到了参谋长派出去的那架M型机。高度多少，速度多少，航向多少。和我面前的空情终端显示得完全一致。

"让他们抵近查证一下。"参谋长左手托着右肘，右手捏着刮出青色的下巴，"看清楚了再报告。"

空中没有画面。屏幕空情图上两个动态图标紧紧贴合在一起，附带着的数据在不停变化。我想象着歼击机正靠近轰炸机。双方飞行员正隔着座舱玻璃互相看着。他们都在一丝不苟地执行各自的任务，只是不太确定对方究竟在搞什么名堂。

接下来，歼10飞行员准确无误地报出了轰炸机的机身编号。轰炸机开始返航。屏幕通信关闭了。这让我有点遗憾。我还想多看一会儿呢，那些被山体隔绝的阳光。

各分队值班员开始汇报演练情况。由参谋长总结。他讲得很细，所以讲了很久。他的声音透过话筒在指挥室回荡，最后变成了一种持续的嗡嗡声。一晚上没睡，我这会儿才觉得无比困倦。

洞里的第二个晚上，按说应该比第一个晚上要好一些，但我并不是很确定。事实上我一直赖着没睡，想把困倦积攒够了以后再集中使用。所以我还是拿着那本书在看。书里面讲到一个遭到皇帝猜忌的亲王逃到敌国，在那里过了好多年，终于找了个机会成功复国。我很想知道他在敌国那些年到底是怎么过的，可书上只是一笔带过。可能作者也搞不清楚，毕竟那都是很久以前的事情了。

其间我还接到了副处长从办公室打来的电话，问我手头的那份材料起草得怎么样了，在洞里有没有进展。我只得告诉他我没有带笔记本电脑过来。副处长听上去有些不满，但我在洞里，他只能嘟哝了两句，挂掉了电话。

其实我也很后悔没带电脑进洞。如果带了，我可以让屏幕一直亮着，那样睡觉也许就不成问题了。不像现在，那根有毛病的灯管嗞嗞地闪动，弄得眼睛很不舒服。重新开关一次可能会好些，这方法对付电脑总是很灵。这么想着，我起身走到门边按下了开关。灯管吃力地亮起来，可还在闪。我又接连开关了好几次，终于听到了一记轻微的爆裂声。

灯彻底不亮了。啊，这可怎么办？原本已经被扭成直角的时间变成了一条直线。我有点着慌，赶紧打开门走出去几步，回身站在走廊里盯着黑洞洞的门口。听不到一点声音。这里所有的声音都是人造的。说话声。脚步声。广播声。厕所冲水声。这会儿人都睡了，就没了声音。在机关大院我还可以试着打打营房维修队的电话，这会儿我没有电话可打。其他人也许会有办法，但我只是个刚进机关的小参谋，不可能去把别人敲起来帮我想办法。

我在门口发了会儿呆，转身朝着餐厅方向走去。餐厅锁着门，再往前走了一段，坑道分成了左右两岔。我还从来没走到过这儿，犹豫了好一会儿，才硬着头皮顺着左边的走廊继续向前。拖鞋在水磨石地面上"吧嗒吧嗒"地响着。一样的白色走廊，头顶上两根一组的灯管放着光，竟然没有一根是坏的。应该从这里弄一根灯管回去，可是手头没有螺丝刀，灯管外面那层金属网罩阻止了我的计划。经过了几间贴着"库房"标签的小铁门，又拐了一道弯，就看到了尽头处涂着黑黄色条纹的防护门。

我只得转头回去，试探右边那条走廊。先经过了一间活动室，门开着，一面墙上挂着一台屏幕很大的液晶电视，当中摆着一张乒乓球桌。电视机对面的墙上挂着一些拉力器、臂力棒，地上放着几对哑铃。再向前，我听到沉闷的"嗡嗡"声，走近去看，一扇铁门上贴着"机房重地，非请勿入"的红字。

但没有人。到处都没有。这仿佛是个不设防的指挥所。我一直走了几分钟，这条走廊比左侧那条要长得多，就那么笔直地延伸下去，居然看不到头。我越走越慢，当右手边出现一个新的看不到尽头的岔道时，我决定放弃了。我飞快地掉头往回走，快得两次甩掉了拖鞋。这坑道比我想象中复杂得多，我得赶紧找到回去的路。

重新经过餐厅，经过指挥室，我跑进休息室换上了迷彩胶鞋，这下感觉好多了。经过公用卫生间，我在门口停了一下，可惜没有听到动静。再往前就是一条直角左拐的走廊。这条路我记得。昨天下午进洞时走过一次。我只要一直向前走，就可以到达洞口，而那里肯定站着一个卫兵，他也许会给我提供点解决问题的办法。

我闷着头快步走。紧贴着墙根刚刚转过弯，脑袋便狠狠地撞在了什么东西上面。我本能地往后跳开，才发现地上倒着一个方凳，方凳旁边躺着一个穿迷彩服的小战士，瞪圆了两只眼睛看着我。

"不好意思，我没想到你在这儿。"我赶紧上前把他拉起来，忽然觉得他有点眼熟。

"没事没事。"他手扶着腰，看上去摔得不轻，"王参谋，我没事。"

"我正想找你呢。"我猛地反应过来，他是早上在我房间拖地的那个公务班的小伙子，这个发现让我很高兴。我正想告诉他灯坏了的事，他却突然惊叫了一声。

"完了完了！"他眼神直勾勾地看着墙，"这下完了。"

"咋了？"

"玻璃！"他伸手指着我背后，"镜框玻璃碎了！"

我转头一看，一个铝合金的镜框斜倚在墙根，上面的玻璃摔成了好几块，尖锐的断茬反射着灯光。镜框里那位穿着老式飞行皮服的英雄我们都认识，他曾在抗美援朝空战中击落过好几架敌机。昨天进洞的时候，我就注意到这段走廊的墙壁两侧都挂着镜框，一侧是英雄模范人物照片，另一侧则是从歼 -5 飞机和红 -2 导弹开始的各型武器装备照片，这是进入指挥室的必经之路，每个人都会看到。

"明天政委要来值班呢，这下咋办！"他急得满脸通红，"现在上哪儿去划玻璃呀！"

这真是个问题。如果政委不来值班，他可能就不用大半夜地还在这里擦镜框，也就不会被我从凳子上撞下来。这让我感到很过意不去。

"少挂一个应该也没事吧。"我试着替他出主意，"首长哪能记得那么清楚。"

"那怎么行，这都挂了好多年了，首长肯定会发现的！"他指着少了一只镜框的墙壁，"再说，不挂的话墙上有印子啊！"

我抬头一看，墙上果真有一个极其规整又显眼的长方形白印。

"要不干脆不要玻璃呢？反正镜框又没坏。"我想了想，"这样也凑合吧！"

"肯定不行的，没玻璃它就不反光，别的人都反光，就他不反光，首长一眼就会发现的！"他声音里带出了哭腔，"要是首长发现了，班长会杀了我的！"

"别急啊，总有办法的。"我安慰他，虽然我根本没什么办法。老实说，我更关心的是我的灯怎么办。

"王参谋你忙你的吧。"他愁眉苦脸地盯着地上的碎玻璃，"我先把这些收拾了。"

我没什么忙的。我有些内疚。我只想赶紧把灯管换掉，不然这个晚上我绝对没法过了。这是我此刻唯一关心的问题。可是这个时候问这个问题多少显得不太适宜。所以我只能站在墙边，看他脱下迷彩服，折了两折放在地上，又看他把地上的碎玻璃一块一块放在上面。

"我房间灯管坏了。"我一直等他把镜框里残留的最后一块碎玻璃取出来才开口，"能帮我换一根吗？"

"啊？"他愣了一下，像是脑子转不过来似的，停了一会儿才说，"库房钥匙在班长那里，问题是他都已经睡觉了，我也不敢叫他。"

"噢，那算了。"我其实也能预想到这个结果。他是被我撞倒的，没当面骂我就很不错了，怎么可能愿意帮我去找灯管呢？

他叹口气，拿起没了玻璃的镜框，站上凳子挂了回去，嘴里喃喃地说，"没玻璃肯定不行，肯定会被发现的。"

我转身回了休息室。门得开着，这样会有走廊里斜照进来的灯光。就这么开着门睡好了，虽然有些奇怪，却也不是不能忍受。我仰面躺在床上，双手垫在脑袋下面，闭上眼睛开始试验这样能否入睡。如果还是不行，我已经想好了，我会抱着被子去活动室的乒乓球桌上凑合一宿。

这时候，我听到走廊里传来轻轻的脚步声，越来越近，最后停在了我门口。我睁开眼，地板上的光块中多了一个长长的影子。

"王参谋，你睡着了吗？"

"没呢。"我一骨碌坐了起来，"找到灯管了？"

"没。我们班长都打上呼噜了。不过我给你找了个这个。"他走进来，从口袋里掏出个小东西递给我。就着门口的灯光仔细一看，是个小黄人形状的钥匙挂坠，只要一捏小黄人的肚子，它脑袋上的那盏矿灯就会亮起来。

"这个能顶点事吧？"他看看小黄人又看看我，"我就只有这个了。"

"很好很好。"我赶紧接过来，"谢谢你了啊！"

"不用谢。"他笑一下，"王参谋早点休息。"

"那个玻璃怎么办？"我说，"能换吗？"

他摇摇头。

"不好意思啊，这事怪我。"我说，"要是你们班长问起来，你就说是我弄碎的好了。"

"那怎么行。主要还是我不小心。"他勉强冲我笑一下，又像是在给自己鼓劲，"大不了再让他骂我一顿呗！"

他走了。我关上门，重新躺在了床上。我等着巨石降临。只要它来了，我就准备摁亮小黄人，给它钻个大洞。可它没来，而我居然也不困了。我把手伸向半空，让小黄人微弱的光柱在黑暗中左突右冲，所到之处，黑暗都被刺破，在墙上映出一个圆圆的光圈。

照着照着，我的手停了下来。光圈停在了对面墙上挂着的那一排铝合金镜框上。《坑道管理须知》。《值班员工作要则》。《保密守则》。镜框玻璃在光圈中反射着幽光。

我慢慢地从床上坐了起来。

昨晚睡得挺好。中间醒来了两三次，不过只要摁一下手里的小黄人，便又很快睡着了。

上午的指挥所演练严格按照预案进行。作战想定比昨天要复杂许多，不过部队准备得比较充分，搞得挺不错。政委讲评完，已经十二点多了，我肚子饿得咕咕叫，可政委谈兴甚浓。

"后天过中秋了，你们辛苦，部队更辛苦，正好又在这儿值班，远程慰问一下一线的同志们吧！"政委说，"哪个单位最艰苦？"

这个程序并不在预案之内。但大屏幕画面还是马上切到了秃鸡山雷达站的指挥方舱前。穿着大衣的战士已经列队站好了，扩音设备里，山头的风声呼啦啦地响。秃鸡山我去过一回，雷达天线架在海拔四千多米的山头上，我刚下车就吐得一塌糊涂，把好好的雪地上弄出一个黑黑的大窟窿。站长和指导员我还有印象，他们都仰脸看着方舱顶上的视频探头，屏幕画面色彩有些失真，那些被紫外线灼伤的黑红脸庞变得很白，而嘴唇是淡紫色的。

"同志们好！"

"首长好！"

"同志们辛苦了！"

"为人民服务！"

他们的声音比口型晚了半拍，又被风吹跑了一些，不过依然齐整响亮，沿着光缆从几千里外传过来，震得指挥室嗡嗡作响。这时候，我看到那个小列兵提着暖瓶走到指挥员席位前，小心翼翼地给政委续完水，又悄悄地走开了。

"今天的操纵员是哪位同志啊？"

"报告首长，"一个胖乎乎的上士敬礼报告，"我是雷达操纵员李发明！"

"好，小李同志，你今天表现不错，发现和上报空情又快又准，为首长机关定下作战决心发挥了应有作用，向你表示祝贺！"

"谢谢首长鼓励！请首长放心，我一定会和战友们继续坚守岗位，再接再厉，争当祖国的千里眼，时刻守望祖国的神圣领空！"

"好！说得好！"政委说，"革命军人，就是要有这股子精气神！马上就是中秋节了，你们坚守在高山阵地，不能和家人团聚，但你们为祖国撑起了一片天空，在这里，我要代表司令员，代表党委和机关，向你们表示诚挚的慰问和崇高的敬意！"

政委说着站起来，敬了一个礼。过了一两秒钟，屏蔽上的战士们也都齐刷刷地举起手还礼。这时候不知谁带头鼓起了掌，掌声顿时充满了整个指挥室大厅。

"你们连队主官在不在？"政委说，"月饼准备好了没有？每人几个啊？"

"报告首长，都准备好了，每人四个，一个五仁的，一个莲蓉的，一个豆沙的，还有一个火腿的。"指导员大声报告着，声音由于紧张或者海拔而略有些喘息，"我们还制定好了节日食谱，请首长放心！"

"嗯，伙食顶半个指导员啊！还有，你们那里气温低，要让战士们多穿点，盖厚点，还要多搞点文化活动，连队是个大家庭，你们要让战士们感觉到家的温暖，好不好？"

"是！感谢首长的关心，我们一定遵照首长的指示，把连队建设好，把任务完成好，以站为家，以阵地为战场，决不辜负首长的信任和重托！"

"好，祝你们节日快乐，工作顺利！"

"来，咱们一起！"指导员摆摆手，大家一起吼起来，"祝首长节日快乐、身体健康、工作顺利、万事如意！敬礼！"

大屏幕重新切到空情图，密密麻麻的小飞机在屏幕上移动。演练结束了。首长在众多领导的簇拥下离开指挥室。

"现在这些小年轻，说话都一套一套的。"端坐在席位上，听到人群从我身后经过时，一个声音笑着说，"都是你提前安排的吧？"

"安排啥？"脑后飘过另一个声音，也在轻笑，"我听不懂你在说什么。"

我微微转头，一样的迷彩背影，已然分不清谁是谁了。

"咦，你发现没？"把《值班日志》交给来接班的罗参谋，他四处看了看，指着墙，"那个镜框怎么少块玻璃？"

"嗯。"我看着头顶崭新白亮的灯管，"还真是少一块。"

沿着坑道往外走时，感觉轻松。经过挂着两溜镜框的走廊，是一道又一道防护门。水磨石地面变成水泥的。白墙变成水泥本色。越往外走，坑道就变得越原始，等坑道变成坑坑洼洼的裸露岩壁时，就可以看到洞口的光线了。

卫兵站在伪装网下面，一言不发地看着我从柜子里取出手机。我走在窄窄的水泥路上，两侧是看不到尽头的树林，高大的树冠在半空中合拢，遮挡住整条道路。光线从繁密的针叶中钻进来，形状模糊的金色碎片四处飞溅。

其他就没什么了。只有风在拨弄树梢。沙沙。籁籁。哗啦啦。

春天的第一个流言

　　那几天的每个上午，团机关和直属分队的军官们都要被拉出来参加轻武器射击训练。每年都这样。只要杨树一泛绿，我们就得去操场瞄靶。大家在操场上站成长长一列横队，每人手里都举着沉甸甸的五四式手枪，对着二十五米外围墙上贴的那长长一溜墨绿色胸环靶瞄来瞄去。我喜欢打靶，特别是子弹出膛那一瞬，枪口上跳的感觉很爽。再说我手大，五四最趁我的手。说起来，我打靶成绩最好的一次是前年，五发子弹四十六环，排名第七。最差的却是去年，不知道是我出了毛病还是枪出了毛病，要么就是我们全出了毛病，五发子弹竟然才打了二十二环。这太他妈丢人了。于是我赶紧跑去找陈兵。他那会儿坐在后山靶场的一张三屉桌后面，桌上摆着好几盒子弹和一份射击成绩表。我让他再给我五发子弹打一下，然后重新给我记个成绩。结果这屌人竟然翻了我一眼，搞得好像我头一回见他，说再打五发可以，不过成绩绝对不能另算。当时我真想踢他一脚，想了想还是算了，最后只踢了桌子一脚。

　　那天上午我瞄了半个多小时，又跑到不远处的单杠底下抽烟。刚抽没两口，陈兵一晃一晃地过来了。

这两天忙啥呢？他站在几步开外问我。我简直懒得理他。没话找话都找不出一句好话。脸还红。表情还不自然。自从上个月他很正式地找我谈过一次关于冯艳的事情以后，我们就没怎么见面，也没怎么打电话。放在平时，我们一两天肯定会打个电话聊上几句。现在就算遇上了也不免尴尬。按说我和他同年毕业分到团里，四年里头关系一直不错，算得上是能说点真话的朋友。我一直认为工作以后能遇到这样的朋友不是件十分容易的事，概率跟你在火车上突然遇见一个熟人差不了多少，所以我对他也比较实诚。可自从和他谈了那么一回，我突然发现他跟我以前认识的那个陈兵不一样了。我很不喜欢这种感觉。因为我一直比较重视维护我们的友谊，肯定比维护我们连长指导员的权威还重视。可是我能有什么办法。感觉就像天上的云，这一眼看着像条狗，下一眼可能就成了头猪，反正这玩意再牛×的人也控制不了。

你问的是屁话。这瞄靶不是你组织的吗？瞄个屁靶你安排四天，你说你做的叫啥训练计划？我拍拍吊在右胯上的枪套，想用玩笑清除一部分尴尬，我想好了，等你结婚的时候，我非把你老二打上四天铅封，给你老婆裤裆里贴上四天封条，我看你以后还会不会这么安排。

你说话能不能不那么流氓？陈兵尴尬地笑笑，谁会跟我结婚啊？

谁跟你结你自己说啊。

我哪知道。陈兵看着我，脸更红了，这事我一个人说了又不算。

这你都不知道？

你知道？

我当然知道。

那你说是谁？陈兵眼里迸出光亮，你说！

你老婆呗！我笑。我知道陈兵想让我说冯艳，我也想说来着，可我还是没说。

没意思。陈兵有点失望，你还说我训练计划安排得不好，安排得再好你也不会好好瞄靶。我还不知道你？昨天上午你抽了七根烟，对吧？就算一根烟抽十分钟，你也一个多小时没瞄呀。

你监视我呢是吧？我把烟叼在嘴上，伸手揭开枪套拔出手枪，我现在就瞄你！

别别别，别乱动！枪口禁止对人！他赶紧摆手，看着我把枪口朝上四十五度才松口气，枪可不是闹着玩的，你这动作太危险了！万一要是——

万一个鸡巴！连子弹都没有，吓唬新兵呢你？我看着他，突然觉得有点不对劲，你的枪呢？你凭啥不背枪？

我带着呢。他咧开嘴，笑得有点得意。

我说的不是你裤裆里那杆枪。我说，那杆枪你当然走哪儿带哪儿，又不是轮胎，爆了还有个备胎。

你这家伙咋回事，老是这么粗。

还是你粗。我嘿嘿笑，澡堂里我又不是没见过。

不和你说了，走了。

这训练科目不是你在管吗？我们都背着枪，你凭啥不背？当个参谋牛×了是吧？我把手枪装进枪套，你把这事说清楚再走！

谁说我没带枪？我带着呢，在这儿。他撩起马裤呢冬装的下摆，看见没有，荷枪实弹！

我一瞅，还真是。操场上瞄靶的军官包括我，用的都是左肩右胁挎在身上的枪套，可陈兵用的却是枪柄外露的腰部枪套，直接穿在腰带上，省去了长长的枪肩带，让乌黑壮实的五四手枪看上去无端地小巧了许多。而用一条窄牛皮缝制在枪套外侧的波浪式弹带上，竟然真别着三发锃亮的子弹。

凭什么你用这种枪套啊。我羡慕地看着，什么屌人。

其实这玩意别在腰里，连蹲都蹲不下去，还是你们这种背着舒服。

那咱俩换。我说，我就喜欢用不舒服的。

那不行。陈兵赶紧把衣角放下，我们股长专门交代了，这是我们作训股的专用装备，不许给别人用。

真他妈虚伪。我又点上一根烟，行了，你们机关领导也别在我们基层这儿浪费时间了，赶紧带着你的枪找冯艳显摆去吧。

别说那么难听好不好？我又不是为了给她显摆。陈兵把军装下摆扯一扯，再说，她今天上午没来。

是吗？我扫了一眼不远处长长的队列，好像还真没来。

不是好像，就是没来。陈兵也看着队列，显得忧心忡忡，卫生队队长给她请假了，说她要去一趟县医院。

不会是怀孕了吧？

李勇，你别太过分！陈兵脸色变一下，你开我玩笑可以，别开她的玩笑！

好好好，我错了我错了，她是你的人，行了吧？我站起来拍拍屁股上的土，我得先走了，参谋长一会儿还要用车去火车站接家属。

真的假的？陈兵不信，你们连里不是有司机吗，参谋长怎么老让你这个排长给他出车？

我哪知道。反正领导让去我就得去。再说了，你是司令部的人，我应该问你为啥还差不多。

知道了。陈兵停一下说，参谋长是你老乡嘛，我怎么把这事忘了。

操，老乡有个屌用。我和军长还是老乡呢，他也没提我当连长。我突然有些心慌，用拇指和中指把烟头弹到旁边的树沟里，不说了，撤了先。

没等陈兵说话，我已经解下枪塞到他怀里，走开了。

从操场往回走的时候，我觉得我越来越不知道怎么跟陈兵打交道了。说白点，我现在是越来越烦他，越来越不想看见他。可问题是我哪能知道这会是我最后一次跟陈兵面对面聊天呢？多他妈诡异。大概生活的全部意义和局限都因为你压根不知道你每天都会遇到什么事。如果我知道的话，我可能会跟他多聊几句，也不会总把话题往裤裆里扯。我们可以谈点高雅的话题，就像我们刚分到团里一同等待分配时那样。那阵子我们对即将开始的职业生涯充满了憧憬，经常怀着比雷达探测空域还要远大的理想，讨论一些不太着调的问题，直到后来我们才发现自己真是想得太多了。好比我们在敌人的必经之路严阵以待，紧张又激动地等啊等，等到最后才知道敌人早从别的路走掉了。那时我和他——一个学汽车分队指挥的大专生和一个学雷达工程的本科生——甚至还讨论过文学名著，虽然我确信我们两个读过的名著加起来也不会超过我们喜欢过的姑娘。我记得有一次我提到雨果的《九三年》。我之所以知道这本书，最主要的原因在于我是九三年兵，所以上军校时在图书馆看到这本书，立马就把它借了回来，不过才读了十几页又还了回去，因为我发现雨果写的是一七九三年而不是一九九三年，跟我想的整整差了两百年。

不是雨果，是巴尔扎克。当时陈兵斩钉截铁地说，《九三年》是巴尔扎克写的。

是雨果啊，我一共就看过他这一本书，不过没看完。我说，肯定没错。

肯定错了，你记错了，绝对是巴尔扎克。雨果写的是《悲惨世界》。

那会儿我还不太了解陈兵特别能抬杠的特长，就一直跟他争。争了半天，我问他到底看没看过这本书。他脸红了红，说，没看过。

没看过你跟我争个鸡巴！我气坏了。

没看过不代表我不知道。我没在唐朝待过我也知道唐太宗叫李世民杨贵妃叫杨玉环。他坚持说，你肯定是记错了，百分之百巴尔扎克。

行行行，估计是我记错了。我叹口气，你说是谁就是谁吧，这事你定！

那时我们常会为了这类鸡毛蒜皮的破事争论不休，陈兵抬起杠来特别气人，有时气得我恨不得把他的脑袋揪下来一脚踢到围墙外面去，最好再来条狗给叼得远远的。可争完也就完了，脸红脖子粗也不全是坏事，至少增进了我对他的了解。这事过了差不多两年，有一天他突然给我打电话，扯了半天后说，你说得对，《九三年》确实是雨果写的。搞得我哭笑不得。

我之所以记得这事，全靠他这个电话。我觉得这大概是陈兵比较有意思的地方。他什么事都认真，不过有时候也是瞎认真。不像我，什么事都无所谓，所以我毕业到现在一直都在汽车连待着，先是见习排长，然后是排长，然后是副连职排长，反正都鸡巴是个排长。陈兵就不一样了。先分到秃鸡山雷达站当技师，一去就逮住一部有疑难杂症的故障雷达不放，天天爬到高高的天线上折腾，几个月下来还真叫他给折腾好了，年底就立了一个三等功，把我们都眼红得不行。转年他参加军里的雷达专业比武，又拿了个第二名，回来就被提拔成了副站长。副站长虽然还是副连，可毕竟属于连首长，跟副连职技师还是大不一样。后来有一次参谋长去他们站里检查，上了操纵车没换拖鞋，结果被陈兵给堵在了车门口。据说当时站长命令他赶紧滚开他都不肯滚，指导员上前要把他从车上拽下来也没拽动。他一手死死抓着车把手，一手指着门背后贴的工作规程给领导看。两个连队主官被陈兵这种自取灭亡的负责精神搞得差点疯掉，估计屎都气出来了，可陈兵还是坚持等到参谋长换上拖鞋才把门让开。连他自己都说，参谋长当时被他弄得很没面子，一脸的沙尘暴。可见如果当年列宁同志真的被卫兵拦在门外，心里肯定把那个没眼色的屌兵枪毙了八百回不止。但奇怪的是，参谋长走后没多久，陈兵就从秃鸡山调到团司令部作训股当了训练参谋。这让我们同批分来的十几个人好长时间都无法接受别人混得比自己好这一痛苦现实。陈兵到机关后，有好几个天天想着从山头雷达站回到平地上生活的家伙向我打听陈兵为什么能交到这样的狗屎运，他到底和领导有什么关系，或者他到底给领导送了多少钱。我每次都很维护陈兵，我说人家是自己干出来的，不要把人家往歪处想。可是他们无一例外地嘲笑我。扯吧你就。他们都这么说。这帮鸟人。

当面说坏话，背后说好话，我觉得这是作为朋友的本分。朋友可不就该这样吗？但现在我发现我说什么话陈兵都不肯信。朋友没了信任，那就连屌毛都不算了。像刚才我说我要回去给参谋长出车，他明显怀疑我。我一眼就看得出来。他不是个会装的人。他那张小圆脸基本就是个雷达显示器，一有情况立马就能看到。他肯定不信我真是去给参谋长出车。不信去球。我懒得跟他说那么多。很多时候你说真话总是没人信，你骗他他倒一个劲点头，没准还感激得不行。就跟冯艳那事一样。我说我跟冯艳真是啥关系都没有，可陈兵死活不信，死活认定了我在追她。

没关系不代表不喜欢哪。他说，这是两回事。

听了这话我有点难受。可我还是死扛着说我根本就没喜欢过她。真的没有啊！

那别人为啥都传你们两个好，为啥不传我跟她好？陈兵说，你别蒙我了。

一说到这儿，我实在没办法往下解释了。有些事我不能告诉陈兵。其实陈兵说得对，我当初是想追冯艳来着，但这事只有我自己知道，所以我不可能承认。冯艳去年七月份才分到团里，护士当得不错，针打得不错，性格也不错。团里好不容易分来个女干部，哪个单身汉不想插一手？那帮结了婚有了孩子的估计也后悔自己结婚早了。虽然冯艳眼睛太小鼻子太大还稍稍有点龅牙，可在我们这个阴阳失衡的营区里，向来只有男人和美女这两个物种，冯艳的稀缺性显而易见。何况她那对雷达防风罩一样圆鼓鼓的乳房整天在我脑子里晃，晃得我心猿意马，不得不时常在被窝里干一些低级趣味的事情。当然，我也会反思自己喜欢冯艳的动机不纯，可男人喜欢一个女人究竟应该从哪里开始喜欢呢？我不知道陈兵是从哪个部位开始喜欢的，虽然看上去他好像比我境界高一点，动不动就是情啊爱啊之类比较纯洁的字眼，但打死我我也不信他会忽视冯艳的乳房。问题是现在别人都传我在追冯艳，这让我很难受。我知道这事是从哪里传出来的，可是我不能说，也不能辩解。

我回车场把北京吉普开到办公楼下面，上二楼去找参谋长。我刚在门口露了半张脸，还没来得及喊报告，参谋长就看到我了。

小李，上午不去了，你嫂子坐的那趟车晚点八个小时！他笑眯眯地冲我摆摆手，不好意思啊，忘了给你说了，到时候我再叫你！

没事没事。我赶紧赔着笑，我随时听首长召唤。

啥召唤，这是麻烦你。参谋长笑着站起来要给我发烟，抽一根？

不了不了。首长您赶紧忙吧。我慌忙摆摆手，转身跑了。

转过身我赶紧收起刚才那副假笑。参谋长对我这么客气让我别扭极了。特别是我知道他为什么突然对我客气的时候，就更他妈别扭。以前他可不这样。他才三十刚出头，比我大不了几岁，可人家是副团，我才是个副连。可我也服，我没法跟人家比。他长得像窄版的周润发，念过研究生，还在国外留过一年学，据说军长政委都很赏识他，全团上下都知道团长的位置迟早都是他的，他自己当然更知道。所以他在我们这些小干部面前一向很威严。有一次因为我给他派的车坏在路上，他气冲冲地打电话给连长，说我把关不严，让故障车上路，是严重的安全隐患。害得我在全连军人大会上作检查。可自从几个月前我给他出了一次车以后，他对我的态度就变了。那次正好是连里组织拉冬煤，司机都开着大车在外面，连长就让我去给他出一趟车。排长替司机出趟车很正常，可没想到那天在办公楼接上参谋长以后，又在大门口遇上了冯艳。我本来要直接开过去的，可参谋长却让我停车接上她，而且两人都坐在后排座上。这下好了。他以后经常点名让我给他出车。虽然十次里头顶多有一次会接上冯艳，可我老觉得那九次都跟冯艳有关系，哪怕根本没关系。他还时不时给我一条烟或者一盒茶叶，我只要推辞，他就假装生气，说我这个小老乡不给他面子。我操。当初骂我的时候怎么没想起我是他老乡？我宁愿自己不是他老乡。我可不是那种见缝就钻的人，我也有我的原则。我知道他啥意思。如果那次冯艳不在车上，他不可能对我这样。虽然事实上我也并没见到他跟冯艳有啥实质性的举动，也就是在后视镜里看见他好像——是好像，因为我看不到他的手，只能看到他向右侧移动的胳膊——把手伸到冯艳那边去了，然后冯艳的脸突然就红了，然后我和参谋长就很不应该地在后视镜里对看了一眼。那时我才明白，我不是碰巧在大门口碰上冯艳的，她本来就是在那时等着车来。

下楼回到车里，我发了一阵呆。按说参谋长不用车，我得把车放回连里，然后继续去瞄靶。可是我不想去。我觉得我要这么干的话实在是太傻了，虽然这么做显然是正确的。正确的事情干起来往往让人不爽。反正没人知道，我干吗再回到操场上去瞄那么无聊的靶呢？想到这我突然觉得很有道理，于是开着车直奔县城而去。

在街上转了一圈，在街边吃了一碗很好吃的酿皮，觉得意犹未尽。看看旁边小摊上的自制酸奶也不错，于是又要了一大碗，加了很多白砂糖进去一顿猛搅，混在酸奶中的砂糖粒被牙齿磨得吱吱响，吃起来过瘾极了。吃完看着时间差不多了，我在南关十字掉个头，准备回去。没想到车刚转过弯，我一下就看见推着那辆显眼的大红色自行车走在前面的冯艳。

我吓了一大跳，赶紧刹车。正想掉头换条路走，可是晚了。冯艳肯定是听到身后的车响，转头看了一眼，然后转身推着车子走到我车窗外。

李勇，你干吗呢？她微笑着问我。

没干啥，准备回去。我扫了一眼车窗外她的胸，赶紧又把目光挪开。

正好我骑不动了，今天有点不舒服。她说，你把我捎回去吧。

行啊……当然是应该的，我说，可你自行车咋办？

放后面哪。

估计放不下，我试试吧。我忽然觉得冬装穿在身上热得要命，两腋都出汗了。我下车把自行车往后备厢塞，但塞不进去，只好敞着门，留一只轮子在外面。

不会把我车子弄坏吧，我刚买没几天。冯艳有点担心。

应该不会。我小心地说，坏了我赔你。

哈，跟你说着玩儿的。她说，走吧。

其实从县城到营区开车顶多十分钟，所以路上我和冯艳并没说太多话。说话真是件费劲的事。因为你永远都不能说你真正想说的话。我不想费那个劲，所以我只开车，不吭声。

你跟陈兵关系好，是吧？出了县城，冯艳突然问我。

嗯，还算比较好。

那你能不能给他说说，以后别再来找我了。冯艳扭头看着我，对了，我跟你说他的事没关系吧？

没事，你说。

他给我写了好多信，每封都写得老长老长。我没回。他还要约我出去吃饭。我也没答应。冯艳轻叹，他人倒是挺好的，可我对他没感觉。他老这样，让我挺烦的，对他也没好处。

这得你自己说啊。我去说肯定不合适。

我说了好几次了，他跟没听见一样！真不知道他是怎么想的。冯艳说，哎，真的李勇，你帮我说说吧！陈兵这样让我感觉很紧张，很不舒服。

别的事还行。我赶紧拒绝，这事我真帮不了。

不帮拉倒！冯艳恨恨地往后一靠，不理我了。

我也不知道说什么好了，就一直沉默着把车开回部队。那时才十一点半，我以为他们还在瞄靶，可车一进大门我就发现不对了，路上都是三三两两从操场解散的人，他们纷纷扭着看着我开车载着冯艳，车后面还翘着一只扎眼的自行车轮子。

中午本来打算少吃一点，没想到炊事班做了萝卜炖羊肉，我又吃了一大碗米饭，撑得我半天睡不着觉。在床上考虑了几分钟，最后还是爬起来去连部看报纸。不过没睡也对。一张报纸还没翻完，文书就跑来了。

李排，电话。

谁的？

作训股陈参谋。

午休时间打电话是很讨人嫌的。我不知道陈兵为什么会这时候给我打电话。要是我躺在床上，肯定让文书回说我不在。我犹豫一下，起身去值班室接电话。

你上午真出车去了？陈兵没头没脑地问我。

操，我出不出车关你屌事。我说，你以为你是油运股助理啊？

我问你正事呢。

噢，是啊，我给你说出车，那肯定出。

那为啥参谋长十一点的时候还去操场检查训练情况？你不是给他出车的吗？

是给他出车啊，可是他家属火车晚点了，说晚上再用。

那你到底出没出车啊？

你到底要问啥？我有点不耐烦了，一句话都被你绕到额济纳去了。

你是给冯艳出车去了吧？陈兵停了一会儿，说。

我总算明白陈兵为啥破天荒地中午给我打电话了。

参谋长没用车，我就开车上街转了一圈，回来正好碰上冯艳，就把她捎回来了。我说，正好碰上。

陈兵半天没吱声。

你没事吧？

陈兵还不吭声。

她又不是首长，我怎么可能给她出车，是不是？我突然有点慌张，我说的明明都是真话，可却有种撒谎的感觉。真他妈怪异透顶。

真是碰巧遇上的。我又重申。

咱们上次不是专门谈过了吗？你当时不是答应得挺好吗？陈兵又沉默了一会儿才开口，你做事情不能这样啊！你以为我什么都不知道？

谁又给你扯什么淡了？

这还用人说？全团都看见你开车带着她！

给你说几遍了那是碰巧遇上的！我气得头发晕，妈的你是不是有病？

我是有病，你造成的！告诉你，我刚给她打电话了。她说她已经有男朋友了。我问是谁，她不说。我问这个人我认不认识，她不说。我问她这是什么时候的事，她也不说！

那是她故意气你，这你都听不出来？我觉得自己快被陈兵搞疯了，就算她有对象了，跟我有屁的关系？

有没有关系你心里清楚！苍蝇不叮没缝的蛋，没关系别人为啥说你？为啥不说我？

有人是故意这么说的！有人……算了，我跟你说不清！反正我告诉你，我跟她一点关系都没有，我没干对不起你陈兵的事！

你当然说不清！陈兵在电话那头冷笑，我今天才算真的认识你了。你就是个背信弃义的王八蛋！

陈兵说完，啪地把电话扣了。我再往他办公室打，没人接。

这个傻×。我气得胸口一阵一阵发麻。坐了好久才缓过劲来，拿起电话拨卫生队。

是啊，我是那么给他说的。冯艳打着哈欠说，怎么了？

你怎么能那么说？你也太……

我太什么？你没听他疯了似的质问我半天，他以为他是我什么人啊？我没骂他就算客气的了！冯艳听上去比陈兵还恼，简直是有病！神经病！

算了算了，我就问问。我说。

我也只能这么说。我和陈兵那次谈话的内容当然不能告诉冯艳。因为她就是我们讨论的题目。事实上我认为陈兵一个月前发起的那次谈话纯粹就是个笑话。当时他坐在我对面，却跟团长一样严肃，脸仿佛水泥浇筑，整个是硬的。就在那个扯淡的时刻，我还不知道他找我到底要谈什么。打算说的那些话彼时还都藏在他心里。他不开口，我永远也不可能知道。我们两个坐在县城青年街"好都来餐厅"的一个小包间里，中间隔着一张小圆桌。桌子上放着一大盘羊肉面卷，我们全团官兵都喜欢这种食物。还有一瓶"西部风情"。这酒三年前刚出来的时候好喝得要命，一瓶才卖二十块钱，县城所有的饭馆都在喝，一时竟然脱销。可是后来出厂的味道就越来越不行了。陈兵喝不了酒，所以他根本不知道这个县城每年都要喝倒一个牌子，现在最流行的是二十八块钱一瓶的"西凉玉液"。陈兵把酒倒满两只三两的玻璃杯，然后递给我一杯。我从来没见他敢这么喝酒。因为这一杯至少相当于他全部酒量的百分之一百五。所以我就笑着催他，让他有什么屁就赶紧放，不要酝酿太久，免得一会儿把屁憋没了。

我不跟你开玩笑。陈兵的水泥脸涨红了，我想跟你正式谈一下冯艳的问题。

好，行。我收起笑，你说。

于是陈兵开始说。其实他说的那些与冯艳有关的事情，我多少听过一点，只不过他从前讲的都是某段心情的断代史或者某件琐事的纪事本末，这次讲的却是我从未听过的一部漫长又忧伤的编年史。他从自己第一次遇上冯艳——相当于盘古开天那个初始化阶段——说起，哪次在路边等了很久然后假装和冯艳偶遇，哪次生病只肯等冯艳值班才去打针所以不得不多做了好几次皮试，哪次让家里寄来大枣挑了两百个最好的送给冯艳，哪次给冯艳写情书写得自己涕泪交加，哪次夜里思念冯艳无法入眠不得不跑到操场边上看星星，诸如此类，延绵不绝。我开始还在边听边吃，可吃了几块羊肉之后，我再也不好意思伸筷子了。虽然我确实饿得发慌，而且众所周知羊肉面卷这东西必须趁热吃，凉了就难以下咽。可面对陈兵如此罕见又悲情的倾诉，我真是鼓不起继续往下吃的勇气和信心。我能做的只是一个劲地点头，或者在他停顿下来整理语言和情绪的时候，举起酒杯和他碰一下，喝一口。

那天他讲了大概一个来小时，直到那盘香喷喷热腾腾的羊肉面卷失去了温度，凝出了一层白色的油脂。

李勇。他眼泪汪汪地看着我说，我真的特别爱她。

是是是，我知道。我说，你肯定是这个世界上最爱她的人，我一点都不怀疑。

那我请求你不要和我争，你答不答应？

我从来没跟你争过啊！我意外又憋屈地说，但我还是勒令自己笑一下。

李勇，我没跟你开玩笑。

我也没跟你开玩笑啊。我说，我从来就没追过冯艳，我不是告诉过你了吗，我对她不感兴趣。

那为什么大家都在说你在追她！

我噎住了。我永远也不可能告诉他，其实根本没这事。我相信这事百分之九十九跟参谋长有关。两个多月前我给他出车，他在车上突然说要把冯艳介绍给我。当时我脑袋就"嗡"了一声。我赶紧说我配不上。什么配不上！你也很优秀啊！再说了，这事我当然先照顾我小老乡，是不是？参谋长说，我已经给卫生队队长和教导员都说过这事了，他们也很支持！我当时以为参谋长是开玩笑，没想到几天后这事就传遍了。可传了来的不是参谋长要给我和冯艳介绍对象，而是我对冯艳有意思，正在追她！可我能说什么呢？我什么也不能说。我能做的就是尽量离冯艳远点。正像我只能在心里想想她那对无辜而诱人的乳房一样，我也只能在心里喊喊冤。退一步说，我就是把这事全部告诉陈兵，他也不可能相信。换了我，我也很可能不信。何况陈兵是参谋长亲自从秃鸡山选到机关来的，对他有知遇之恩。目前看，这个世界上，陈兵最崇拜的人是参谋长，最爱的人是冯艳。我显然不能那么残忍地把他心目中最重要的形象给毁了。

你见我追过吗？全他妈扯淡！我有点心虚，我从来都不喜欢她！

那你老给她打电话，这总是真的吧？

那都是她给我打的好不好。我无奈地辩解，她上街总喜欢搭我们连的便车，打电话不就说这点事吗？她要搭便车给你打有用吗？你又没车，你只有个破自行车……再说现在她也很少打了，她刚买了个自行车，你见过，那个红的。

我不跟你说这些。陈兵红着眼打断我，我就问你一句，你能不能答应我，不跟我争？

我真的对她不感兴趣，我——

你答不答应？！

行行行，你要是把瓶子里剩的酒都喝完，我就答应。我觉得又别扭又可笑，只想快点结束这种没意义的争论。

陈兵抓起杯子一饮而尽，然后又把杯子倒满，我赶紧伸出手想制止他，可没来得及。我简直是作茧自缚。他杯子还没放下就开始现场直播，熏得我也差点把之前吃进去的那几块羊肉吐出来。结完账，我好不容易把他搬到街边，一个长得像只兔子的服务员高喊着追出来，问我要走了十块钱的呕吐物清洁费。

那天以后，我跟陈兵疏远了。即使他比较完整地对我吐露了心声，可在我看来，那一切都无比荒唐。我像个站在路边看热闹的旁观者，莫名其妙地就被拉进人群中间，变成了一个可笑的当事人。

我从值班室出来，在院子里晃了半天。我坐在洗车台的水泥地沟边上抽了几根烟。我决定这段时间要躲开陈兵，就跟我要躲开冯艳一样。我希望一切都变得正常起来。

下午连长让我带人去大棚除草。除草的时候我想起了陈兵，胸中又涌上一股恶气。

傻×！傻×！傻×！我拔一根草骂一句。

李排，谁得罪你了？一个兵问我。

一个傻×！我气哼哼地说。

那天晚上，陈兵来连里找过我，可我不在。其实他要是再晚去一会
儿，或者在连里多等个几分钟，我们绝对就撞上了。我算了算，他刚到
连里的时候，我也刚把参谋长和他家属送到家属院。他家属穿着风衣和
牛仔裤，既年轻又漂亮，说实话比冯艳漂亮多了，而且说话也很好听。
参谋长在月台上很热烈地拥抱了她，这个不大符合领导身份但很能表达
丈夫心情的举动无疑令她异常开心。一路上他们都在亲热地说着话，时
不时发出欢快的笑声。她一直半倾着身子靠在参谋长肩头，参谋长甚至
还亲了她一下。那一刻，我突然怀疑自己那次是不是看错了，也许参谋
长和冯艳根本就没任何关系，都是我在瞎猜。这不是没可能。我想。我
又想，也许我真应该把这个鸡巴后视镜给拆掉。

就在我把参谋长送回家掉头回连队的时候，一个骑自行车的家伙突
然从办公楼西边路口蹿了出来。虽然北京吉普的大灯把人脸照得惨白，
可我还是一眼认出了那人正是陈兵。我习惯性地冲他鸣了一声喇叭，可
是他像是没听见，双目直视前方，蹬着车子飞也似的穿过车灯开辟的那
一片狭窄的光亮，仓皇又迫切地消失在戈壁四月沉沉的夜色之中。

后来有好长时间我都会想，如果那晚在路上我把陈兵喊住了，会出
现什么情况。可能什么事都不会发生，也可能什么事都发生了。我知道
别人后来议论说，李勇是个命大的人。我觉得他们都在扯淡。我不相信
陈兵会对我怎么样。虽然我偶尔设想一颗 7.62 毫米口径的手枪子弹进入
自己身体时也会隐隐后怕。不过事实是：陈兵没有看到我。所以在路上
见到陈兵奋力蹬着车子的那几秒钟里，我并不知道他正满怀着盲目的激
情奔向卫生队、冯艳和即将一败涂地的爱情。这感觉很奇怪。我知道我

们每一年春天都要瞄靶，每一天太阳都会爬出来，每个人都将会死去，可我却不知道接下来那一秒钟会发生什么，以及我们每个人将如何死去。

陈兵的事当晚就传遍了全团，接着就出现了许多情节略同但细节不一的故事版本。据——保卫股负责处理此事的刘干事——说，那天晚上陈兵喷着酒气冲到卫生队，把冯艳堵在了护士值班室。他语无伦次地让冯艳给他一个说法，一个关于冯艳究竟肯不肯和他谈恋爱的说法。我简直无法想象这种傻×到壁立千仞的蠢事竟然是陈兵干出来的。可再往下想想，除了他也很难找出更合适的人选。毋庸置疑，冯艳的肺都要被陈兵气炸了。她哭喊着驱赶陈兵，感觉仿佛陈兵正在当场对她实施违背妇女意志的犯罪行为。理智被酒精和爱情彻底稀释了的陈兵不但没走，反倒撩起军装下摆，掏出了几天来一直佩戴在腰间的那支五四手枪。他先是把黑洞洞的枪口对准冯艳，可当他看到冯艳尖叫一声瘫倒在墙角后，又惊慌失措地扔下手枪扑上去搀扶冯艳。这时候，闻声赶来又不敢贸然闯入的值班医生和卫生员很机智地冲进去死死抱住了陈兵，并在值班副团长、保卫股和警卫分队到来之前，用输液器和医用胶布把陈兵捆翻在地，顺便打了他一个满脸开花。

显然，陈兵那天晚上喝高了。否则他不该干出这种傻事。对所有人来说，喝酒并不算什么严重的问题，毕竟几年后才颁布了严格的禁酒令。陈兵当晚究竟和谁在一起喝酒，这才是问题。可这个看似简单的问题至今没有确定的结论。团长和政委为此事大发雷霆，非得找出当晚是什么人和陈兵一起喝的酒，以便株连严办。可不论如何盘问，陈兵都一口咬定那天是他独自在宿舍里喝的闷酒，虽然事发当晚，保卫股股长带人在陈兵宿舍里反复查找，都没有捕捉到一丝酒气，也没有找到一滴白酒或者与其相关的容器。

我估计陈兵并没想把冯艳咋样。刘干事最后说，因为枪里根本没装子弹。我们赶过去的时候，三发子弹还都在枪套上别着呢。

陈兵出事后第三天，就被发配到沙漠北边最艰苦的雷达七站当技师去了。我们都认为出了这种事，他在年底肯定会被安排转业。可首长还是比较仁慈，政委引用了革命导师的话说，年轻人犯错误，上帝都会原谅。所以最后只给陈兵一个行政记过处分。然而上帝都会原谅的事，冯艳却无法原谅。她先是休了一个很长的假，回来以后把陈兵写给她的厚厚一沓信都撕碎扔进了垃圾箱。不久后，听说她经人介绍认识了军里一个离了婚的处长，我不知道这是不是真的。反正到杨树开始落叶的时候，她调走了。至于她有没有跟那个处长结婚，我就搞不清楚了。我没再打听过她的消息。只是有时会想起她来，并且对自己曾经觊觎过她的乳房而感到些许惭愧。

第二年六月份，我带着两台车去七站送给养。我原以为会在那里遇上陈兵，所以在沙漠公路上还想过我们或许会重新开始中断已久的交往。但到了站里才知道，陈兵回家结婚去了。我在那个被一圈钻天杨包围、方圆百里没有人烟的营院里住了一晚。夜里风大得几乎要把房顶掀掉，我直到天快亮才睡着。过了不久，我终于不用再干排长，被调到后勤处油运股当了助理员。在油运股又干了三年，我转业了。和我同年转业的还有参谋长。我们都认为他是铁定的团长人选，可不知道什么原因，团长转业后，他却被平级调整为副团长，而从外单位调来一位跟他差不多年轻的新团长。至于陈兵，我一直没见过他，自然也没见过他老婆。我只知道他老婆是个小学老师，教什么的搞不清，反正听说对他很好，还给他生了个儿子。我觉得这也就行了。反正大家都明白，谁都不可能跟自己最爱的那个人在一起。

五年前我转业离队时，陈兵还在七站当技师。那是我所知道关于他的最后消息。今天凌晨两点，我突然被手机铃声吵醒。我睡眼惺忪地拧亮台灯，看到手机显示一个陌生号码发来的短信。打开一看，上面写着：

　　一直想给你说，那件事跟你真的没关系，我错怪你了。

　　　　　　　　　　　　　　　　　　　　　　　陈兵

我拿着手机，发了半天的呆。

图书在版编目（CIP）数据

荒野步枪手 / 王凯著 . -- 北京：作家出版社，2022.11
（第八届鲁迅文学奖获奖者小说精选集）
ISBN 978-7-5212-2040-7

Ⅰ. ①荒… Ⅱ. ①王… Ⅲ. ①中篇小说 - 小说集 - 中
国 - 当代 ②短篇小说 - 小说集 - 中国 - 当代 Ⅳ. ①I247.7

中国版本图书馆 CIP 数据核字（2022）第 191327 号

荒野步枪手

作　　者：王　凯
责任编辑：史佳丽　李亚梓
装帧设计：琥珀视觉
出版发行：作家出版社有限公司
社　　址：北京农展馆南里 10 号　　邮　　编：100125
电话传真：86 - 10 - 65067186（发行中心及邮购部）
　　　　　86 - 10 - 65004079（总编室）
E - mail: zuojia@zuojia. net. cn
http: // www. zuojiachubanshe.com
印　　刷：唐山玺诚印务有限公司
成品尺寸：152 × 230
字　　数：176 千
印　　张：14.5
版　　次：2022 年 11 月第 1 版
印　　次：2022 年 11 月第 1 次印刷
ISBN 978 - 7 - 5212 - 2040 - 7
定　　价：46.00 元